# 我陪母亲登泰山

刘芳军　著

中国书籍出版社

图书在版编目（CIP）数据

我陪母亲登泰山/ 刘芳军著. -- 北京：中国书籍出版社，2023.12

ISBN 978-7-5068-9781-5

Ⅰ.①我… Ⅱ.①刘… Ⅲ.①散文集—中国—当代 Ⅳ.①I267

中国国家版本馆CIP数据核字（2024）第022462号

## 我陪母亲登泰山

刘芳军 著

| 责任编辑 | 王志刚 |
|---|---|
| 责任印制 | 孙马飞　马　芝 |
| 封面设计 | 海东文化 |
| 出版发行 | 中国书籍出版社 |
| 地　　址 | 北京市丰台区三路居路97号（邮编：100073） |
| 电　　话 | （010）52257143（总编室）　（010）52257140（发行部） |
| 电子邮箱 | chinabp@vip.sina.com |
| 经　　销 | 全国新华书店 |
| 印　　制 | 济南精致印务有限公司 |
| 开　　本 | 710毫米×1000毫米　1/16 |
| 字　　数 | 320千字 |
| 印　　张 | 15 |
| 版　　次 | 2024年4月第1版　2024年4月第1次印刷 |
| 书　　号 | ISBN 978-7-5068-9781-5 |
| 定　　价 | 68.00元 |

版权所有　翻印必究

# 情为文之母

——《我陪母亲登泰山》序

王 展

芳军兄的散文集《我陪母亲登泰山》编成交我先睹为快，一篇篇充满温情的文字扑面而来，用真诚的语言表达，多元的思辨之美，呈现着浓郁的地域文化芳香，为他文学之路的执着前行与丰厚收获点赞。

打开这部作品，第一篇就让我生发出许多想象和思考，他陪母亲登泰山的场景时常在脑海浮现。泰山是华夏文化的精神支柱之一，是一座雄居于亿万国人心中的人文之山，更是一座母亲山，影响着齐鲁乃至北方民间文化信仰的碧霞元君，就是一个普通而伟大的母亲的化身，登临泰山，更是许多女性的精神皈依。这让我想起幼年在故乡，常听一些老人把朝一次泰山定为此生最具荣耀的事件，而谁谁带着自己的母亲去朝山了，更成为孝道与尊贵的代名词，被口口相传。我的祖母虽寿过百，一生也未曾走向她梦想中的泰山，这是一种无法弥补的遗憾。"母亲在山门前台阶下，抬头凝望许久，连连称赞好气派。进香之时，母亲面色郑重虔诚，似心灵已与碧霞元君相通，告诉了老姑自己美好的祈愿（我陪母亲登泰山）"。芳军不仅陪母亲登上了泰山，更用《我陪母亲登山》来温暖更多母亲，来发起无形的呼唤。在当下的物质条件和交通便利环境下，登一次泰山已不再是难事，但对于千千万万儿女来说，又似乎是那么"难"，如果大家读了这本书，想到能陪自己的母亲登一次泰山，是何等的有意义。

2022年10月，应芳军之邀我去到了他祖居的村庄垛鄜，站在徒骇河下游流经的那一片片湿地之上，芦苇繁茂，飞鸟高翔，他告诉我，这里是古盐场遗址，是清同治末年其高祖父刘延海重建盐场留下的部分遗址台地和结晶池。毗邻村庄，不远处就是他与乡友倡议捐资新建的石制牌坊，在辽阔的平原之上，如此庄严高大的牌坊，在无声叙说着繁华与过往。那天，我们还一起拜谒了刘氏大冢，这里是其曾祖父刘金田百年之地，一座半地上建筑制式，雕梁画栋，有门有窗，外封土为覆斗式形制的墓葬，这种葬制在当地民间并不多见，体现了一个家族礼仪与文化的传承。在他心中，家乡、往事、先辈都有神圣而特殊的位置，漫步垛鄜，芳军文字中的许多细节就像站在那里，真实、本朴、亲切。"通过这个宗谱年画，了解自己宗族的延续脉络，知道自己从哪里来，小处提醒不忘祖宗，大处提醒不忘祖国；也了解了其他家族的远近亲疏，即有历史意义，也有现实意义。（春节二三事）"一个心怀故园的人就是一个善良又饱有深情的人，陪母亲登上泰山，为故乡写下这么多文字，看似简单的事却是许多人都做不到的。

我与芳军相识于2011年沾化区委宣传部的一次文学交流活动，其中一项内容就他的诗文集《流淌在岁月里的记忆》首发式，会议细节多已忘记，但他关于自己创作的介绍仍记心中，一个成功律师对文学的虔诚，对生活的热情，对家乡的书写让我们一下子熟念起来，也就有之后一次次美好的相聚，友谊需要真诚，文学亦然，特别是散文写作，情为文之母。后来了解到，在繁忙的工作之余，他的阅读写作基本都是在出差高铁和飞机上，利用周末和在外办案的间隙完成，更生敬意。他是自律的人，能把时间细分得很好，将工作、陪家人、朋友聚会、旅行和爱好有机的安排与打理，从他的散文中，就能看出他是一个懂生活的人、一个有趣的人。

这部散文集共分"寸草心""故乡情""行天下""漫笔"四辑，分别收入亲情、乡土、游记、随笔作品，这是他主要的创作体裁，大多是近年来创作发表和获奖的新作。他的作品有这样几个特点，一是重情，"情因物感，文以情生"，写亲人，写师友，善于通过一个小视角，小事件，折射亲人的温情、朋友的友情、师长的关爱，看似语言质朴，节奏疏缓，但却于无声中见惊雷，将大爱藏于心，心联家国。"今日正值国庆，清晨起来，先看了天安门升旗仪式，又看了几段亚运会的新闻，两者叠加，让我更加感觉到祖国的繁荣昌盛，自己倍感幸福与幸运。又想到两个孩子，这两个孩子都是中共党员，均是大一入党，从小热爱祖国，拥护党，向往祖国的强大和复兴，把自己与祖国连在了一起。也祝他们越来越好吧。想到此，我坐在桌前，用宾馆的便笺草书小文，记下我的心事。祖国万岁，杭州真好！中秋快乐！祝两个孩子相知相爱，永远幸福！（今年仲秋月份外圆）"二是为文真诚，文章要写得感人，那就要真诚。做一个真诚的人，用真诚的态度作文，在文章中发表真诚的看法，抒发真诚的感情。真诚，是作文的灵魂。律师是公正的化身，守护法律的天平，处世交友更应以诚为本，他写故乡、写游记、记风物，怀敬畏之心，正所谓文章立其诚。三是思辨性，律师是有独立思考的人，写文章也应有自己的思想，写景状物、随笔游记，看似写的是自然山川，而表达却是自己的思想，自己的观点，他的文字散淡中蕴含着哲理。如《泉州初印象》表达的是泉州人包容开放的亲情，开拓进取、爱拼才会赢的人文特质。《青檀寺》则在诠解万事因缘而起，因缘相伴，人生皆缘的道理。《盘串》看似一种爱好，实则一种境界。《养花记》以花喻人，表达朋友相互，家庭生活，均需尽心尽力，以诚相待，用心呵护。

　　文学也是一种生活方式，在飞速地时光中，文字是可以让心慢下来的，可以收留和记录一切酸甜苦辣，选择文学就是想让自己获得一份与别人不一样的精神享受，与这个世界对话的一种方式。芳军作为一位成功的律师，在文字中找到了自己另一处精神家园，在这个家园，经过他的培育，已是繁花似锦，硕果满枝。

春已至，又一美好季节向我们走来，徒骇河下游的草木开始返青，垛鄽小院里花也抽芽吐蕾，那就选个风和日丽的日子出发吧，去听他讲老盐场故事，赴一场徒骇河之约。

甲辰正月于鹊华堂

（王展，原名王海峰，中国作家协会会员，中国散文学会理事，山东省散文学会秘书长）

# 目录

情为文之母　王　展 / 1

## 寸草心

我陪母亲登泰山 / 3

母　亲 / 7

忆恩师王瑞熙老师 / 11

做教师的那些日子 / 15

高考的记忆 / 20

往事已成追忆 / 23

八角琉璃井 / 26

我在北京过春节 / 29

春节二三事 / 32

存在照片里的记忆 / 36

筚路蓝缕之路 / 41

饮者乐 / 46

今年中秋月分外圆 / 50

月饼记忆 / 54

## 故乡情

家乡的徒骇河 / 59

沾化美食 / 62

寻古记 / 67

虾　酱 / 76

挖嘟噜子 / 80

垛鄽牌坊建成记 / 83

记忆中的垛鄽渡口 / 89

老屋修缮记 / 95

种　菜 / 100

照蝎子 / 103

麦　收 / 105

小城记 / 114

燕子燕子何时归 / 122

恼人的秋雨 / 124

我与大海的第一次邂逅 / 128

## 天下行

域外走笔 / 135

初识韬光寺 / 138

遇见贵州 / 141

晨游大明湖 / 144

"梦"游华不注 / 148

杭州真好 / 151

地铁小记 / 153

三地访古 / 156

从石窟寺开始漫谈 / 160

泉州初印象 / 162

西湖郭庄游记 / 165

泉城百花公园记 / 167

青檀寺 / 170

## 漫　笔

养花记 / 177

人生有趣 / 180

盘　串 / 183

向东二万六千里 / 186

山村小院子 / 188

莫听穿林打叶声 / 190

嘲　风 / 193

《大河归处》是故乡 / 194

法评红楼案 / 196

《夏约》，再约 / 203

山高人为峰 / 205

冬月好大雪 / 208

回味悠长的黏粥 / 210

寒冬里的觅食猫 / 212

## 附　录

留不住的岁月，斩不断的乡愁　袁恒雷 / 217

魂牵梦绕故乡情　年　民 / 220

垛圈渡口　焦红军 / 226

东风三月天（代后记）/ 228

寸草心

寸草心

# 我陪母亲登泰山

我对泰山的情愫，最早源于作家李健吾《雨中登泰山》，尔后在历史课的学习和不同的文艺作品中，不断加深对它的了解和认知。了解得越多就越觉得它神秘和深奥，又反过来促进我对它的探寻，认识的层次不断深入。它在中国人文历史中的作用是特别突出和至高无上的，是一个特殊的文化符号。

我的母亲对泰山也有独特的亲情，对它念念不忘。母亲没有文化，是一名普通的农村妇女，对泰山的历史文化了解不多。但她一直有一个去泰山的念想，目的不是游山玩水，探寻文化，而是去拜谒她的"老姑"——泰山老奶奶，为子女儿孙及家人祈福、许愿。

母亲不是一个封建迷信的人，也无确定的宗教信仰，所谓神佛只是农村老百姓传统的朴素向善祈福的依靠，是对未来的美好希望和祝愿。民间传说，泰山碧霞元君是渤海南岸久山村花姓人，久山及附近村都和碧霞元君亲称老姑。母亲的娘家就在久山村，母亲对老姑感情很亲，心中装着很多老姑保护家乡父老，送子赐福的美丽传说。

上班后我利用出差之便，去过两次泰山。为了满足母亲的登泰山念想，2014年初夏的一个周五，抛开繁杂的琐事，决定陪母亲登泰山，母亲欣然应允。

　　当时母亲已七十岁，因年轻时重体力劳动多，腰椎劳损，背已微驼，但身体很好，母亲为表心诚，不同意坐代步工具，坚持要步行到中天门。

　　我们早饭后，先参观了泰山行宫和岱庙。然后自岱宗坊开始上山，岱宗坊实际就是泰山的山门。向北到一天门，一天门是登泰山天梯的开始，"一天门"石坊古朴简洁，建于明朝。向上就是孔子登临处，为四柱三门式跨道石坊，古藤掩映，典雅端庄，明朝始建。坊额题"孔子登临处"五大字，柱联左右书："素王独步传千古，圣主遥临庆万年。"然后到红门，检票上山。我们心怀虔诚，有说有笑，随着游人缓缓而行。最初台阶不多，多是缓坡，左边是森林，偶有几处名人题词，有的已经模糊，有的尚很清晰，我认真地甄别阅读了几处。在"经石峪牌坊"岔道右拐到"经石峪"，一个很大的石坡上有石刻，是天然宣纸上的书法，很壮观。右边是山涧，隔岸偶有人家。母亲对这些书法不懂，但她平时就喜欢我读书学习的样子，我读字，她看我。

　　再往上一段是自然地质公园段，路边和右边山涧中有很多标识牌子，向游客说明泰山特有的地质构造和岩石特点，展示28亿年前形成的石头的壮美。我也现学现卖，向母亲介绍泰山是世界地质公园和世界自然与文化遗产。母亲只是轻轻地自豪地回了一句：不是好地方，老姑也不来。

　　再往上，台阶见陡，很多年轻人，已开始气喘吁吁，相互依偎，有的倚在路旁的树干上，有的坐在石阶上休息。我已大汗淋漓，劝母亲休息一下，母亲却不以为然，上山心切，不肯停步，坚持再走一段，侄女、媳妇要扶她，她也不让，引得同行的登山人，包括很多年轻人啧啧称赞。母亲热情地回应他们，同他们边行边交流，自豪地讲着她老姑的故事。很多小青年，好似受到鼓舞，打个招呼后，呼呼地向前奔去。母亲头扎蓝色"包头"，脚上穿着布鞋和花袜子，觉得服饰有特点，又面目慈祥，一路有许多人请求和母亲合影。

　　走过三官庙、壶天阁，山涧中一木桥，对面是一村庄。临涧有一小饭馆，小院中有花有草有藤，郁郁葱葱，柴门石墙，似世外桃源。我们就走进小饭馆，藤架之下，有一老婆婆，见我们到来，热情地打招呼，和母亲似多年未见的亲戚一样，相互聊起天来。据本地传说，古时登泰山路上的饭馆，待上菜前，要先询问："有久山的客吗？"如果有，免费提供馒头和豆腐。

喝了几杯茶，疲劳已缓解，我们又启程，一气走到中天门。

中天门是登泰山东西两条路交会处，自此到山顶只有十八盘一条路。中天门石坊两柱单门，是清朝所建。我们此时按计划，吃了午饭，乘索道向上。在索道车厢里，眺望左右前后。满山叠翠，白云生处，隐隐约约有村落，盘山道路若隐若现地在山坡上盘绕。向下观看，山溪潺潺，湖潭如碧。观十八盘如登天天梯，白云蓝天中与南天门相接。

我们到了南天门后，母亲的心思只在拜谒碧霞元君上香祈愿上。所以我们一路未细观，匆匆走到天街东首的碧霞元君祠。

到此，母亲在山门前台阶下，抬头凝望许久，连连称好，赞气派。

碧霞元君祠位于岱顶天街东端的高崖之上，是泰山女神碧霞元君的祖庭，建筑巍峨严整，气势恢宏。眺望远处，白云缭绕，金碧辉煌，宛若天上宫阙。祠以山门为界，分内外两院，内院正殿供奉碧霞元君铜像，铜瓦覆顶；东西配殿分别祀眼光奶奶和送子娘娘，铁瓦覆盖。殿前有香亭、铜铸千斤鼎、万岁楼和乾隆御碑亭，错落有致，熠熠生辉，香烟袅袅，游人如织，是泰山山顶最大的一组建筑。

碧霞元君全称为"东岳泰山天仙玉女碧霞元君"，因坐镇泰山，尊称泰山圣母碧霞元君，俗称泰山娘娘、泰山老奶奶。是道教中的重要女神，中国历史上影响最大的女神之一。千百年来人们对碧霞元君尊崇备至。在中国民间有"北元君，南妈祖"的说法。作为民间传说中她的娘家，鲁北一带更是对她别样推崇与尊重。

进香之时，母亲面色郑重虔诚，似心灵已与碧霞元君相通，告诉了老姑自己美好的祈愿。

而后我们才游览了天街。它位于岱顶，西起南天门，东止碧霞祠。是一条神韵天成的天上街市，路面宽阔、平坦，依岩而建的仿古店铺流光溢彩，这是任何一座名山所无法比拟的。游人漫步天街，飘然如在仙境。

周边山顶一步一景，历史文化厚重，自秦朝到现在，历代名人名家的墨宝与题词比比皆是，每一题词、墨宝、人物背后都有一个复杂美丽的故事。清刘廷桂的"虫二"风月无边的精妙和《经泰山铭》的气势磅礴、遒劲典雅，我印象最深。当然还要在五岳独尊石前，给母亲拍下灿烂笑脸。

下午四点左右，细雨霏霏，满山雨雾，淹没了森林、山峦，只见雨蒙蒙雾蒙蒙的一方天地，山顶仿佛脱离了尘世，已在仙境之中。此时气温也降下来了，恐母亲着凉，就匆匆地下山。下山途中，母亲毫无倦意，继续与同行的人聊天，谈她老姑。

陪母亲登泰山，别有另一番味道！

寸草心

# 母　亲

一直以来，没有注意母亲节这个节日，也对洋节有些排斥，今年却不知缘何特别关注起来，让友人订了鲜花，又买了母亲喜欢的，我平常不让她多抽的香烟送给母亲。

我的母亲很平凡很普通，是一名朴素的农民母亲。我的母亲很伟大，很善良，很勤劳。

我讲两个小故事。一个叫：逼我上学。我上初中时，那时农村没有多少娱乐方式，如果是有场电影就像过年一样，要早早地搬板凳或碎砖头占地方，匆匆吃了晚饭，就去等待，等待白色屏幕上闪闪的八一红星。那时我在公社中学（现统改为　镇级中学）上初中，距离村子大约十二三里路，我是班里最矮的，腿当然也短，走路需要一个多小时。每个周三的下午，学生们上两节课后回家拿后三天的干粮，如果此时碰到放电影的车子去我们村，犹如过年，又像是中彩票一样。有时，能抢着帮放电影的拉一下车子也是无比骄傲。小伙伴们急着问放电影的大哥放什么电影，他们只神秘地说战斗片。战斗片那可是我们的最爱，小伙伴们叽叽喳喳兴奋议论着，我在高兴之余心里却有一丝忧虑。

到家了，母亲和以往一样，已把蒸好的玉米豆子窝头晾在盖帘上，以防我回校时干粮水分太多，不好携带和贮存。母亲给我盛饭张罗我吃饭，一边问我功课情况，一边嘱咐不要和同学打架，又嘱咐我在表伯家住，不要惹亲戚烦等。然后又让我吃完饭去奶奶那里看看奶奶，我心里因装着事，就应付几句了事。等从奶奶家回来，母亲已将晾好的窝头和半罐头瓶虾酱装好，让我换了新刷的鞋，就催我回校，说再晚了，天黑了，路上不好走。

到这个时候，我终于不得不怯怯地说出了我的心事："娘，我想看电影，村里来电影了，我们帮忙拉回来的，演战斗片。"娘是应该知道来电影的，这是村里的大事，再说我家离演出电影的十字街也不远，那里已经有很多人了，妹妹弟弟也抢占地方去了，她是故意装作不知。听到我的话，母亲脸色骤变，声音严厉，语气坚定："不行，这不耽误明天早上的课吗？早上不是语文就是数学，耽误一课怎么办？一步赶不上步步赶不上，老师也不让啊！不能耽误！"我一看不行，想到此前类似下雨下雪天也让我不耽误课上学的经历，也不再坚持，只好流泪去同学们家，叫他们一起回校。可是刚到街上就遇见两个同学拿着板凳去演电影的那里，说明早回校，还说别人也都不回校了。我暗喜转身回家，告诉母亲人家都不回校了，我自己回去，这都没太阳了路上害怕！母亲不语，想了想，说："我送你！"我哭！跺脚！她不管，扯我走！

邻居四奶奶听到我哭闹，听出其中原委，劝母亲，母亲不语，仍拉我走，并高声呵斥："三天打鱼两天晒网，有什么出息！不好好上学，以后还是修地球！"我无奈，心中恼恨，多希望同学的娘是自己的娘，自己的娘咋这么狠，不疼不理解我，电影是盼多长时间才来得啊，耽误一早晨咋了，不如我成绩好的还都留下看电影了，我心里气不过。母亲替我背着干粮，一直送到八里外的罗家坝沟子。我一路不和她说话，心里特别生气，同时幻想着电影中的镜头和小伙伴们兴高采烈的样子。母亲叮嘱我自己回校，不要回头一直向前，肩膀上有两盏灯，只要不回头就不灭，会照着我走夜路。我没有说话，转身回校了，只是记得母亲的话，没回头，一直走了三里地，黑夜中一人走也没有害怕。很多年以后才想到，母亲回去也是自己一人走了八里的夜路，母亲自己也没看电影，母亲这样只是为了自己的儿子能走好以后的路！母亲的爱是大爱！

第二个故事是：催我回家吃饭。时光荏苒，日月如梭，母亲已年逾七旬，我也已解决温饱，在2015年把母亲接到县城居住，母亲甚是高兴，且十分适应。她迅速地适应了"城市"生活，河边遛弯、超市买菜，晚上看广场舞，我十分欣慰。母亲也说："该享福就享福，不会享福是没福。"从此我也改变了中午不回家吃饭的习惯，回父母处吃饭，由于工作原因，其实一周也就吃一两次。我回家吃饭成了母亲的一项重要工作，由于我把弟弟家的侄子弄来县城上初中，给父母添了许多工作。父亲每天接送，母亲操持做饭，至少是我们四个人的，很辛苦。我告诉母亲，不要等我，我回去就将就吃点儿，不回也不用管，可母亲不同意。

每每回家吃饭，我稍一迟缓，她就忙着盛饭，端着新买的馒头给我放茶几上，让我看着电视吃饭，说对工作有用，让我心生惭愧。我每每告诉老母亲，我回来就吃，不回来就不要等，也不要多做，可每每到了上午十一点半左右就打来电话：忙吗？能回来吃饭吗？做的……有时正忙着，没接起电话，就又打来第二遍。开始为了不让她等也为了不用麻烦她天天打电话，还冲她态度不好了几次。老母亲没烦我的坏态度，也没停给我打电话，还是一天天地按点打电话催我回家吃饭！回家吃饭时还是趁我不注意时给我盛菜端饭拿干粮，又每每叮嘱我：少喝酒！自己要知道歇歇。其实我哪有那么累啊！哈哈……现在每每听到母亲的电话，总是充满了满满的幸福和骄傲，有一种幸福是：老娘喊你回家吃饭！

母亲的思维是大气的、哲学的思维！虽然她识字不多，但十八九岁就入了党，能吃苦团结人，听姥姥的话，重亲情、识大局！到现在还嘱咐我们：不要忘困难时搭一把手的人、不要计较人家对自己一件事的对错，对自己不好的人坚持对他好下去，不以恶对恶往前看等。

现在虽然母亲的腰驼了，人瘦了，但母亲很快乐、很幸福、很自豪，其人格魅力越发光芒！我也越来越理解和体会到母亲的大爱！愿老母亲健康、长寿，高高兴兴生活每一天！

　　今天关于母亲我只讲这两件小事，一件远的，一件近的，但却都对我影响很深，成为我学习、工作、做事的指引和动力，并将受益一生。

寸草心

## 忆恩师王瑞熙老师

"春蚕到死丝方尽,蜡炬成灰泪始干。"这一名句常用来赞美老师,褒奖他们无私奉献的精神,我的恩师王瑞熙老师的一生就如这一名句的表述。

王老师是我的启蒙老师,也是我村里全部四十岁以上人的启蒙老师,他在我村前后两次教学累积二十余年,我们村学子好学向上的风气就是他培育起来的,无论是对过去的我们,还是现在的少年功不可没,是我村学子永远的老师。他在八十岁高龄时离我们而去,现在已五年之久,教师节的临近又唤起了我对他深深的思念。

王老师祖籍沾化齐鄾杏行村,当时居住在我们公社河北村,是在我上二年级时开始教我的,但我早就认识他了,他身材魁梧,英俊潇洒,一米八多的高个子,浓眉大眼,衣着整齐,和蔼可亲。当时我村五个年级分成了三个班,有三个老师,王老师是公办老师,其他两个老师是本村的民办老师,也都是他的学生。王老师十七岁师范毕业,我上小学时王老师已在我村工作十几年了,我们村有很多父子都是他的学生。

王老师教学非常了得,讲课深入浅出,重点难点突出,对学生的思维控制准确,虽然我大学毕业后也当过八九年中学老师,还是达不到他的水平，其教学方法和思路望尘莫及。首先他的粉笔字好，方方正正，流畅自然，遒劲有力，十分美观，布局上下对齐，左右不偏不倚，整一堂下来，板书如一幅书法作品（当时我也不知道书法，只知道好看），我当时写字就受到老师的影响，他还指点我写字先写大字，从结构写起。其次王老师的教学除自己备课认真、讲得清楚外，他很注重师生互动和榜样的引领作用，他当时教两个年级的复式班，一个年级是毕业的五年级，一个是我们的二年级，语文、数学都是他一人任教，是包班的形式；上课时先教一个年级，布置好作业，再教另一个年级，工作量是现在老师的二倍。由于时间所限，教学内容又不能压缩，是十分要求高超技巧的。对我这样好动调皮的孩子，他是每堂课必提问的。对学习有进步、打扫卫生积极的同学从不吝啬表扬，上班会时，他还常用当时我村在外学有所成的几个哥哥少年时好学好问的故事启发鼓励我们，常听他说："小春，看到飞机在天上飞，会问我，老师为什么飞机会在天上飞""范物会对一道数学题争取两三个做法""建华不做完作业他不回家"，他对他几个学生的这种表扬，实际上就是用榜样引导和鼓舞我们，启发我们形成好思勤奋的习惯。他用的多是他们的乳名，就像家长叫孩子一样，他把学生当成了自己的孩子。

王老师还是个音乐达人，他会弹脚踏琴，会唱五线谱，在20世纪70年代的农村那是几乎没有的，他歌曲唱得很好，从教唱五线谱开始教唱一些革命歌曲，虽然我现在几乎还是音乐小白，但不是老师启蒙教得不好，是自己的音乐细胞太少了。他教的毕业班在升初中时总是全公社第一，奖状在他办公室墙上贴得满满的。由于基础好，我村的学生到初中后，很多年中都是名列前茅，全公社前二个大学生都是我村他教出来的学生，现在一个是正县级干部，一个是中央财经大学的博士生导师。

王老师在我村是每周周日下午来校，周六中午回家，白天一日三餐自己做，蒸干粮（那时候没有卖馒头的），除了村里的门市部，其他几乎没有商品贸易，冬天偶有一户卖豆腐的，蒸虾酱和咸萝卜是他的主菜，他的生活是十分艰苦和节俭的。晚上和老师们在煤油灯下批作业、备课。除了教学，他还是村里老百姓的书信代书人和读信人，有村民亲戚在外参军或什么人来了信，不认识字就让他帮忙读，要回信不会写让他代写，我在放学或上学时常常看到村民到他办公室（老师们的办公室，并兼他的卧室），我们的教室一排三间房的东间，与教室两间相连，是实墙相隔，中间一个门，是一个上半部分有玻璃的木门。无论读信写信，他都是热情接待并送出门外。我记忆较深的是他还有一项专长，是给村里村民布口袋上写堂号，村民用自己家织的粗布缝好了布口袋，这种布口袋长一米五六的样子，粗三四十厘米的样子，能装一百二十斤左右的粮食，由于当时物资匮乏，这种口袋算是家里的一个大物件，不亚于今天买辆奥迪的架势，村民很重视，要请王老师用毛笔写上自己家族的堂号，以避免在以后的使用中与他人混淆，王老师总是在教学之余尽自己所能为村民提供帮助。

王老师很受村民爱戴，当时物质不丰富，家家户户吃饭都是问题，但我村处于九河下梢，又是半渔半农的村庄，每当到了夏秋季节，有鱼虾捕获，很多村民主动给王老师送去，自留地里的这瓜那菜的也时有相送，王老师虽然推让，但村民扔下就走，也不等他谦让。最富有仪式感的是过年前后请他吃饭，王老师百般推让，但也有推不掉的几个执着的村民，那时候所谓请吃饭，其实都是一种饭——饺子，没有其他的什么鸡鸭鱼肉；屋里打扫得干干净净，壶里已下上了从邻居家借来的"叶子"（茶叶），饺子下锅，再烫上一壶门市部打的散白酒，以最高的接待标准感谢最尊敬的人。

王老师也是非常尊敬村民的，我们的学校在村的最西边，他家的村在我们村的东边十几里，回家必然穿越整个村庄，他从来都不骑车，而是推着他的大金鹿，一边走，一边热情地和村民相互问候，打招呼，回来时也是一样，一进村就下车子。现在有个别的年轻人在村里骑摩托开车呼呼的，老人们这时总是回忆起王老师谦虚礼貌的做派。我是深受老师影响的，现在开车回家，车速20迈，路上遇到乡民，必然放下车窗问候几句，以表示尊敬之意。

王老师不但让我在小学学到了知识，奠定了好的基础，成绩上得到了提升和保障，更让我学到了勤奋向上的人生观，为人生的前进贮藏了"核"动力。特别感谢您，我的启蒙老师，我的恩师！在教师节来临之际，特别思念您，王老师。

寸草心

# 做教师的那些日子

虽然离开教师工作已二十多年，在繁忙辛苦的日子里，对那些年的教师生涯总是魂牵梦绕，在这教师节来临之际，又回忆起做教师的那些日子。

高考时我是没有填写师范类志愿的，是班主任老师给加上了服从调剂，而后在不理想的高考成绩之下，上了师范专业，毕业后分配到了县城附近的一个乡镇中学，当年应届毕业生县城上的教育单位一个不留，我这样的单位还算是不错的分配。

经过两年的学习，已不再讨厌做老师了，作为一个二十出头的小伙子，工作热情还是满满的，也很想干出一番成绩。身为农村子弟，我知道读书才是改变命运的重要途径，而老师就是引领学生读书的人。我做老师之初，都是以自己做学生时的体会和感受来教学生的，虽有实习半年的经历，但真正自己上第一课堂时，也是十分紧张和忐忑，进入教室，登上讲台，下面是一张张稚气而渴望的脸庞，点名时孩子们爽朗热情的应答让我心生了几分喜欢，紧张的神经也松弛下来。初一四班，我的第一批学生就这样相识了。我当时是教语文，只教了一个学期，因为缺英语老师，又改教英语。

与第一批学生相处，是十分愉快的。我尝试着努力地把课教好，学生们觉得我教得还行。班级管理工作也是特别用心，无论是班干部的选任、小组长的挑选，还是运动会上的宣传与竞赛的组织都一丝不苟，并且发扬民主，让学生有集体感、荣誉感，这个班的学习成绩到初二升初三时已经是年级的第二名。有敦厚爱学的春华，有诚实厚重的希征，多才多艺的新颖，机灵文静的丰涛，调皮好动的立波、宋辉，热情幽默的老季，百灵鸟的新梅，现在的商业大咖、沉默文静的大个子吴玲、徐学珍，心静好学吕国珍，沉稳勤快的老朱班长，幽默好动的活宝老解等，现在在各行各业都干得风生水起，十分出色。现在他们与我已经是"过命兄弟"。感情上亦师亦友，经常聚会聊天，他们的孩子现在大多都上了大学，有几个也做了教师，即使有很多年没见面，也都能叫上名字，记得起当年的特点，回忆起当年的几个小故事。

  第一批学生当时教到初二，又回到初一教第二批学生，这第二批学生记忆比较深刻，有几件事比较突出，一是有几个女生是学校驻地泊头本村的，特别皮，训得男生不敢反抗，避而远之。二是在初二上学期末我面颊部耳朵那里做了一个手术，在住院和家中疗养时，那种对学生和班级工作牵肠挂肚，担心惦记，比对以后自己的孩子在外上学都操心。当时耳前瘘管发炎住滨州市人民医院，幼儿尚小，妻子教学、育儿一人照顾不暇，不能来医院陪护，父母在老家，不想让他们担心，也没有告诉他们。炎症甚重，起了一个大包，半边脸也肿起来，手术不能不做，就一人去了医院。不想这种瘘管是胎儿发育时皮肤包裹在里面，像树根一样分叉，耳前这里又靠近一支脑部重要血管，手术进行了两三个小时，术后自己在病房打点滴，不能动弹，来了卖饭的车都买不上饭。经过术后的阵痛之后，又惦记起那帮学生，由于代班主任老师和这几个皮学生是一个村的，她们根本不听话，老师批评她们时，她们还和老师在教室里追逐。是不是张某某又逃学了？李某某作业又不交了？晚自习又有串位开小会的？晚自习时灯管有没有坏了等等，一万个不放心。七天拆线，不知啥原因，缝了七针的伤口，留下两个线头拆不出来了，有一个还有脓点，我也顾不上许多就出院了。回到学校，就急不可耐地叫来班长宋朋斌，询问各方情况，嘱咐他应对的策略，朋斌与班里几个调皮的学生都是一个村的，好做工作。我又把早已写好给全班同学的信给他，让他在小点时间读读，在信里又是吓唬，又是劝导，目的就是让他们遵守纪律，不要因我住院耽误了学习。

关于这一批学生还有一件事，也记得比较清楚，季中秋当时是一个聪明活泼的小男孩，我挺喜欢他的。他在上数学课时，把圆规的一只腿下面铁质带尖的部分，不小心咽了下去，这部分有一个如钉子一样的尖，可把我吓坏了，当时年轻，医学知识、生活经验都很有限，心里想如果这个铁尖划破食道、胃或肠子咋办啊，急忙送到乡医院，好在院长说不碍事，嘱咐回家让他家长蒸一锅韭菜包子，吃了就没事了。

我的第三批学生是一个传奇，当时各地学校都大搞竞赛，排名次，一般是一个班选十五个学生参加，然后依这十五名学生的各种成绩，对任课老师、班级及学生个人进行排名。我班有三名学生，初一、初二各学期总成绩一直是全乡（两处中学、八个教学班）前三名，这个传奇的团队是由吕彬、鲍志勇、苑秀彩组成的，他们三人有时名次有变化，但从未让别人进入全乡年级前三名，号称"泊中三剑客"。他们的成绩也带动了我班的总体成绩，初一、初二班级成绩一直都是年级第一。遗憾的是，到了初三，校领导硬生生地把六个班重新分班，当时觉得真是不可理解啊。学生们重新按成绩排列，打乱后分好班，班主任老师抓阄，因为他们三人是1、2、3名，一个班中最多有一个，三个人不会再同班。更让人痛心的是，他们三人我一个也没抓到。这种分班形式对他们三个人也是一种伤害，比、学、赶、帮、超的氛围没有了。对其他学生也是一种伤害，两年熟悉的同学和氛围没有了，究竟对学生产生的不良影响有多大可能无法量化，但肯定是深度的影响。我当时那个情绪啊，真是头上火冒三丈，心里拔凉拔凉的。从这一年我开始担任初三班主任一直到走向律师新职业。

我们的鲍、吕、苑三位同学后来都考上了比较好的大学，现在都事业有成，前途光明，我们现在互有联系，学生也时常来看我，出差到他们工作的城市，也设宴款待我。我现在想起来，还心有不甘，如果不把他们分开，他们是不是中考时考得更好,高考时会不会更好,那年的分班真是让人痛心。

  我当时做班主任和英语老师,为了工作想了一些小办法。在英语教学上我大量使用录音机教学,让学生的听力提高,并且学会标准的发音,也活跃了教学气氛。自己多做题,把疑难问题早解决掉,给学生解疑释惑、有问必答、一答必对,学习好的学生有时也考老师。并归纳固定短语、固定句型、语法、时态的各个专项的训练,并重视外语与中文的区别,从英语语言的特点,去引领教学,避免用中文思维去学习英语。抓阅读,重练习,及时批改作业发现问题。常盯自习,那时上自习,学校不要求全程盯班,我就一节课去几趟,有时是室外"侦察",有时故意"暴露"自己的"侦察",让学生遵守纪律,从被"侦察"监督变为自己自觉学习。在班级管理上,用有限的班费购置工具,也去总务主任那里软磨硬泡"抢"些工具,使打扫卫生的笤帚、拖把等工具增加一倍,提高工作效率。同时把一天的值日由两个组来完成。如周三,室内由三组完成,根据劳动内容的不同,男女生分好工。四组则打扫室外分配到的卫生区,男女生也分工明确,以此类推,这样就增加当日值班的人数,使卫生和劳动值日工作,在人力投入上优于其他班级,自然成果也就优于其他班级。班干部是班级管理的关键,把成绩好的同学列为学习班长,把有威信、个子大的同学列为纪律班长,各司其职,分别发挥自己的特长。把班级取得的成绩,及时公布给学生,让学生和班级融为一体,荣誉感和唯旗誓夺的信心与班级共存。关心学生,爱护学生,上自习小点时间,与学生共同唱歌曲、讲故事、背诵古诗词等,与学生同乐。不吝啬表扬,不只看重学习好的学生,发挥各自长处。组织男生足球队,自己也参加进去,使一些调皮好动的男生有了集体荣誉感,不再逃课、打架等。经常利用晚上,趁学生家长在家的时间去家访。这些小措施的运用,使班级管理和学生的成绩突飞猛进。我一共教了六批学生,自第三批开始教毕业班,我带初三毕业班的几年,所任班级的量化管理和文化课成绩,一直名列前茅。

在九年的教师生涯中，获得了县教学能手、学科带头人、市教学论文二等奖等荣誉，在1997年被评聘为中学一级教师。学生及学生家长也很喜欢我，对我有很多鼓励。我在这个中学九年中，认识了很多的学生家长，他们有时在周日到家做客，有时在假期邀请我去他们家聊天，还有的在秋天收获的季节送来自产的花生、白菜、韭菜，虽然屡屡推让，但这种朴素的感情总是让我心里暖暖的。与家长们的交谈中，感受到他们对孩子成材的渴望，也感受到他们对我一个二十多岁毛头小伙子的感谢、期盼及信任。在九年的教师工作中，也结交了很多好的同事、朋友，吕校长、李老师、徐彦亮老师、季师傅、孙老师、清明、邵老师等，至今仍频繁来往，亲似一家。

我对我执教的最后一批学生，还是有些歉意。出于多方的原因和对自己人生的梦想，我考取了律师资格，通过了当年号称的"天下第一难考"，我也下决心辞掉"铁饭碗"，为法律人的梦想去拼搏。当时这些都是保密的，我也不能告诉学生们，面对初三毕业班，我要在寒假后离开，当时学校的课程安排，为了迎考，都是初三第一学期就把全部课程学完，过年后，全面系统复习。我在此基础上，把全部英语复习了三遍，并按各个专项，如语法、时态、完形填空、阅读理解等进行讲解和训练，组织了两次模拟考试，使学生完全具备了迎考能力，并千叮咛万嘱咐，记好笔记。我想的是如果寒假过后即便没有老师盯英语，他们看笔记也能完成复习。既有"此地有一别，孤蓬万里征"的孤寂悲壮，又有"临行密密缝，意恐迟迟归"的担心和忧虑。就在这种欲言还休的不舍中，离开了我的学生，离开了我喜欢的讲台。

# 高考的记忆

一年一度的高考结束了,孩子、老师、家长们都放下了悬了许久的心,稍作休息。各类媒体上充斥着各种关于高考的话题,也勾起了我对高考的回忆。

我是一个普通的农民子弟,虽然祖上也曾有过聘私塾先生的历史,但因正值新中国成立前的战乱,家族现代史上从未出现过受过高等教育的人才。新社会后伯伯、父亲虽然在初小时成绩也优异,但由于正值饥荒年代,把老师饿跑了,学业也就此中断,因此整个家族在我之前从未有人走出过徒骇河畔这片黄土地。由于以上原因三十年前我的高考成了大家关注的事情。当年每个月回家拿生活费都得到特别的款待和反复的叮嘱,希望能考出去,考个吃公家饭的"干部"。可惜当年我少年轻狂,贪玩爱闹,心浮气躁又热心班务工作管分饭、卫生等。总之,虽身在年级第一的班,受着老师的关爱、同学的影响,却在当年高考中折戟,辜负了大家的期望,只考了个专科(俗称大专),简直无颜见江东父老,也不敢去班主任那里问分数和录取线。这样的成绩,家人和乡亲们却给予了很大的理解甚至褒奖,因家庭条件受限,放弃了复读,也就结束了自己的高考生涯。但从此之后,心有不甘,常常梦回高考,努力学习认真应考,可那总是"南柯一梦",

这成了我的一个痛。

时光荏苒、日月如梭，2010年迎来了我儿子的高考。儿子自小活泼好问、勤奋好学，学习成绩一贯较好，可北中精英荟萃高手云集，儿子只在升高二时考过一次全年级第二，高二、高三上半年一直在年级二十多名徘徊，成绩比较稳定但未见突破。进入高三后我们家长也进入了"三高"——高度焦虑、高度担心、高度祈盼。我心里一直有种感觉，儿子的成绩应该有所突破，但我不敢要求也不敢说，也不让妻子和他过多交流关于高考的事。我们商定内紧外松、保障后勤、表扬为主，尽量减轻儿子压力，帮助缓解压力。我多次和班主任老师沟通，了解掌握儿子各科情况和相关思想动态，积极参加家长会，了解儿子同学的成绩、家长们的思想、老师的要求，综合以上情况利用接送上下学时间和儿子交流，帮他分析给他鼓劲。寒假考试我是有点着急的，老师告诉我成绩时，正在回老家路上，记得还是二十名左右，换算成高考成绩是六百四五十分左右。儿子也在我身边，他急得哭了，有些自责，觉得有些科总是达不到高水平，也露出一点不自信。我虽然有点急但更有些心疼，帮他分析了各科成绩可以增长的幅度，如果这些增长有一半能完成，总成绩就处于前几名了，山大就有保了。儿子也下了决心，增强了信心。年后他中午三十分钟英语，晚自习后自习到十一点半。我们也加强后勤保障，妻子三餐准时做好，北中放学时家里盛饭，到家不冷不热正好，晚上妻子负责关灯，早上、中午负责提醒时间。我一咬牙买了一斤好点的海参和专用器皿，经反复练习学会了发海参（也巧此海参正好吃到高考，儿子半年也没感冒）。我尽量少喝酒坚持多接送几次，雨雪天保证全勤。接儿子时也带上儿子喜欢的小狗格格，用以缓解压力。私下紧张全面搜集高考录取信息，把前三年平均各意向高校录取成绩建档划区，做好准备。

高考终于到了，提前一周交接了工作，儿子高考是大事，早送晚接，还不告诉他，当作没事一样。高考餐虽是小事，当大事办，反复酝酿既要考虑儿子口味又不能油大，还要保证能量，更要安全！购买肥蟹、牛肉、青菜、水果，亲自下厨，亲口试吃，以保证能量、营养和味道。高考期间不应酬，陪儿子看电视、遛狗、玩，不问考试的事。高考顺利结束了，迎接儿子胜利走出北中，我们的狗狗格格还上了报纸，一块石头落了地。可又一块石头搬上来：分、分、分啊。6月24日亲朋好友电话不断，都关心儿子的分数，此时一家人正在去济南参加舜耕山庄高考见面会的路上。下午五点多在学生鲍春华的帮助下终于查到了分数——669分，高兴！高兴！滨城区（北中）第二名，后被南京大学录取。这成了我对高考最美好的记忆，也实现了儿子的第一个梦想。

如今儿子已实现了自己的第二、第三个梦想，考了研，上了班，真正成了人民公仆，随着中国梦的脚步，走向更远更高的梦想。

一年一度的高考季，我又记起我的高考，儿子的高考，也懂得千千万万家长、学子的高考梦，对友人亲朋多问多关心，尽力给高考学子创造适宜的环境，提供力所能及的帮助。祝愿每个高考的学子，每个高考的家庭能圆高考梦。虽然儿子还没结婚，我也坐等孙子的高考，迎接我的第三高考季，也祝愿是更美好的高考记忆。

# 往事已成追忆

格格来我们家时约是 2009 年冬季,侄女家当时养了一条白白的中型松狮,非常漂亮,个头不大,白白的蓬松的绒毛,小小的眼睛乌黑,舌头小巧而呈靛黑色,听到主人的指令就有自己的动作表情,十分聪明可爱。侄女一家人十分喜欢,取名"公主"以示宠爱。我们见到一次,由衷地夸奖过,侄女心细,在"公主"生了一个雌性小狗狗时,养了四十天,取名"格格",以表达与它妈妈一样的"高贵"身份,恋恋不舍地送到了我家,这就是我们喜欢的格格。格格来时,毛色纯白,毛长显得胖胖的,像个小肉球,虽是"女生",却十分顽皮,咬着东西奔跑、跳跃、翻滚,自得其乐,如果你与它稍有互动,其更是乐此不疲,买了几个小球都被咬破,把几双拖鞋咬得遍体鳞伤,这样的顽皮没有引起我们的反感,反而增加了很多的快乐,它成为正上高中儿子的最爱,紧张学习回家后,总要和它玩耍一会儿。格格是聪明和懂事的,自来到我家,没有在室内拉过、尿过,很懂卫生,总把琐事在早晚散步时解决。渐渐地它能听懂一些我们的话语指令,领会口气的轻重,控制自己的情绪。一开始怕它出去溜达乱跑,伤了自己吓了别人,给它戴上绳子,两三个月后,就不用了,它不离主人左右,一般两三米的样子,有时高兴跑得快点了,回头见你离得远了,就停下,回首望着你，看你走近了，它又摇着尾巴向前走了。如果这时你叫它停下或叫它回来，它虽不情愿，可也会听从命令，按令执行。只有一种情况，它装作听不见，奔驰而去，当看到小猫时，这是它疯狂的时候，一改平时的优雅，在树丛花草中横冲直撞，吓得小猫急避不及，累得它自己气喘吁吁，耷拉着舌头，紧追不得，这时它就回到你身边，四肢向上亮出肚皮，扭动脑袋，向你撒娇认错，还需要你用手拍拍它，它才一滚身起来。格格的聪明还表现灵敏和机智上，如果我遛狗时见到熟人说话，它总是停下等你，如见我们谈意甚浓，它就择地而卧，时间再稍长，它就跑过来用前爪轻轻挠你的腿，表达要求，如果我还未说完，就告诉它再等一会儿走，它有些不情愿，但还是听话地慢慢趴下，如果当时谈完了可以走了，问它一句："格格玩吗？走吗？"它就高兴地一甩头，一个跳跃转身，颠颠地向前慢跑去了。

2010年儿子高考后，我们去旅行，不方便也不放心交给别人照看，就带着它一同旅行，为了住宾馆方便就买了一个大的旅行手提袋，在住宾馆时把它放进去，当行李提着，由于手提袋下面是软的，它站在里面身体不平衡，里面又不见光，环境实在不舒服，住宾馆办手续有时又较慢，平时它听到生人声音或不舒服，它就叫，可在我们嘱咐下，在青岛、临沂、上海、南京五六次住宾馆，情况如此复杂下，一次也没有"露馅"。

格格对我们是温柔的，一叫它名字，总是摇着尾巴，慢慢地走过来。见到我们回家每每疾步向前摇着尾巴两眼带着兴奋迎接，儿子高中三年，特别是高三紧张的一年我经常带格格去接儿子，当时成为很多家长追捧的对象，也缓解了儿子紧张的学习状态，它高考期间也同我们参加助考，还成为记者摄影的对象，上了报纸。格格是忠犬、聪犬，我们的爱犬！有一天，格格突然不再欢天喜地随我去遛弯，出了门又悻悻地回去了，起初以为腿上爪子长进肉里，经处理还是精神不振，喝水较多却厌食，去市里找兽医看了，说肚子里有炎症，手术输水都可，输了五天水，配了三种药，有了好转，也开始吃饭了，感觉要好了。那天我又匆匆出差了，走时为它灌了耳朵，精神尚好。途中妻来电说格格肚子胀又不吃饭了，我回复她，如第二天早上还涨，速去宠物医院。第二天早上妻来电格格不动了已离去。我心当时被揪了一下疼起来，莫不是妻放假后，我没让她带格格去医院耽误了……不免有些埋怨自己。万物有缘我在你来，珍惜呵护缘份才好，无论人无论物都需珍惜，它给你快乐欢笑，即便是一棵树你多浇水勤施肥，也给你带来更多的绿叶、花香、果实！格格是我的爱犬，突然离去是我一大遗憾，现在只能亲植一簇马蹄莲在它身边，以弥补。它虽已离去，但往事历历在目，往事可以追忆。

# 八角琉璃井

周六借到北京出差之际，与儿子小聚。虽然天正下着雨，儿子还是想带我出去转一转，他说到了游玩的地方可能雨就停了，或下得不大了，无论是雨过天晴还是小雨霏霏，都是不错的游玩的好天气。我也觉得不错，在外转转，父子可以多聊几句，闷在屋里也就是一个看电视，一个看手机，少了一些互动和亲密。

北京的风景名胜景点看得也挺多了，有的已去过几遍，又加之疫情之下，儿子没有选择去名胜古迹的热点地方，商量着去通州的北运河森林公园去看看。通州区随着北京副中心的建设，以古运河为轴，建起一个直径十几里的古运河公园，有半自然半人建的韵味，可与古建筑和西山有一比，是北京又一新的休闲、健身、旅游之地。

向东过朝阳区出德胜门，走了一段挺长的地下隧道（单向三车道，应该是连接北京副中心和中心城区的主干道）就到了通州地界。道路两旁都是正在建设的高楼大厦，时尚、现代、一片生机。行驶几分钟，道路两旁渐渐地不见了高楼，多了树木和花草，绿树成荫，花草繁茂，道路整洁。车停在古运河公园西门，我们在公园里走了两个小时左右，也只是转了小半个公园，游览了古运河边上的月岛风景区。古运河河面很宽阔，有几百米的样子，在北京我第一次见到这么宽的河，和想象中的窄窄的人工河不是一个样子。水波荡漾，河水清澈，岸边青草盈盈，绿茵如翠，叶子上带着水滴，如配饰了颗颗珍珠，格外清新可人。两岸垂柳依依，桃树和杏树碧叶含黛，虽是初秋，但也能从虬枝盘绕的树形上看到春天桃花灼灼的景色，我不由得说，如果春天在河中泛舟，观两岸垂柳桃花，一定甚是漂亮啊！儿子说，春天再来啊，你们退了休可以到顺义买房子住。我一问房价，说已经5万左右一平了，就直接打消了这个念头。

古运河是京杭大运河的北端，当年承担了重要的漕运任务，是北京城物质保障的重要运输设施。通州当年有"乃九重肘腋之上流，六国咽喉之雄镇"之美誉。现在虽然水运的历史任务已随岁月消失，但应时而建的公园又为人们的生活做着新的贡献。公园中还有荷塘约百亩，有河，有桥，有岛，有亭，有沟，有台，有大道，有甬路，有坡地，有茅屋茶舍，有西式小镇，峰回路转，树木各异，花草争奇。我大略统计了一下，树十几种，花草几十种，有森林的静谧幽深，又有人间的烟火味道，漫步其中，不会让人感到孤寂。

在回程的路上，我有点累，稍作小憩，儿子开车，车里播放着一个节目，迷迷糊糊中听到一对男女谈这谈那，没大记住内容。一段之后，一个叫"熊猫"的嘉宾讲了银河星空摄影，讲到了璀璨的银河和星空、星云什么的，有句关于银河浩渺的话倒是打动了我，让我记起了儿时天空中的银河，星空中的星云和星座，记起了摇蒲扇的奶奶以及酣睡在麦秸"蒿卷"（席子）上的我。

农村的孩子一般大一点时，因为有了弟弟妹妹，就不再随父母睡，而多是随着爷爷奶奶睡，我忘记我是几岁起随奶奶一起住的，应该是在小学二三年级开始吧。我们村那时大多数的房子没有院子，夏天的时候，就在屋前或屋山的场子上（就是屋的地基往外延伸的部分，比天井和周围地高半米的样子，当地叫"yai头"）乘凉，睡到大半夜再去屋里。我躺在麦秸席子上，奶奶坐在我头的一边，奶奶不识字，性格也有些内向，也没有多少"瞎话"（故事）给我讲，多数情况下是我主动问她。奶奶多是呈半瞌睡的状态，她一边用蒲扇给我扇着蚊子，一边低头又摇头地打着瞌睡，但也断断续续地给我讲了银河和几个星座及牛郎织女的故事。她说是听她奶奶或姥姥说的。一个是北斗七星，奶奶说它的形状和勺子一样，这个我观察之后还是好辨认的，至于哪个是北极星，她也没说明白。当时我也不知道北极星，只认得那个勺子，只知道它是在北方星空。奶奶讲的银河也好认，她当时是称"天河"。那时夏日的夜晚，天空比现在深邃得多，星星也多、也亮，银河如一道彩虹一样，横亘在从东北向西南的天空穹顶上，星星有密有疏，一眨一眨的如河水在阳光下波光粼粼的样子，真的像一条河。但牛郎织女星就不好找了，奶奶告诉我，牛郎在河下面，织女在河上边，牛郎星两端各有一个小星星，是他担子里的孩子。还是这两个小星星提示了我，我认为找到了牛郎和他的担子，也寻找到了河对面的织女。牛郎和织女两颗星比周围的星星亮，也大一点儿，好像两人都已在河中，说明快能见面了。我那时还傻傻地想，离这么近了，大约再过几年就能走到一起了。

最难找的是八角琉璃井。奶奶说银河中有一八角琉璃井，由八颗星组成，井中还有一条金鱼，能找到的人会中状元。我认真地找了很多个晚上也没有找到。虽然现在早早地过了高考季，更没考上什么状元，但每每看到银河时，还是认真地寻找。童年时的夜晚，我多是在寻找这个八角琉璃井时睡着的。浩瀚的银河，闪烁的星空之下，一个少年在祖母的身边，在地上的麦秸席上美美地睡着了；旁边瞌睡中的祖母坐在少年身旁，手中的蒲扇机械地为她的孙子扑打着蚊子，驱赶着热风。这样的画面，曾经是我，也曾经是你，在那夏日大地上的一幕幕展现。

我突然很想我的奶奶。

车已停下来，儿子说："南站到了，爸爸。""噢。"我从回忆中回来，相互叮嘱了几句，我进了高铁站，突然觉得，这儿子的伴游和相送与奶奶挥动的蒲扇都同样蕴含着亲情，亲情就这样一代一代地延续着。

寸草心

# 我在北京过春节

　　进入腊月,春节的脚步近了,气氛也浓了。作为中国最重要的传统节日,全家团圆,一起热热闹闹地过春节,成了一种根深蒂固的传统习惯和挥之不去的情结。儿子在北京工作已有四年了,受家庭和传统思想影响,重感情、讲孝道,每年都在腊月三十赶回家过年,和爷爷奶奶及我们相聚,并坚持回老家拜年,参加上坟、祭祖等春节传统活动。今年为了能否回来过年,自进入腊月就开始讨论。其实我已有一个想法,妻子假期较长,我工作较灵活,于是我决定进京陪儿子过年。把这个决定告诉儿子时,儿子当然高兴,但又和我一样,对在县城过年的爷爷奶奶起了牵挂,虽然此前我已和弟弟做了交代,但还是叫来了外甥协助他照顾父母二老。父母很支持我进京陪儿子过年,因为他们同样牵挂着孙子,并提前准备好了炸鱼、炸糕等儿子喜欢吃的食品。

　　腊月二十八早上五点开车进京,路上车辆很少,为避免与外人接触,一路上马不停蹄,上午九点半就到达了儿子的住处,我们来北京过年了。首先向社区做了汇报,下载了北京健康宝,关注了京心相助,严格遵守汇报制度,一切安好,一路绿灯。来北京是少年时一个梦想,北京是青年时旅游的理想目的地。天安门、故宫、胡同,有我许许多多的憧憬和向往,条件所限少年时未到过北京，成年后虽也带家人来北京旅游过，来去匆匆，总是一过客。今年因疫情来北京过年了，好像是身份有些变化，这是以前未曾想到过的。在北京过年，和在老家没什么不同，小区内进进出出的人和老家的人没什么区别，和睦、亲切，进门相互谦让，点头微笑表示敬意，包括车子、房子也区别不大，只是所住的房子小了些，旧了些，不比小县城，到处都是新小区。我与儿子还同往年一样，一同贴春联，春联是特意让老家书法大家朱志泉老师写的，很精神，还特意为单元门口也贴了一副。晚上一家三口一起包饺子，虽然儿子为了方便买了速冻水饺，我还是坚持自己包饺子，过节要有仪式感。在北京过年和老家也有些不同，因五环内禁放鞭炮，只能隐约听到北边传来的烟花鞭炮声偶尔看到天空闪烁的美丽烟花。小区内树木高大，有几棵雪松挺拔，一身傲气的样子。在北京过年，走过那些古老的宅院和街道，青砖红门，更觉得年味浓醇。在北京过年，听到儿子领导家访时对儿子的肯定和表扬，感觉春节过得有味，美滋滋的。当然在北京过年还有一样不同，我也因无客人可陪少醉了几回。初一吃完饺子，阳光正好，路程不远，三人三骑，重游了颐和园。

  人流如织，园内的人和树都是红红火火的，人们穿了新衣，树上挂满红灯笼，一片祥和。当然人们还是自觉地做好个人防护，只是不像平常一样戴着蓝、白色口罩，很多人都戴着红的、花的颜色艳丽的口罩，让口罩成了一种配饰和装扮，平添了几分节日的喜庆和祥和。

  初二重游圆明园。圆明园建园时是平原造景，从湖底取土围成一个个园子。园子与园子之间是路，园子内外多有水系，各个园子相互呼应又有道路、桥、水路相连。楼台亭榭各有特色，有高大宏伟的，有小家碧玉的，有北方的宫殿，也有江南的名园，十分精美。圆明园前后历经二百多年才建成，被誉为"一切造园艺术的典范"，是"理想与艺术的典范"。乾隆曾赞誉"蔓眼韶光如有待，东风着意为吹嘘"，可惜毁于英法等八国联军之手，让人扼腕叹息，顿生几分憎恶。现一个个园子，只遗留有地基、柱础和萋萋的枯草，带着岁月的痕迹，在默默回忆着昔日的辉煌，向世人诉说鬼子的残酷。虽经百年，有的地基石和石墙上燃烧的黑色灰烬依然存在，与景区说明图上的精美建筑相比，不免又生几分仇恨。

当天只游览了圆明园东南角，但在返途时恰好走到一处松柏围起的场地，内有建筑，初以为是圆明园遗物，走到近处才知是刘和珍君等三十九名"三·一八"惨案、爱国志士的纪念地。缅怀先烈，并又一次诵读了鲁迅先生的《纪念刘和珍君》中的名段"真的猛士，敢于直面惨淡的人生，敢于正视淋漓的鲜血。这是怎样的哀痛者和幸福者？……"心中对先烈们抗击外敌、至死不渝的民族精神敬佩不已。刘和珍君等大都是二十岁出头的女孩子，就是这样的年轻女性，在那样的封建环境下，能抛头颅洒热血，以鲜血荐轩辕，是何等的大丈夫！正值传统初二祭奠祖先之日，此时凭吊先烈，也是一种机缘。

初三上午游了安定门旁的胡同，现在也是一条名胡同了，叫五道营。路上行人不多，很多店铺没开，但都贴有告示和鲜艳的春联、"福"字，有些做了改造，有咖啡厅、有时尚女装店，还有一个叫"学校"的酒吧，《老炮儿》取景是不是在这里呀？想必假期过后，又是一派比肩接踵、人流不息的繁荣景象。

接下来又游了雍和宫街和国子监街。与以前来时不同，由于雍和宫初五才开门，销售香火的店铺开门的也不少，有几个虔诚的香客在大门外用未点燃的香膜拜和祈祷。国子监街上人多一些，文庙前排队测温，多是家长带小朋友来文庙拜一拜，希望孩子成绩能好一些，但愿他们期盼这美好希望的同时，能伴有教育孩子刻苦勤奋的行动。中午小憩后，踏上归程，唯一一次离开家乡的春节就这样过了。我在北京过了一个快乐祥和、深受教育和启发的春节。

# 春节二三事

我们老家的春节一般自腊月二十三开始,但真正的重头戏在腊月三十、初一、初二这三天。

## 悬"主子"、贴春联

小孩子堆里噼里啪啦的鞭炮声已奏响了春节的序曲,这时候的鞭炮不舍得一挂一挂地放,是单个拆了一个个放,并且大多是小孩子自家里偷偷拆下来,放在衣服兜子里,如珍宝一样用手捂着,怕弯腰它掉出来,跑了。

小伙伴们此时比着放,有时也来点儿恶作剧,插到牛粪上看"天女散花",或丢到女孩子背后,惹得胆小的女孩子哇哇哭、大胆的女孩子追着骂。也有大胆的,手捏着引线,点燃后瞅准时机,向上向远处一抛,在空中"啪"的一响,引起小伙伴们羡慕和崇拜的眼光和笑声,惹得远处大人一顿训斥。我是大了一些才知道,这样的动作不是蛮干,是手掐着引线,等燃到手掐的地方,手一烫就扔,其实没多大危险。当然,不掌握这个要领,照猫画虎地"蛮干"可能有危险,也是大人训斥的原因。孩子们的笑声和欢乐就随着鞭炮声送到遥远的成年后的记忆中,成为幸福的引子,一年年发酵。在这个时候,大人们要做一项重要的工作,就是在腊月三十前一天,悬"主子"。"主子"现在看来，就是一个宗族谱系的纸质挂画，是挂在正房迎门北墙上的。大人们相当重视，一般要先洗手，再把这"主子"从墙上钉的铺着木板或秸秆支架的"高盘"上取下，先挂上一个芦苇席帘子，然后再悬上"主子"。

"主子"上画的是深宅大院和列祖长辈的牌子，也有"恩泽后代""绵延流长"这样类似内容的对联。男性在右侧，配偶在对应的左侧。"主子"上的称谓也有讲究，一般以请"主子"的这个户的男性的口气而书写的名讳。如果男主人去世，就要换"主子"，以其儿子的名义重新"请"，不叫作"买"，以示尊重。"主子"，同一辈在一行，男右女左，所请"主子"户的直系亲属排在每一行的第一位，其他按与请"主子"户的血缘关系远近和年龄大小，男性依次从中间自左向右排列，每个人的配偶也是在左侧依次对应的位置，不能有丝毫差错。"主子"悬上之后，摆上丰盛的供品，有鱼有肉，六大盘子。鱼是整鱼，肉是大块带皮的，还要半生半熟，有酒有茶有烟，更离不开香烛。但此时还不能点香，因为"神"（已逝的先祖们）还没有请来，到腊月三十清晨，该户男主人要烧庙观里敬佛敬仙的黄裱、放鞭炮、磕头，把众"神"请回家"过年"，自腊月三十到初二早上，叩头、烧香供养。这个活动是十分重要的，不是迷信，既是对逝者的怀念，又是宗族加强团结的仪式，还是教育青少年尊老敬老的形式。每到一户拜年，都会添香作揖以示对"主子"的尊重，观瞻"主子"了解家族历史，通过这个宗谱年画，了解自己宗族的延续脉络，知道自己从哪里来，小处提醒不忘祖宗，大处提醒不忘祖国；也了解了其他家族的远近亲疏，既有历史意义，也有现实意义。

这时，大人们开始贴对联了。大多是用面烫成糊，用高粱黍子"扫帚"刷在门板上，先画长条和方框，然后在长条和方框中打个叉，这样贴上的对联粘得比较均匀，不易脱落和被风刮起。上初中的我在这个时候被派上了大用场，给大人区分编排上下联。虽然当时大多也是蒙的，但作为"文化人"，大人们还是比较相信的。贴上春联的大门和屋门，立即精神起来，散发着春节的喜庆和欢快。

红彤彤的春联，也预示着来年人们的生活红火、向上。

### 拜年、祭祖

我们老家过年初一拜年非常讲究，有很多的传统礼数，但都是增加祥和、增强团结、激发干劲、传承优良的好风俗。天不亮，母亲就起来拾掇并开始烧火了，快烧开锅时才叫我们起来，我们因为有拜年的糖块和马上出锅的饺子的吸引，也一改昔日对热被窝的恋恋不舍，很麻利地穿上衣服下了炕。衣服外套上下都是新的，棉裤和棉袄有时也是新的。外面的衣服记得比较多的是蓝卡其或是条绒，母亲在我们熟睡后已经套好，脖子领上也缝了白领衬，袖口也缝上了既显得干净又便于拆洗的新挽袖，体现了那个时代母亲们的一种智慧。饺子这个时候大人不让吃，煮熟了盛出来放在筐子上，大人们叫我们先去各户拜年磕头。拜年磕头首先是一个家族的男人们先集合起来，给自己家族的一户户按长幼先后去家里磕头拜年，都是双膝下跪真磕头。磕头的时候，长辈在前，晚辈在后，小孩儿们大都在后面，依次跪拜，口中还要问"××过年好啊"。那端坐在堂屋上首椅子的长辈就忙着吆喝"过年好啊，免了、免了，还每年都磕嘛，心到就是"，并一边给年龄大的晚辈递烟，和不常见的问候几句关于工作、生活什么的。这些在后面的小孩，此时已见缝插针，移到了人群的前边，随着人群往外走，他们像潮水退去留在沙滩上的石头，凸显出来，正好女主人提着糖袋子从里屋出来，节奏恰恰好。早了吧，糖没拿出来，大人在说话；晚了吧，人家"大部队"都走了，自己也不能让人看出来是在"等"糖，哈、哈、哈，一切恰恰好！有脑筋的小孩儿把这个火候拿捏得死死的。小孩们接过糖，转身追上"大部队"，又去另一家拜年。全村的长辈家都要去拜，范围很广，这样需要五六个小时，上午十点左右，此时回家的路上，老少媳妇们已经出现在街上，开始和早上男人们的模式一样，去各户拜年，只是范围小多了，一般只给本族长辈拜年。拜年这种形式,既体现了尊老敬老的传统文化，又通过拜年，化解了相互之间的一些小矛盾，一拜泯恩仇，一年的过节一笑而过，来年又成了好乡亲、好邻居。

我的老家初二的早晨，请"主子"的各户都放鞭、烧纸，送"主子"回去，并祈祷保佑这一年家人平安幸福，"主子"们随着虔诚的黄裱燃起的青烟，高兴而归。而此时过年的另一项重要任务，也在早饭后开始了——上坟祭祖。远处田野中已有鞭炮和雷子的响声，空中已有礼炮和二踢脚的欢唱，人们开始以家族为单位，几乎是全体男性成员，扶老携幼，背鞭搬炮，提篮杠杆，为示尊重，步行向自家宗族墓地进发。近几年大都乘车去了。到了墓地，要先清理野草杂树，然后由长辈摆上祭品，敬酒敬茶，烧纸祈祷，然后到每个坟上烧纸。年轻的就分工在各个坟前放鞭炮，放完后在墓地前面集中放烟花。在这个过程中，长辈向我们一年一遍地讲每个墓的主人与我们的关系，以及相互的关系，并讲述一个朴素的道理：叶落归根。无论在天涯海角，最后都要回归这片土地，有时还要确定一下他们百年后的位置。在众人面前确定位置，以免以后纷争。一片嬉笑声中把未来的事情安排妥当。传统的风俗，在处理问题上很多是潜移默化的，非常含蓄，但意义深远。

至此一年中几个大的有仪式感的活动结束，自初二开始人们便走亲访友，年复一年，周而复始，传承继远。

## 存在照片里的记忆

相册上的尘土已清晰可见，许久没有翻看过相集了。但相集中有许多照片都深深地印在我脑海中，它们既记录了我生活的印迹，亦是社会发展的表象。

我印象最深，也是最早的一张照片，是我们兄妹三人的一张黑白合影。照片尺寸不大，三人自右向左，按年龄依次排序。有火柴盒大小，可能是为了节约钱吧，三个人的合影，在这样小的照片上，显得有些拥挤。我的布衫扣子系得整整齐齐，连最上面的那颗都系着。双腿并拢，裤子皱皱巴巴，裤脚在脚踝之上，裤子看上去略短了一些。头发略长，表情严肃，略显拘谨和紧张。妹妹扎着长辫子，花布衫，表情自然，面带微笑，个子高挑，很俊俏的一个小姑娘。弟弟头发很短（可能是光头刚长出些茬茬），双眼如炬，两手攥拳，双臂用力，不是靠着身体，而是撑起来。双腿分开，双脚赤足踩地，一副雄赳赳气昂昂的表情,初露威武之气。弟弟穿的裤衩肥大，上身赤裸，胸脯上的肉厚墩墩的。我记得当时村里来了个串村照相的，在刘玉树大爷屋后墙上挂上背景布，招呼人们照相。围观的多，照相的人少，因为谁家也不舍得花这奢侈钱。母亲在后邻居振坤大娘家，与大娘做手工活聊天。母亲其实老早也盘算着给我们照个相，只是一直下不了决心，舍不得那几毛钱。那天正值我上午放学回家路过这里，经这个说那个劝，就张罗给我们兄妹三人照相，我在现场，妹妹在家，都好找。可弟弟不知和小伙伴们在哪个地方玩耍，经过一番寻找、喊叫，才招他回来。当时他们一群五六岁小男孩，光着屁股洗澡来，这么小的男孩，夏天也不大穿衣服，成天光着屁股跑。照相可不能光着屁股，就回家顺手拿我的短裤给他穿上。照相的时间，从记忆中搜寻，应该是我上小学四年级的夏天某日。这张照片既反映了母亲对自己拥有三个茁壮成长孩子的骄傲之情，也展示了她的母爱和对美好生活的向往。她自己没有参加进来，只想突出我们三个。同时也记录了那个时代物质的匮乏，和人们朴素的幸福乐观面貌。这张照片对我意义很大，自此奠定了我当大哥的使命，开始以大哥的身份去要求自己，呵护、帮助妹妹、弟弟。

在蒲湖北岸内侧坡上，我与一个女同学坐在浅浅的草地上的照片，也是很有意义的。那是三十年前的早春，大学几个好友周末郊游，首选之处当然是蒲湖公园，当时的蒲湖公园与现在相比差别较大，那时自然的东西比较多，建筑物少一些，但是唯蒲湖基本未变。在北岸向南眺望，水面波光粼粼，点点的金光在水面跳跃，如同一群穿着闪光服的淘小子在不停地翻跟头。微风过处，千层波澜，依次涌动，颇有"吴山色千叠翡翠"的韵味。三座湖心岛上的杨柳，在美景中已陶醉，摇晃着身躯，挥舞柳条，与湖水嬉戏。湖北岸南坡因受阳光普照好，草绿的比别处多，亦有无名小花绽放其中。热情的张宝辉背着一个海鸥牌照相机，给大家拍照，相机很好，是彩色的胶卷。同游中有一沾化籍女同学，在众人拉扯、嬉闹中，让我与该女同学合影，我们席地盘腿而坐，离得不远不近。我长发过耳，春风之下有点飘逸，内穿白色衬衣，外套一件蓝色运动服，衬衣上边两个扣子没系，运动服敞着怀，显得活泼、自由、洒脱，脸上自然调皮的微笑，尽显青春阳光。女同学长发束在脑后，一缕刘海垂在脸右侧，清秀的圆脸，白色衬衣，蓝色牛仔裤，表情略显尴尬，颇有出水芙蓉的娇羞。此女同学后来成了我的妻子。

"杭州西湖"，四个红色米体字，镶在硕大的太湖山上。字、字颜色、石、石造型，浑然天成相得益彰。儿子站在前面，我与妻子站在后面，儿子上身穿红色T恤，面带轻松和自信，身高已与我相近，微微的胡须，器宇轩昂，浓眉炯目。下身是宽大五分运动裤，脚上是耐克运动鞋，斜跨一个牛皮原色长方形挎包。这是儿子高考后，我们一家去杭州旅游的一张照片。此刻一家人都笑容满面，精神昂然。儿子高考创下佳绩，669的裸分，在滨州市是前几名，已被南京大学录取。为奖励他，第一次给他买了名牌的运动鞋，并赠给他我正使用着的挎包。十年寒窗登金榜，南京求学展理想，儿子的人生之路自此开启。我们夫妻文化水平有限，视野也不够宽广，为人父母只能加倍努力，三年高中陪读，全力以赴，殚精竭虑。最后儿子比较争气，令我们十分骄傲。此照片反映了我们家文化水平的更新，由专科水平上升到了985名校水平，质的跨越，新的开始。此时儿子马上18岁了，已成了一位男子汉。当时我心中想：加油青年，未来可期。

2012年的秋天的一张照片，在上海世博会最具有中国特色的中国馆前，父母在前我在后。鲜艳中国红的中国馆气势恢宏，表现出了"东方之冠，鼎盛中华，天下粮仓，富庶百姓"的中国文化精神与气质，犹如古代高耸的华冠，又似粮仓，红色则体现出喜庆的气氛。母亲头上的蓝色头巾与此红色交映，很有视觉冲击感。父亲新款中山装，看不出农民的样子。父母都面露笑容，眼中充满了好奇与兴奋。参观了中国馆，又登上了东方明珠塔。此是我参加律师工作后第四次陪父母旅游，此前去了青岛、济南、泰安、北京。这次是上海和南京，自上海转南京，与儿子会合。自济南坐飞机到上海，自上海乘高铁到南京。父母是第一次坐飞机，高兴又好奇，对送水送饭的服务以为要收费，推脱不要。我告诉他们包含在机票中，他们才收下。旅途中一路夸奖沿途美景，心花怒放。又在吃饭、住宿时叮嘱我一切从简，少花钱。并且不肯买东西，说啥也看不中，其实就是为了省钱。和儿子会合后，在南京夫子庙、总统府、南京大学新老校区等地，一家人又欢欢喜喜地玩了几天，成了一次难忘之旅。广州、深圳与香港本在计划之中，但因父亲此后患了一次微脑梗，不能乘飞机了；而母亲也因腰椎旧病复发不能走远路，各地都不能成行了，留下了几分遗憾。

随着时代的发展，手机像素的不断增高，使得专业摄影或摄影爱好者之外的普通大众，用照相机拍照的越来越少。拍的照片也大都存在手机中，不再洗相片了。我翻了一下手机，近两三年每年都存几千张照片，现在用的这个手机中有两万多张照片，其中只有约五分之一与工作有关，其他大多数是生活中的随拍。在这些海量的照片中也有印象特别深的照片，其中儿子研究生毕业和在乌鲁木齐实习的照片都印象颇深。

蓝天白云是大家对天空常用的一个描述用词，但各地的蓝天白云是各有不同的。张北坝上草原天路的蓝天白云，是我见过最美的蓝天白云。蓝天与别处不同，是湛蓝到浅蓝的过渡，白云是珍珠白到纯白的延续，白云千姿百态，如人如物如动物，栩栩如生。一眼望到天空与绿色大地相接之处，"穹庐"的感觉一下子就有了。连绵丘陵上翡翠般的草地和森林，更衬托出了蓝天与白云的干净，让人感到那么纯粹和温润。在这样的背景下，我与儿子在后，妻子在前，让路人帮忙照了一张合影。我与儿子戴遮阳牛仔帽、墨镜，儿子着浅色休闲户外服装，短发，一身静雅之风，都市青年气质。我上身是藏青色T恤，胸前有写意的"1973"红色字样，下着牛仔裤，尚有几分精神。妻子头戴宽檐遮阳帽，韩风浅粉青休闲亚麻裙装，和草地里各色怒放鲜花相映，倒也和谐。这是2021年夏天，我们一家三口，在河北张北地区的草原天路西段草原上的合影。反映了疫情之下，我们出门的快乐、悠闲、幸福，也是中国大多数家庭的一个缩影，反映了中国老百姓小康生活的基本面貌。

现在只有大型会议的场景，才将照片洗出来，以作纪念。由于是选用专业的机构，机器又好，拍出的集体合影清晰整齐。我办公室的墙上就有几个这样的相框。有沾化区十七、十八、十九三届人大一次会议的代表合影照，有政协滨州市十二届一次会议委员的合影照，有十二届政协经济界委员与宋永祥书记、范连生主席、张兆宏主席等领导的合影照。经济界委员这张照片与其他的照片相比,在人员排序上有所不同。这张照片第一排坐的是企业家,领导在第二排站立,充分体现了市委、市政协领导对企业家的尊重,反映出滨州市领导们对经济建设的关注和关心,用行动示范了"在知爱建"。

照片很多,每张都有故事,都存储着记忆。

此前的照片很多,此后的照片会更多,故事也会更多。祖国昌盛,人民幸福,我们的照片无论是背景,还是我们自己,都会更加绚丽多彩、灿烂无比。

寸草心 📍

# 筚路蓝缕之路

1995年,在北京师范大学在职进修完成后,认真完成教学和班主任工作之余,总觉得尚有余力干点别的事情。不满足于在一个乡镇中学干一辈子,虽然我十分热爱自己的工作,非常喜欢自己的学生,并且从心里感觉到教会学生知识,使他们成为人才,是比其他工作有意义的事情,但年轻人对理想的追求是从内心生长的,根扎得很深,一个二十七八岁的小伙子,仍是心比天高。

起初也曾考虑走公务员之路,比较稳当,可教育主管部门不给出具介绍信,使得到的有关单位招考职位消息,只是带来昙花一现的喜悦(那时候从教师队伍走出来的公务员较多,主管部门也是为了稳定教师队伍)。也有心到商海里遨游拼搏一番,但一无做买卖的本钱(标准月光族,父母、弟、妹还需我接济),父母妹弟需要照顾,幼儿尚小,要保持基本的生活条件,无誓死拼搏的决心,也就放弃了。思忖着找一个靠自己本事能开拓的事业,又不需要多少金钱的成本,意义又不小于教学工作。当时正值中国加入关贸总协定的谈判,我想了一个很朴素的问题,国家正在搞改革开放,经济又要和世界融入一体,那么必须要加强法律的作用,用法律来处理经济活动中的纠纷。而法律是当时人们很不熟悉的,我一个本科毕业生,也只学习了一点政治课本中有关《宪法》的知识，其他一概不知。法律应该是社会发展急需的知识，为人们提供法律服务的律师，应该是一个方兴未艾的行业。我决定做律师，这也符合我改行的预期。律师资格需要考取，对我来说是一道不小的坎。按我当时了解到的规定（当时没有互联网可以查询，只是打听。也无手机，甚至固话亦没有），要有法律专科才可以报考。我首先自学法律专科，在1995年报名参加了法律专科自学考试，跑到滨州天河商场教育书店购买了教材。第一次报了两门课程，专业课《婚姻法》和一门公共课。记得考试是在滨州卫校考的，正巧碰到现在亦做律师的王长征同学，中午住在一个破旧的小旅馆里，只有两张床加一个过道的大小，与隔壁房间共用大半空间，基本不隔音，隔壁两人中午的吵闹弄得我俩基本上没有休息。就这样开始了我的法律之路，一条充满荆棘的道路。

考试归来，同事们有很多的不解和疑问，本科都有了，为什么再去考个专科？有什么想法吗？当时也没有和别人说什么明确的想法，只是讲就是想用三年考一个法律专科的文凭。其实有了这个考试的经历，一些同事就知道我想考律师的想法了。邵老师的老公罗经理，提供了一个重要信息，有本科文凭可以直接报考律师资格考试。得到这个信息后，同办公室的同事甲良也准备报考，我们一拍即合，同时报名。当时为了节省钱，两人合伙买了一套书。同教初三，一个办公室，一套书，我们开始了第一年的备考。我们首先保证日常的教学，不能因备考影响学生的功课，因此上课、备课是第一位的，基本上在上班无时间看法律书。我还比甲良多几项事情，一是班主任工作，二是教研室工作，三是管儿子，四是喝酒会友。甲良当时有法律专科基础，新婚后尚无小孩，不喜酒，无班主任工作。甲良踏实勤奋好学，他的学习劲头和学习进度对我是一个有力的督促。两人一套书四五本，我看完了一本，他看；他看完了一本，我看。不能耽误太多，不然一个拖延了就耽误了另一个的学习，彼此有点你追我赶的味道。从此操场上少了我踢足球的"矫健"身姿，听不到了乒乓球室内此起彼伏的加油声。妻子忙家务，我只能在哄孩子时，偶尔在乒乓球室门口看看，同事们一个个辗转腾挪，上蹿下跳，漂亮的下弦球、大斜线、提拉进攻一拍猛呼，球如闪电过网。我是手用劲，脚也动弹，心也用力，但就是上不了场。好不容易哄着孩子自己玩一会儿，跻身上场，又被机智的同事把儿子逗哭，中间自己弃下阵来，唉！业余爱好只能放弃。由于孩子是我们自己带，工作之余大多数的时间是哄孩子，晚上孩子睡了之后的时间和周末才有时间看点书。暑假的日子最不好熬，窗外是同事们大呼小叫的打扑克声。激烈的吵闹和叫牌声，如在我心头和脑子上系了无数根小线，不断地拉扯我。我是如坐针毡，又如油煎，恨不得立马冲出去，摔上两把。这时书本上的字如夏天的蚊子，在眼前乱窜，嗡嗡很大一片，只是看不清公母。只好换防，关紧门窗，并躲到后边屋子里去。那闷热的30多度的热气就又包围过来，让你大汗淋漓，汗流浃背，头脑昏沉，赤膊上阵也无用。家里那时没空调，只有台风扇降温，由于房屋狭窄，这风扇离得较近，吹时间长了，脑袋就晕晕的记不住东西，只能吹一会儿，停一会儿。时间就这样一点点过去，书就这样慢慢读起来。

还有几件事对这个学习备课之路的影响也颇深，首先是家务，孩子尚小，我们两口子同是教师，每周都有十几节课。又上课，又管孩子，赶集买菜（无冰箱，靠赶集买菜，吃五天）、做饭、洗衣服，时间总是在拥挤重叠中度过。妻子经常用我同学刘剑的"模范丈夫"行为来鞭策我，刘剑是勤快人，洗衣、做饭，特别是刷锅、洗衣服、赶集上店，全是一人担，脾气还好，不争不吵。我是只能做到其五六，买菜赶集、炒菜看孩子，因此我两口子为此家务吵吵闹闹。其二喝酒也是对读书影响很大的一件事，这个学校同学多，青年未婚老师多，转悠玩的多。学校有一个习惯，一个同事的亲朋来了，相好的都要去喝。如此喝酒，成了一项很关键的社交活动。那时喝酒又猛，一般就是一人一瓶景芝白干，一天喝酒，二天看不了书，头昏脑涨胃翻江咋看书？而这样的活动又多发生在周末，如此最集中的休闲时间就耽误了。还不好意思不去，一本是性情中人，好朋爱友，豪爽善饮；二是怕同事说你"酸"，还不知能不能考上，就不凑场子了，脱离了基础朋友，这"酸"字如何敢承担啊！另外领导开会的小敲打"不务正业"，也影响不少，不能在晚自习后在办公室看书了，虽然稳居第一的班级成绩让领导们也无过多可挑剔，但也不能不顾忌！

　　时间就在这样的状况下，一天天地过去了。终于到了考试的日子，我们信心百倍地步入考场。一个月后，令人沮丧的消息传来，我和甲良双双未通过。这个律师资格考试，当时是号称中国第一难考，约10%的录取率，研究生当时是约25%的录取率。对我这个法律零基础的人来说，也许是一种必然，但毕竟付出那么多，过程那么难，所以打击还是蛮大的。屋漏又遭连阴雨，正在我犹豫还继续不继续考的时候，国家律考政策又发生了变化，不光考试范围扩大到全部几十部现行法律法规和国际公法、私法、法制史等，考试试题也发生了巨大变化，改成了前三卷为客观试题，卷四为主观试题（与1919年的形式基本一致），这种新颖的形式扩展了考试所包含的内容，增加了难度，题量增了一两倍，卷四是实务案例分析，尤为难啃。根据此后考试的经验，基本上是不间断地书写才能完成这四个卷子，没有多少思考的时间，也就是要求你对考试内容必须十分熟悉。此时的我，如同一个迷失方向的黑夜行路人，脚踏着黏滑的泥水，精疲力竭，眼前一片漆黑，无助、犹豫、徘徊，不知路在何方，也不知该不该走下去。

　　我完全可以放弃，教师之路非常平坦和阳光，县学科带头人、教学能手、初三教研室负责人，最年轻的中学一级教师之一，双职工的家庭。可经过两周的沉淀和恢复，理想的灯塔闪出了明亮的灯火，我又出发了。备考书籍很多，教材有十几本，厚厚的大大的，价格也贵了两三倍，这还不包括练习的试卷和习题集，又同甲良合资买了一套。两人进行沟通，定了计划，每天60—80页，我们下定了决心，破釜沉舟背水一战，顶住内外压力，不破楼兰终不还，不到长城非好汉！

　　又是一个寒暑，喜讯在校园中传播，我与甲良双双榜上题名。沾化只考上四个，整个滨州市也就二十来人吧。"十年窗下无人问，一举成名天下知"，一校两人上榜，影响了很多教育的同行考律师，此后沾化走出了几个老师出身的律师，现在都干得风生水起。我和甲良也有了一个小目标，在执业满三年具备条件时，成立自己的律所。

  考试通过了，但说到辞职，又是一个难以抉择的问题。我1997年已是中学一级老师，在1998年工资近900元，当时在同龄人中是较高的了。记得比副校长还高20多元呢！而法院我一回都没去过，法庭也没见过什么样。辞了职，就一分钱也没有人给发了。虽然摆在面前的事实是这样，实事求是地说，我在辞职这事上基本上没有犹豫，妻子也是支持的。就是对学生有些不舍，对工作很是留恋。为了理想，为了家人，我才毅然跨出校门，踏上了漫漫征程。不见路尽头，路上也无认识的人，也无助力的车马，也无休憩的客栈，路上荆棘茂盛，几乎遮住了道路。但我不犹豫，不胆怯，用脚、用身体、用手臂、用身心去披开了这些荆棘，向着阳光升起的地方，义无反顾地走去。长风破浪会有时，直挂云帆济沧海。

# 饮者乐

酒友是朋友的一种。很多人可能认为是因喝酒成了朋友,我却不这样定义,我这里所说的酒友,就是朋友中经常在一起喝酒的人,是早已成了朋友,又因为联系多,话题多,参加活动多,一起喝酒多的朋友。其中一部分其实不喝多少酒,还有几个不喝酒的,因此我在本文中所提的酒友,实际上就是指酒场上经常聚的朋友。

美酒自古与英雄豪杰、与文人名仕相伴,无论是"万丈红尘三杯酒"的豪气冲天,还是"五花马,千金裘,呼儿将出换美酒,与尔同销万古愁"的哀怨不忿,"葡萄美酒夜光杯,欲饮琵琶马上催"的绵绵思念,"劝君更尽一杯酒,西出阳关无故人"的无尽牵挂,更不用说"对酒当歌,人生几何"的豪言壮语,"红酥手,黄滕酒"的爱情缠绵,都是借酒抒情,以酒会友。而我今天所讲的酒友,只表友情之酒,友情中又有时光和岁月磨炼的痕迹,大多是"晚来天欲雪,能饮一杯无"的知己默契。听我慢慢道来。

电工乃我高中同班好友,虽个头不大,面色黢黑,但黑发坚硬,才智过人,一副铿锵山东大汉之风范。电工好酒,胜于我。每友人到滨,在下班之后或节假日时,必全力以赴,预订酒店,联络友人,盛宴备。没有惺惺作态,没有推辞婉拒,且对友人、同学一视同仁,不论贵贱,不论交往长短，让人暖心。宴席之上，如有"偷奸耍滑"逃酒者，其妙语连珠的批评轮番轰炸，使人"不寒而栗"、"胆战心惊"，就只能随他愿去了。同学搬家、升迁、红白大事，甚至朋友的兄弟姐妹的事都积极参与，春节等重大节日看望老人、招待聚会，更是忙碌得很。其参与的事多，酒场就多，虽五十有余，酒量不减当年。我与电工性格上都是外向型，在酒场上我们俩的发言，要占一半以上。酒场上让常人不能理解的事也很多，我去滨州，几个好友相聚，喝酒三杯，他劝我们停住，我当时正在兴头上，不听他这个主陪的提议，直接要求倒上第四杯，行长和老孟也随身附和，弄得电工连连摇头："这主陪干不了了，哪有主陪不让喝还喝的。"他来沾，七八人行，只有我们两个喝酒，行长还欲回济南，但我们那时谈性正浓，一人一斤酒。电工还有几个酒能喝好的优势，其一是个"场面人"，他单位年轻人结婚，此前是个"拿毡的"，就是傧相，现在是总管，一场喜宴下来，他得赔上三四天的工夫，是个"场面""全还"（全面的意思）人，酒场当然也多了。其二酒后情绪不激动，比较稳，这样就促成了其喝酒没人担心，反而成了"定海神针"，酒场就多。其三厨艺精湛，无论弄什么丸子，炖个什么鱼和鸡，什么火腿，什么香肠都会制作和烹饪，并且做完饭之后，收拾的厨房洁净明亮，媳妇也不烦，家中客人多，酒场也多。

　　山林哥和我同岁，生日大。山林哥擅饮，我们同学、他单位人皆知，至今无人能与之伯仲。山林哥之所以擅饮，也是义气所在，好友所在。到山林哥家中饮酒，是每个和他交友人都经历过的，我在其家中饮酒十几次要多，共同参加酒场喝酒，不计其数。其为人仗义，有大哥风范，能奉献，且能讲真话，有担当。工友、同学、老乡的事，他能帮忙的绝不推辞。有亲友到沾，必邀至家中或酒店，推杯换盏，共叙友情。山林之酒量，同学中人只能望其项背，其饮到一杯就大汗如雨，是人们传说中的"酒漏"，其实不然，只是消化吸收好，酒精燃烧成汗，当然醉不倒人，且能连续战斗。有同学结婚，正值小雨，我们两人中午有事饮了两三杯，又冒雨蹚着泥到村里，他大事小事安排周全，我们又返回县城，已晚上九点多，第二天又早起安排迎亲和宴席,这样的事情每年有几次,事必躬行,乐此不疲。去年下半年,他又以技术骨干的身份,援建外地电厂,50多岁的人了,背井离乡,远离父母、妻子、孙女,与同学们也不能相见,他一外出,同学们的酒场也仿佛少了许多,因年前年后开会、出差、家务,春节都未能相聚共饮,实感遗憾,必在春暖花开时补上。

收哥,其喝酒大多是为同学们的事情,纯为喝酒而聚很少。作为"带头"大哥,一个年级同学们的事,事事亲自参加,安排筹划,指挥协调,使我们这一届同学亲如一家,无班级之分,只有同学情分。收哥喝酒与人品一致,向上而又激情,没有不行的时候,如果他的头发一抖,浓眉向上,三杯四杯可以喝,四杯五杯也是他。在单位也是场面人,傧相啊、会亲家啊、证婚人啊,多请他参加,酒好、人好、经验好,每每为喜事锦上添花。如今女儿已婚,又刚当了姥爷。估计酒量又长了,春节期间也是与山林哥一样,没有共饮,以后找个机会补上。

久利,不饮酒,但酒场上却从不缺他,无论外地来了同学,还是大事小事的相聚,他以其沉稳、压舱石的作用,在酒场中平衡了酒酣耳热的喝酒人,高声争论时,他一句戏语,婉停纷争。劝酒不力时,他的一声"嗔语",让酒顺利入肚。沉醉时,他叮嘱安全,又常常以"C5"的驾驶技术,送了东家又西家。

行长和老班长是我们酒友中的常青树,他们两个喝酒无酒风,大多数人喝酒后,酒精入肚,面红而涨,情绪也上来了,控制力下去了,而行长却不同,自始到今,始终如一,淡定而优雅,就是平时有点儿倔脾气,此时也没有了。老班长喝酒,也是班长风度,气质这块儿拿捏得死死的,我偶尔和他开个玩笑,他性格也是外向型的。与行长是同行,且都在济南。酒量来说,他们两个在我与电工之上。去济南时,每每相聚,他们打车几十里,到我住处寻一小酒馆,四五人围坐,回忆过去的光阴,议议关心的琐事、孩子们的工作和学习,一点一点就自然地喝下去了,一杯七口,两杯八口,三两杯就入肚了。行长以严谨和专业在行内口碑甚好,层层提拔,现在已是国家银行驻华东大区的审核部门的业务权威，工作很是辛苦。每每相见，如其刚刚回家，总有些不忍心叫他出来，又忍不住叫他出来小聚。老班长女儿已在济南就业结婚，嫂子也在那里工作了，他们来老家的时候少一些，老班长对乡情特别重视，老家和同学们有大事，他总是赶回来，我就趁此时劝他多饮几口。

  河口近几年去得少了一些，前几年去得多，河口的兄弟们都是重乡情、重友情的好兄弟。到了河口，一个知道了，立马全体到位，比集合号还及时有效。仙河镇和东营离河口分别都是三四十里路的样子，他们住在那里的，也赶到河口，每每此时，我内心感动不已。河口的兄弟们酒量都很大，准确地说，朋友去了时他们酒量大。有几次都是住下的，有三四次还是中午、晚上连场，酒场之中见人情，不只是喝多喝少的事。

  说的是酒，其实道的是情。酒只是一种载体，不是馋酒或嗜酒成癖，而是对酒当歌，借酒抒情。无论是"劝君更尽一杯酒"的不舍，还是"天下谁人不识君"的祝福，都是朋友的亲情浓于酒。在高兴时祝福，在困难时劝解。人在世上，其实从某一种意义来讲，就是多少人注意了你，你帮助了多少人的一个过程。人生的路上，我庆幸有很多的好友，还有更多的酒友，他们都是我的好友。

  希望今后的日子，更多的认识的人变成朋友，变成酒友。

# 今年中秋月分外圆

　　家是最小的国，国是千万家。家中大事之一就是儿女的婚事，儿子自小性格活泼温和，学业小成，大学、研究生均是国家985学校，毕业后在北京国家中直机关工作，多受人鼓励和喜欢，也是我们家庭的骄傲，更是我个人工作的持续动力。儿子毕业时已24岁，该是谈婚论嫁的时候了，但此前在学校时由于忙于学习和学校学生工作，或许是缘分未到，没有恋爱，我虽是设立恋爱资金鼓励，其也未曾使用上。上班后，在边疆城市实习一年，转正回京。初到单位，又忙于工作，恋爱又推迟了几年。近几年中多有亲友同学等牵线搭桥，虽有多次条件不错女孩被介绍认识，一是其坚持以结婚为目的"谈恋爱"，二或缘分不到，往往是只见一面，未有深谈之缘分。甚至有几个是我与其妈妈都比较满意，劝其坚持多了解了解，其仍未勉强自己。冥冥中似有惺惺之情在远处召唤与等待。时光已到了2022年，疫情尚未散尽，喜讯已从北京传来，儿子他恋爱了。甚喜！并发来照片数张，这是此前从未有过的，此前他最多在我们追问下提一下"见面"孩子的工作单位，名字都不和我们说。这次，他与他妈妈关于这个女孩交流了很多，我只从发照片给我们事上，就判断其应是一见钟情，情投意合了。从照片上看，姑娘温婉如玉，落落大方，恬静又不失干练，大方又持有传统，我和妻子都十分喜欢，万分高兴。并向父母展示，母亲乐得笑开了花，父亲激动得都掉眼泪了，他们都盼望已久了。儿子与女朋友虽不是两小无猜，却也是珠联璧合。女孩毕业于浙大，研究生就读于国外名校，杭州成长，北京工作，是知名企业的高端人才。经过一年多的交往，他们从相识到相恋到相知。他们分别见过双方父母，双方父母对彼此都十分满意。两个孩子商量，国庆节我们双方家长见面。正值国庆，又逢中秋团圆佳节，又是亚运会期间，可谓家事、国事、天下事，都是喜事。此时又逢《齐鲁壹点》推出了《月满华诞，大国小家》的征文，我准备对此行写一小文参加征文。一切都是天作之合，一切皆是缘分。

两个孩子的读书、成长，是大河有水小河满的现实版，亲家家旧时虽是浙江金华名门，由于时代的变迁，到亲家这辈时，他也只能自己开厂创业，与我弃文从戎，同出一辙。同时逐渐享受到改革开放的红利，慢慢来到了小康。两个孩子也从我们的大专水平达到了名校研究生水准，这些虽然有自身的努力，但更多的是国家文化经济形势整体的提高和发展的影响。

杭州自古名城，"上有天堂，下有苏杭"是其最直接的形象。但在改革开放之初，浙江省经济是排在全国中下游的。借改革开放之风，历届浙江领导人励精图致，奋斗拼搏，特别是在"撸起袖子加油干"、"绿水青山，就是金山银山"的正确思想指引下，发生了天翻地覆的变化，已跃居全国第一方阵，直追广东，把江苏、山东两个兄弟超过。杭州的变化更是日新月异，向东、向南、向北、向西四面开花，均有了大的发展。萧山稳居全国百强县之首已多年，钱江新城的建设，阿里巴巴总部地区的建设都是一日千里。时尚、现代与古典传统交融一体的现代化城市形象，大大方方地展现在人们眼前。近几年加之G20峰会的打造和发展，杭州已融入世界，成为"四个杭州，四个一流"的现代化世界一流的国际大都市。亚运会在疫情之后顺利召开，唤醒了三年来人们压抑的激情，杭州又一次以更漂亮的面容和特有的活力，展示出其开放包容的国际魅力。1200万人的杭州，有人甚至认为她已是中国又一个一线城市，"北上广深杭"已是很多人的共识。

钱塘自古繁华,江南最忆杭州。作为古"丝绸之路"的明珠,马可·波罗眼中"世界上最美丽华贵之天城",今天的杭州又是世界银行评价榜上的"中国城市总体投资环境最佳城市",是一线创新活力之城,成就了很多传奇和佳话。

杭州,我来了。我来会亲家,过仲秋,观亚运会,看中国选手夺金。来到杭州,到了亲家住的半山脚下的小区,半山是杭州文化名山,文天祥的《正气歌》就出自这里,现在是国家森林公园,小区干净整齐,金桂飘香,绿树葱葱,静谧舒适,十分宜居。家中小坐后就在杭州名菜馆"知味观"就餐,"知味观"是中华老字号,杭州城最具知名度的餐饮企业之一:"知味停车,闻香下马。欲知我味,观料便知。"

我与妻子,见到了亲家二人,真有一见如故、相见恨晚之情。亲家哥,铮铮铁骨之貌,体型偏瘦,但面色红润,两眼如炬,身健体壮,性格正直坦率。亲家嫂热情好客,不温不火,有武汉人的大方与豪气。我们推杯换盏,相谈甚欢,大家都有"不是一家人,不进一家门"之感。妻子与嫂子两人似曾多年未见之姐妹,我与哥如久未谋面之亲兄弟。我就直呼哥嫂,两家自此成一家。"芝兰茂千载,琴瑟乐百年。"中秋夜晚又相邀乘船同游钱塘江,观城市阳台的江上灯光秀,赏月品月饼,共欢乐。千年大运河,魅力新钱塘,画舫游江上,两岸皆华章。钱江两岸,高楼鳞次栉比,现代时尚,犹如到了外滩。灯光打起,五彩斑斓,变化莫测,五光十色,溢彩流金。射灯与动漫随音乐起舞,似与天空之上的薄云与明月共舞,水波荡漾,灯光彩楼映于水面之上,闪烁跳动,如梦如幻,如同童话世界一样绚丽多彩,好一派时尚的灯光秀。我们一家六人都高兴不已,哥与我相互分享所见所知,且同频度很高。儿子他们两人卿卿我我,自然亲切,形影不离,让我们四个家长十分高兴,是我们愿意看到的两个孩子的样子。

昨天晚上,亲家又热情邀至家中,亲自下厨,精心烹制,或许是亲家本身厨艺高,或许是亲家烹饪中加入了感情佐料,或许是愉快幸福的心情,感觉菜味特别合口和亲切，咸淡辣甜，恰恰正到火口。其火腿笋片、油焖河虾、辣炒海蟹、清蒸鳜鱼色香味均觉高于"知味观"的水平，配以自己秘方炮制的高度白酒，真是难忘的饕餮盛宴。

今日正值国庆，清晨起来，先看了天安门升旗仪式，又看了几段亚运会的新闻，两者叠加，让我更加感觉到祖国的繁荣昌盛，自己倍感幸福与幸运。又想到两个孩子，这两个孩子都是中共党员，均是大一入党，从小热爱祖国，拥护党，向往祖国的强大和复兴，把自己与祖国连在了一起。也祝他们越来越好吧。想到此，我坐在桌前，用宾馆的便笺草书小文，记下我的心事。

祖国万岁，杭州真好！中秋快乐！祝两个孩子相知相爱，永远幸福！

# 月饼记忆

又是一年中秋,对中秋的记忆,在儿时不是很明白,也不懂唐诗宋词,小学没学过"明月几时有",也无"地上霜",那时我对仲秋的最深刻的记忆就是月饼。虽然中秋正值秋季的农忙时节,收玉米、割豆子、钳高粱,都是繁重忙碌的重体力活,加之物资的匮乏,那时农家没有拿八月十五当什么节日过,更不存在休假之说,但与平时不同的是,那天必有月饼可食。我家的月饼,不是在村里的门市部买的,是父亲从远在百里之外的海防渔堡捎回来的。我带着弟弟妹妹已在门市部前的大街上徘徊了许久,前面已经有几个从海防回来的叔叔伯伯搭车到家了,他们在门市部前把捎的东西,主要是月饼和一些别的东西,分给了在那儿等待的渔民家庭的大人孩子,并传回叮嘱和问候,人们都高高兴兴地回家了。而我们却只能在远处看着,如果是父亲把月饼托这个乡亲捎回来,他会远远地大声吆喝我的乳名,没有吆喝就是没有捎代。

夕阳的余晖已上了树梢,太阳已落到村西头徒骇河坝上树林里去了,门市部里人寥寥无几,我的心里异常难受,不知什么滋味,眼泪已在眼眶里打转,也不和弟妹说话,调皮的弟弟光着脚丫子、赤着上身,也不再奔跑嬉闹,妹妹也不叽叽喳喳,都躲在我身后,向大街东边张望,那是海防渔民搭车进村的地方。我心中有产生了各种猜想，挥一挥把秋天的蚊子与猜想一把扇到一边去。

这时，听到有人吆喝我的乳名，是雪哥叫我："红军，俺叔让我给你们捎了二斤月饼，坐老三的车子，他车链子断了，回来已经是晚上，快拿着回家吧。"

喜悦如空中刚刚升起的红色的月亮，又大又圆。

月饼用油纸包裹，一般是五仁的多，月饼二斤，共十个。给奶奶和姥姥各二个，我们兄妹三人一人一个，母亲不舍得吃一个，只吃半个，剩余的半个分给我们三个人，余下的还要准备着大用处。那时的月饼是我吃过的最好的，自己做的饭之外的最好的食物，至今回味悠长，一直找不到它的味道。

随着生活的改变，月饼在仲秋已不是最重要的角色，各色月饼花里胡哨，馅料五花八门，都没有了油纸包裹的素月饼和五仁月饼的美味，渐渐地变成了一种形式的东西。中秋节，人们的餐桌上各色海产、肉食琳琅满目，甚至茅台酒也出现在县城中秋聚会照上。我有时想，几十年后，现在这少年对中秋的记忆是什么呢？还会和我一样吗？月饼是我中秋最老的记忆。

# 故乡情

故乡情

# 家乡的徒骇河

徒骇河发源于河南省濮阳市清丰县，由西南向东北方向蜿蜒而行，流经山东的莘县、河南南乐、山东的阳谷等14个县市，在滨州市沾化区滨海镇与秦口河套叠，又名套儿河，向北注入渤海，全长约436公里，是山东省内第二大河，是沾化区的母亲河。我的家乡在其入海口的滨海镇，村庄紧靠河沿。相传徒骇河是大禹治水时，疏通的九河之一。据《尔雅·释水》记载，大禹治水之前，徒骇河每到雨季便狂暴肆虐，泛滥决堤，给两岸人民带来了深重的灾难，大禹疏浚之后，才成为了一条让人受益的河。新中国成立后，徒骇河上建立了很多拦水坝，在沾化境内富国港之南建立了中游和下游的分界标志，也是最下游的拦潮坝闸，因建在坝上村附近，叫坝上闸。坝上闸以上为淡水，坝上闸以下为海水，自坝上花家以北沿河各村多有渔船，从这里到渤海捕捞鱼虾。也有富国港通到渤海，直达天津港甚至上海，拉运货物搞运输。我的故乡垛鄯村，距坝上闸约20公里，是沾化徒骇河东岸最北的一个村庄，半农半渔，已有六百多年历史，因我祖上到父亲这一代历代有渔民，渔业是家庭的主要收入来源，因此徒骇河与我们生活息息相关，更是我们的母亲河。

在儿时的记忆中，徒骇河两岸是茂密的芦苇，随风摇曳，微风过处，掀起千层波浪，青纱帐中似有千军万马涌动。临水的地方，芦苇是长得最高最粗的，像整个队伍的排头兵，高大威武。芦苇大约有现在的两支圆珠笔粗，它们的根部被海水冲出来，裸露着，褐黄带黑的颜色，粗壮结实，相互交织缠绕，没有尽头，似一群蠕动盘旋的蛇，有些吓人。两岸的芦苇都很茂密，东岸靠我村部分较宽，有的直达河的大堤，西岸也有二三百米宽。小学时学校紧靠河堤，夏日的中午放学后，我们就泡在海水里，一些人手抓着芦根，嬉戏打闹，一些人扎猛子比潜游远近，并按潮汐顺流或逆流分别拼比。一些大点儿的孩子开始横渡徒河，那时河面约300～400米宽，因为潮汐作用，水流挺急，需要很好的技术和耐力。我是到十一二岁才敢凫河的，从彼岸返回的时候一般是借助潮流的作用，自上游向下游飘一会儿，仰凫一会儿，狗刨一会儿，才回来。澡洗够了，又钻到芦苇里找鸟窝，多是扎窝在芦苇上的一种貌似麻雀的"芦喳"鸟。因为总是在芦苇里叽叽喳喳，当地人叫它"芦喳"，掏了鸟蛋就到空地烧了吃。有的在芦根空的洞里抠狗杠鱼或毛蟹，这洞里的水黑乎乎的，比河水凉，很需要勇气，因为有时也抠出一条长虫来。

这些娱乐活动，虽十分快乐，但也不是无忧无虑。下午上课时，如果有人汇报给老师，或是老师用指甲划我们的肚皮，显出白印，因为海水有盐渍，能划出白痕，可就吃不了兜着走了。

我们在徒骇河边的乐趣，不只是在夏天，自春节过后就开始了。过年后的芦苇地是已收割完芦苇后的空地，只剩下尖尖的芦苇茬。地上出现一个个小土堆，形状不规则，高一二十厘米的样子，疙里疙瘩，顶部还有个孔，这就是嘟噜子的家——"土碉堡"，它们准备天暖后就出窝。我们开始用铁锹挖这些碉堡，运气好的一个碉堡中可以挖出几个嘟噜子来。回家洗了，油炸，因为芦苇还没长出来，它们冬眠刚苏醒，腥味轻、肚子里干净，味道是一年中最佳的。那金黄的外壳里溢出来的香味，特别馋人，是童年的饕餮大餐，现在找不到那样的美味了。

当然还是夏天里的活动最多，就嘟噜子而言，捕捞它们最好的时候是夏季的雨天。到河边很硬的油碱场地上和碱蓬、黄金菜棵子底下"拾"，嘟噜子虽多生长在咸水里，但喜甜水，在下雨时，它们都纷纷出来抢喝雨水，如同现在晚高峰或黄金周时公路上的小轿车一样，蜂拥而到芦苇地边的油碱场地上来，蔚为壮观。同时它们喜光，只要有一束光亮，它们就极速聚集。那时缺手电，更无充电手电，大多用马蹄灯，一人提铁桶，一人提马蹄灯。在马蹄灯光的照亮下，你伸手"拾"就行，当然不是本地人或初"拾"时，也是容易被它们的钳夹住，疼得很。捉嘟噜子的妙招在于快、狠、准，手用上劲，握住它们的大钳子，其就张不开了。整个捉嘟噜子的过程追追停停，人群前呼后应，既是娱乐，也是收获的场景，十分惬意。我最盼的还是河上的机动船的汽笛声，这样的机动船当时不多，汽笛声传得很远，一听到这笛声，我知道父亲工作的船回来了。我叫上妹妹去渡口边，船已靠岸，我们很骄傲地登上船楼子，在驾驶室向远处眺望，登高望远，有点儿"极目楚天舒"的味道，也有点儿现今登上天安门城楼的感觉呢。父亲在这个船上干大副，我们当时觉得很荣耀。

徒骇河承载了我太多童年的美好，也是那个年代养育我们的基础和依靠，后来，我回老家的次数逐减，但感情不减，家乡的徒骇河在我心中，永远是我的牵挂，是我的母亲河。

# 沾化美食

沾化地处渤海南岸，山东北部一隅，民风淳朴，近十几年经济发展较快，餐饮业也随之得到了发展。

沾化的早餐比较简单，我大多在家喝小米粥、大米粥，配个老虎菜或蒸虾酱，周末一般出门吃早餐。早几年常去老车站对面、公路局沿街房的"家常小豆腐"，这里的豆腐细腻滑顺，无石膏的涩味，辣椒油香而厚重，汤料鲜香，吃起来特别亲切，过几天就想吃一回。每每来了外地的客人，也带他们过去品尝，客人们都交口称赞，它成了沾化人拿得出手的一个特色小吃。店老板幽默风趣，乐善好施，且记忆力特好，总能和各色人等打个亲热的招呼，攀谈几句，增添了不少亲情的味道。

说到特色美食，锅子饼算一个。沾化的锅子饼，因传自老流钟乡，也称流钟锅子饼。饼皮薄如纸，软硬适度。里面的馅咸淡适当，外淋香油，香气袭人，配上一碗蛋花汤，蛮有地方特色。其中，绿豆芽炒肉馅和辣椒肥肠馅是我的最爱。城区有福成锅子饼，老板老家好像是流钟的，注册了自己的品牌，原来在电厂沿街楼，现在迁到广场对面了，有固定的老客户，生意不错。桑记锅子饼的老板是流钟桑家的，早先在老干部沿街楼，现在迁到了广场对面，并对桑记锅子饼做了文化包装，形成家族式多店连锁。

利国羊肉也是一块地方特色美食的金字招牌，最早利国羊肉真的在利国，县城上没有店。裴家路口的金三角羊肉馆当时最为火爆，门前车水马龙，一天能杀十几只羊，县城的人大都开车去吃。老板姓许，人很实在，少言寡语，他做羊肉极其简单，就是抓一个"鲜"字。选用的是农家散养的山羊，现杀，出七八斤净肉的羊，肉最为鲜美。清水炖煮，加适量姜片和一些葱段，其他佐料少许。骨头和肥肉剔净，切成指肚大的块状，出锅时加适量葱末。食客根据自己喜好，可添加蒜末、香菜末、辣椒油、辣椒面、孜然、胡椒面等。肉细嫩但不失弹牙的劲道，汤白味正，辅以面饼，吃起来十分过瘾痛快。后来（十几年前）有裴家村人，在县城酒厂对面二层沿街楼开了一家羊肉店，生意甚好，有头有脸的沾化人常来这里。现在该老板仍在盐务局沿街楼经营，我父母对这家的羊肉挺喜欢，我有时从这个店打包带回家。再后来在电厂东门法院宿舍的沿街房，又有利国裴家人开了一家店，叫利国鲜羊馆。老板善经营，不断提升饭菜质量，现在移到渤海明珠开了家大店，店里虽装饰简单，但人们在意的是羊肉，生意门庭若市，每天中午和晚上都客满。他家的羊肉包子也是一个特色，包子大、面发得好，肉多且多汁，只能在店里吃，不外卖。金三角老板的儿子，子承父业，在县城东区清华园小区开了一家羊肉店，生意也挺好的。老许也到县城来了，在渤海明珠北侧开了一家羊肉店，保留了自己的特色，又增加了一些辅菜，生意也挺好，一些如我这样的故人，经常去品忆一下老味道。

水煎包也是一道大众美食，方便快捷，经济实惠。县城上有多家，我记忆中最好吃的一家，现在已不开了。原来是在信用社那地方，老板大概姓杨，挺瘦的一个老兄，喜酒。我创业初期，办公室在附近的供销大厦，离他较近，中午多在他那里吃水煎包，这感觉好吃也许是掺了许多感情在里面。水煎包的制作是老百姓的一个智慧，充分发挥了水的作用。所谓水煎，既不是水煮，又不是单纯油煎，先油煎，再用适量面糊水把包子煮熟。待包子熟时水也用尽，既有煎的脆，又有水煮的柔，包子里的馅鲜嫩可口，我很是喜欢。这煎包出锅后要及时吃，如不及时吃，等酥皮吸水不脆就不好吃了。现在比较流行的是泊头老柒煎包,老板姓罗,他把柴火煎锅改成了电煎锅,方便卫生了很多,他的包子肉多个大,味道调得好,又有网络助推,已成了网红小吃。

水饺是北方大众美食,沾化也不例外,便捷实惠味美,食材丰富,很受欢迎。我喜欢白菜和韭菜馅的,常吃的是二实东邻三间半和水利局西区小区东侧幸福水饺两家。三间半虽为水饺店,但装修和门头十分讲究,环境干净,又辅以多种新鲜独特的凉菜,如草虾、凉皮、惠民豆腐皮、自制猪蹄、黄金菜、老虎菜等下酒菜,十分吻合小店的主题:饺子与酒。很适合三两好友小聚,是一家有文化的水饺店。幸福水饺是一对五十岁左右的夫妻开的,人十分热情,很厚道本分,价格实惠,生意不错。这两家店水饺都是现包,保证了水饺的原味,很是好吃。

在火锅类饭店中,原来利用二建办公楼而改造的那家肥牛,当时是县城最火的饭店,人气爆棚,合作者是东北人,在沈阳有总店。装修与大城市餐馆相同的风格,室内展示有老板在各地的摄影作品(水平挺高),餐具也是专门订制,干净整洁上档次,是县里当时各部门、企业的招待首选。能到这里吃饭,就是一种身份的象征。后来因种种原因歇业了,在这个店里搞管理的王经理,利用积累的人脉和经验,在附近开了家叫大福肥牛的火锅,生意也很是红火。我在冬日常去光顾,其实我最爱吃的不是他家的火锅,而是他家的糖饼,软韧适度,甜香适中,口感甚好。每次到店,王经理总上前寒暄几句,并赠上一份糖饼,让人心头增添几分喜悦。

现在县城上几家大的餐饮店都挺火的。腾达作为滨州名店,分店开到沾化,当时选聘了经营饭店多年的陈经理作为大堂经理,创下当时本地职业经理年薪最高的纪录。这家店装修十分考究,房间内家具全是绿檀,装修时尚又有传统元素,各个房间还悬挂了老板收藏的省内外知名画家的字画,展示了文化品位,提高了饭店档次。房间很宽敞,内有休闲区和卫生间,客人很方便。经营过程中,由于陈经理的优秀管理,生意一直挺好。现在房租到期,已歇业了。

福满园是一家老店，且经营长盛不衰，室内装修雍容华贵，富丽堂皇，有电梯直达四楼，十分方便。家具全是红木的，稳重大气，多个房间配有高档的红木雕花屏风。老板狠抓厨房管理和菜品选购，以传统鲁菜为基，又引入北京烤鸭、江浙名菜蒸鳜鱼和千备湖鱼头等，还辅以当地时令海鲜和特产，菜量大且味美，是宴请宾朋、置办喜宴的首选之地。楼外装饰倾向现代时尚风格，呈祥云瑞花图案，与周围普通楼房形成鲜明对比，大气端庄。门口有书法名家朱志泉老师书写的行楷"福满园"的金字店牌，大气祥和，赏心悦目。

张力鱼馆，此前一直靠菜品夺人，且大多是其自创的一些菜品，在井王村口时甚至没有店招牌。砂锅炖鱼是其主打菜，鲜虾仁黄瓜段、炒鱼肠子、干狗杠大虾、自制的风干鸡和猪脚，都是上等的好菜。现在在渤海明珠开了新店，装修简洁干净明亮，餐具选配也是高档、明快，一下子将名吃小店提升成了豪华大店，现在客人络绎不绝，门庭若市，非预定而不能得桌。老板张力算是红二代，老人家是县级干部，但他一直自己创业，为人不温不火，十分聪明，且有创意。他培养的水草鱼缸，布局新颖，错落有致，水中植物葳蕤茂盛，简直就是一件完美的艺术品，置于店内，为该店增色不少。

通城菜馆在教育小区南门，是一家不大的餐馆，老板是夫妻两人，勤奋好客，经营餐馆二十余年了。菜品以家常菜为主，特色有狗肉、炖大鹅等，因是一个小区的邻居，比较熟络，时常光顾，生意一直挺好。

县城上对仁和家宴的评价较好，它是一家刚成长起来的明星店，是年轻人创业的代表。女老板姓房，原来在酒厂那里的新大新海鲜做吧台记账，结婚后自己创业，男老板姓时，两人从水饺馆做起，现在生意可谓风生水起，财源茂盛。

她的邻居是泰丰楼，原在一中北面科技局楼下，炖的红焖羊肉挺好，老板为人热情实在，菜品量大味美，符合大众口味，价格也实惠，生意一直挺火。

千勺记是一家加盟店，最早开业时，交通名苑这个地方人气还不高，这家店开业之后，人气才慢慢起来，闲置的房子也逐渐用起来了。该店以湘菜为主，老板是年轻夫妻为人热情，十分敬业。女老板主外，男老板在厨房掌勺，是标准的夫妻创业店，这样的店没有干不好的，这家是干得更好的。选菜是优品，厨艺是上品，服务是极品。特色菜有蒸鳜鱼、风干鸡、腊肉炒豆腐干、各色海鲜等，开业这么多年来，口碑一直很好，并且坚持自己的特色和经营方针，并未随波逐流。店虽不大，从客流量上看，效益应是很好的。

喆啡酒店是一家按四星级标准建设装修的酒店，装饰装修时尚现代。三个功能大厅，可以满足三个婚礼同时举行，是沾化现在最前沿、最豪华、最气派的酒店。

味庄也是一家大的品牌店，走青年人路线，是青年人聚会的首选饭店。

县城上饭店老板与顾客之间，已形成亲情关系，各家店都有自己的老客户，老客户也把它们当成了自己家的厨房。现在随着小康的到来，人们已习惯在饭店吃饭和聚会，很少有在家待客人了。

即便再写一二十个，也仍是管中窥豹，来日再续。夜已到十二点，熬夜不好，就写到这里吧！最后我要郑重其事地说：我不是吃货，只是爱友好客，吃了三十几年才了解一二。

故乡情

# 寻古记

## 一、久山寻古初行篇

泰山老奶奶，名碧霞元君，全称为"东岳泰山天仙玉女碧霞元君"，道教尊其为"天仙玉女碧霞护世弘济真人""天仙玉女保生真人宏德碧霞元君""全光普照天尊"，而在滨州沾化则尊称为"老姑"，因为民间传说山东省滨州市沾化区（原沾化县）久山村是其娘家。树大千丈总有根，女儿有娘家也是常理。久山村原名久山镇，是古时环渤海的官方盐务督察、官方驿站所设之处，民间有"先有久山镇，再有沾化城"之说。

我姥姥家在久山村，上初中之前，每周必去姥姥家，与同龄人非常熟悉，与姥家人十分亲近，与久山村感情挚深，真正的半个久山人。因为有些感情基础，加之对传统文化的尊崇，对家乡的饱满热情，又值全市掀起"风物写起来"的热潮，我对久山的几桩文化历史故事又开始了新的探究。"九山"在什么地方？沾化古八景之"久山落照"是指什么？"酒店台"还是"九殿台"？它承载着哪些功能？泰山老奶奶的传说在该村是如何传承的？传说中"老姑"是如何成仙的？为溯源正本，为传播、发掘历史文化，到久山村去探访是很有必要的。

带着对古老神秘文化的好奇与崇拜，带着对姥姥家之亲情思念，带着对传播文化、正源清本的责任，带着爱好传统文化、兴趣相投同行人的友谊，我决定启动一趟访古之旅、亲情之旅、文化之旅、友情之旅。受邀的有滨州市沾化区政协负责文教方面工作的郭庆学副主席（他姥娘家也在久山村）、沾化区作协副主席苑小红、沾化区融媒体中心主任吴秀成、沾化一中高级教师（中国散文学会会员）孙艳华、区文化馆画家（非遗传承人）刘文文女士、大众网沾化站记者黄新宇、文化传媒博主吴先生及助理小曹等一行九人，在2023年5月7日清晨启程探古访幽。

为此，我事先对久山历史做了一定的了解。在参阅了现有文献、县志等记载的背景下，又在县城找到了近八十岁，原在村里任教的花春甲老人，向他了解了相关情况。他讲述了此前我不了解的"九山"中六个山的位置，它们是"黄柏岭""鱼山""老山""马虎岭""敖山"。和久山村支部书记、村主任周云贞做了沟通，他热情客气地表示了真诚的欢迎，并积极组织村民和我们座谈，安排村委负责人花如军做导游。

四月的春风最是温柔，轻、暖、柔，伴着艳丽的月季的芬芳和翠得欲滴的绿叶，空气中弥漫着美好。沿徒骇河西大坝一路向北，两岸芦苇和庄稼树木已身披绿装，在河坝上看徒骇河，像极了一条玉带在绿波中婉约地轻轻地飘动，时宽时窄时直时弯，每个拐弯都是那么优美。书法家们是不是从这里得到了灵感，因为那笔端下的勾与折，都是和这河道一样的圆滑柔美。车在行，我在看，旧事涌上心头。这条路我走过无数次，坐马车走过，骑自行车走过，骑摩托走过，坐轿车走过，开越野车走过，一幕幕回忆起了很多的事情。大坝已没有原来的三分之一宽，原来坝西侧大片的槐树林也没有了踪迹。

县城到久山也就二十分钟左右的路程，路很顺，抬头已看到不远处大坝西侧一片红瓦房子的村庄，那就是久山。大坝东侧是久山渡口，现已设浮桥。往北一千米是垜圈渡口。我匆匆收回了思绪，又回到探古之旅之中来。

## 二、久山村"九殿台"探访纪实

我们的车徐徐开进村里,亲情扑面而来。我儿时的记忆充斥着大脑,很多美好的画面又浮现出来,好像远处在院门的老人,就是姥姥的身影。久山村坐山而居,建在一座土山之上,中间高四周低,落差有三四米的样子,少年时,骑自行车都骑不上去,当然我只是偷偷试过,母亲总是叮嘱,一进村就下车子,推着走,见人就打招呼,娘亲舅大,这是规矩。和周书记联系,他派村委干部花如军带我们先去"九殿台",再回村座谈。花如军我早就熟悉,论亲戚我叫他表弟,打招呼后就一同向村西驶去。出村向西南望去,有一片高地,约距三里地。农田生产路是混凝土建成的,很是平稳,路边的垂柳如同礼仪兵,整齐站在路旁,迎接我们。两侧绿油油的麦田,随风摆动,又如丝绸在轻风下舒展,送来甜甜的、湿润的、清新的,掺着草香、花香、麦香的空气;野花嫩黄的花朵在这田洼中跳动,像音符在琴弦上跳舞;好一派农村春光。人的心就好像得到了解放,一下子就跳到了空中,与白云交流,与大地互动,久违了的田野我来了。

车停下来,大家下车,我拉回已跑远的思绪下了车。由于20世纪80年代后农业生产的需求,原来三四米高的"九殿台",现从它脚下看,可能也就二米左右高,且因与周边形成了平缓过度,不能直接感受到其过去的高大。但在平坦的鲁北大地上来看,还是比较突出的。此前听炜烨集团花建华经理讲,他小时候向西去李雅庄,就是从这附近走,路两侧还有很多小土山,挡住对面的高粱,足见其高度。因拉土种棉花,培棉花垵,都荡为平地了。"九殿台"高台之上,大多已改成了农田,有小麦地、西瓜地。

我们只能沿田埂和农田沟寻找建筑遗迹和残破遗物。据说田间路是原貌未动过,路上是遍地的瓦片、陶片、瓷片,大家都兴致高昂地弯腰搜寻着。"这里有个带花纹的瓷片""这里有块半头砖",大家不时地高声叫喊着自己的发现。野草从零碎的残片中长出来,显得那么年轻与轻松,好像过去与它一点关系都没有。我用手自田垄中抠出一块白色的瓷片,应该是一个盘子或碗的残部，釉色温润饱满，还有花纹，但无字。从这光润和细腻程度来看，应该不是普通老百姓的用物，也不是酒店和驿站的用品，因为今天一般家庭、酒店的用品还不如它光润。何况在明朝、在宋朝时期呢？青砖很结实，从半残的砖头看，它质地坚硬，有青铜之音，比现在的砖宽但薄些。从青色的瓦片看，不是北方古建筑普通的老青瓦，而是高级别建筑中用的筒子瓦，应该是比较高的建筑等级，南方用得较多，此前在沾化还未见有使用的地方。我们寻寻觅觅，希望有突破性的发现，可这是可望而不可即的。

问地上一个个的小孔是咋回事，花如军表弟介绍说省里的考古队刚走了，住了两个月，打了几千个探孔，初步证实，此地是一个占地一百多亩的古建筑群，并且能测出房基的位置，估计不久的将来，对其功能会有一个科学、准确的定义。看到一个土堆之上有一块石碑，是区里的一块文物保护石碑，上书"酒店台遗址"，我们疑惑地问花如军，是"九殿"还是"酒店"呢？花如军说应该是笔误或传误了，村里一直都是"九殿"，有无酒店呢？也应该有，此处是交通要道也有官方驿站，还是久山镇盐务巡检司的办公地，当时官衙有三人，镇长叫龚遂，以后做了古沾化县的首任县令。久山村有口传谚语"先有久山镇，后有沾化城"，有很多地方的历史早于沾化的设立。

旅居在台湾的久山人周云霞，在台湾收到一本约明末年间的旧沾化县志，其中对此做了记载，可惜此文本虽在周云霞去世前带到过久山，但后来其子周念鲁又带回到了台湾，现在已联系不上了。据见过此书的周云贞书记说中央电视台和省电视台的记者都来找过此县志，应该是资料可查的。

关于"九殿台"还有一个银马驹子和铁柜的传说。民间传说路过的村民，有时会远远看到一匹白马驹子在高台上奔跑，但到了近处，又无处寻觅，传说这是有财宝埋在地下，它们幻化成白马驹子出来活动。又传说此处埋有一铁柜，要八个兄弟，才能抬出来，传说下O村人某某某（这个人在我小的时候还健在）的父辈正是兄弟七个，加上一干兄弟，八人就去"九殿台"挖到了铁柜，八人一起用力，将铁柜抬起来，快要出土时，其中一人说"干兄弟，加把劲"，钱柜轰然一声沉入地下，再也无法撼动了。我采访近八十岁的久山村民花春甲老人时，他对此是这样解释的，此处应是一钱窖，因为钱是铁钱，所以时间久远就生锈粘连在一起，形成长方形立体状，误认为是铁柜。花春甲老人小时候还捡到过铁钱疙瘩，砸开后辨认，认为是铁钱。这与现在沾化县志上记载久山村是宋朝立村也是契合的，也就间接印证"九殿台"在宋朝时有大规模建筑群，有钱窖，应该不是只有几个酒馆能办到的吧。

七七八八的，我们每人捡了不少"宝贝"，凑了一整酒箱子。此时已近中午，周书记来电，请了村里几位长者在办公室等候，我们就匆匆走下了台子，带着思考与猜测、不解与迷惑，去向长者问询。

### 三、与久山村民代表座谈会纪实

当我们车子驶进村子时，周云贞书记电话告诉我，在十字街口（也是村里最高之处）向南转弯，第二排就是村委办公地点了。这个地方我特别熟悉，在十字路口向东路北第二户就是我姥姥家，当时大门是向东面对胡同开的，生产责任制以后，大门改成了马车车库，就向南面对东西大街开了大门。现在三表哥沿大街盖了房子，开了超市与饭店，与表嫂两人经营，他们性格淳朴厚重，童叟无欺，质高价廉，生意一直很好。十字街口西北角当时是空地，村里排戏，扭秧歌在这里排练。再西边当时是村里最好的建筑，供销社门市，红砖建成，还比较高大，前后二进院子，后面是仓库，原建筑依然存在，但如熟悉的老人一样，驼了背，弯了腰，和周围新的房屋比，低矮破旧了很多，没有了往日的风采。

村里的办公室建设得很好，高大的前出檐砖房，大门、院子都很宽敞，办公室在装修，我们被引到了会议室。会议室很整齐，又很简朴，像农村小学的教室。我进去时，村里有几位老人已经在座，其中有一个七十多岁的庄乡舅叫花立三,我认识。我赶紧向前走几步向舅问好,坐下后又向花立三舅问了与其他老人的称呼,并一一打招呼。我介绍了我们一行人的情况,并说明了此次座谈的三个问题:一是探究"九殿台"的名称是"'酒店台'还是'九殿台'",及其旧时的功能。二是久山之"九山"是哪九座山,位置在哪儿和名称分别是什么?三是泰山老奶奶(老姑)在本村传说中是如何成仙,如何被认为是娘家的?

大家其实对我很熟悉,他们有的比我母亲大几岁,有的小几岁,虽是对我生疏了一些,一提起我娘的名字,大家都很亲切,并进行了问询和关心。

采访者有:郭庆学、刘芳军、吴秀成、孙艳华、苑小红、黄新宇,受访者有:周云贞、花如军、花立村(八十六岁)、花东顺(八十二岁)、花立三;此前受访者有:花春甲(七十九岁)、周云英(我的母亲)、周建岚、周建泽、花建华、周建春、周建旺。

郭庆学主席也是久山的外甥,姥娘家就在村委会对面。他首先热情介绍了此行的目的,谦恭地介绍了自己。然后大家畅所欲言,几位老人精神矍铄,谈起这些事情双目有光,神采奕奕,滔滔不绝。我原文记录如下:

1. "九殿台"与"酒店台"

花立三:是九殿台,很多宫殿(庙)在那里,20世纪80年代老姑还在此显灵,碗口大的蝶蝶好几只,传说是她的侍童化身,成千人到此祈祷许愿。

花东顺:应该是有寺庙也有衙门,也有驿站酒店,应该是繁华的地方。有个说法是"先有久山镇,后有沾化城",从小听大人说,很早了。

花立村:我们小时候,去挖过铁钱,是一个钱窖,生锈成了一个,成了一个"柜",应是一个钱窖在那里,开酒店的不会有那么多钱吧。

周云贞:在台湾的久山人周云霞,20世纪80年代后曾回久山居住多年,他在台湾寻得一本明末时期的沾化县志,上面记载了久山镇的相关历史。当时设有久山镇巡检司,镇长叫龚遂(与历史上记载他为渤海郡负责人基本吻合),他也是沾化县第一任县令,由此可以印证。久山村当时临近渤海,村北是钩盘河，当时钩盘河从付家村经李雅庄转过来，从久山北，下圈南向北，是"打渔杀家"故事的发源地。久山村北有很多砖窑遗址，说明当时建筑用材多。我在村北搞工程时，几年前还挖出好几根"渔竿子"根，就是当时捕鱼拴网用的鱼杆子根。

2. 关于"九山"

花东顺、花春甲、花立村、花建华、周建泽综合认定，共有九座山，分别为黄柏岭、鱼山、老山、小山、敖山、马虎岭、九殿台、久山、于家山。古县志中对九座山的名称和位置做了明确的确定：久山，在县东北九十里，地置久山镇，山形蜿蜒相续，名称各异。东五里曰黄柏岭；折而南曰鱼山，距镇七里；折而西曰孤山，折而北曰敖家山，皆距镇十里；少北曰担山，距镇十五里；再北曰李春山，距镇二十三里；迫李春曰太白山；迫太白曰四角山，距镇二十里；迫四角曰于家山，距镇二十八里。抵无棣县界，皆纯土无石，高可数尺。与村民的说法基本一致，应以县志为要。

古时，久山不临徒骇河，村附近有钩盘河和久山河，其中钩盘河为黄河古九河之一。清光绪至民国年间，徒骇河几经治理，至1931年山东全省统一疏浚徒骇河时，沾化县自坝上村向北开挖了一段新河，下接久山潮沟，由下圈、垛圈庄北，烟袋沟西折而北去，与秦口河汇流后，经套尔河入渤海。古徒骇河在富国马家村南的河床向东，转到孔家，再转到邵家，再转向现垛圈水库，在垛圈村北向北入海。而两侧大坝是新中国成立后建设的，河东只建到了垛圈，本地八十岁左右的人还参与推过坝，再往北的海天大道是近十年的事了。杨家庄子北有久山的地，现在还耕种着。沾化古八景之"久山落照"应该不虚，能入选古八景，不只是风光旖旎，也与其政治地位相关联。清人李钟峤诗云：《久山落照》登临最爱夕阳间，海上宜人是久山。柏岭余霞妆晚翠，李春返照驻颓颜。金沙万点星罗地，玉薤千畦客到关。隔岸蓬莱咫尺近，曈昽日色更须攀。明朝著名书法家董其昌避难时，所居其好友李鲁生家，就是在久山，李鲁生家其族谱就叫《久山李氏族谱》。

### 3. 泰山老姑的故事

花立三：泰山老姑姓花，叫花仙，自幼父母双亡，随嫂子生活，性格活泼，乐于助人，头秃，貌丑。一日，去河里捕鱼，空中出现五彩祥云，是八仙路过，将一件七彩霞帔给她穿上，度其成仙。头上生出乌发，人也变了模样，变成了一位模样端庄秀丽的美女。驾祥云向南飞去，由于恋家，到了滨城二十里铺停了停，思考之后，下了决心，飞到了泰山，封神。从此庇护四方，解忧排困，送子送福，成为人们敬仰的神仙，久山人都叫老姑。

花东顺、花立村：我们父辈那个时候，20世纪80年代前，还延续着每年过了年去泰山给老姑拜年的风俗。过了年去，好多人一起去，十五前回来，都是步行。一辈辈传下来的，都是听老人说。去了上山前，当地卖包子的，把第二笼包子专门给久山的客留着，先问一问有没有久山的客，没有久山的客，才卖给别人。

周云贞：我小时候，小伙伴还去九殿台子捡烧香人摆的供品吃。省里考古队在此住了两个多月，我问过他们，他们初步判断是占地一两百亩的建筑群落，光酒店不可能这么多。

大家根据村民的介绍和实地的考察，初步了解了久山之"九山"，还原了"久山落照"的风景。九座土山在平原上和河海衬托下，高耸入云，植被茂盛，树木高大，钩盘河蜿蜒其中，渤海相拥，徒骇河相伴相随。夕阳西下，芦苇摇曳，船帆点点，天海相连，晚霞洒在海面、河面之上，相映生辉；山之投影，明暗对比，阴阳分割。好一幅美丽的"久山落照"画卷。

至于是"九殿台"还是"酒店台"，还需进一步专业探究，但从本村民口中不完全认可"酒店台"。也许是"九殿台"与"酒店台"的复合。我倒认为是一处庙宇、驿站、衙门、生活聚集的综合体。现"九殿台"南仍有"宋家坟"墓群，而宋家，包括董其昌的好友"李家"，早已不存在于现久山人的记忆中，沧海桑田，变幻万千。沾化民俗专家孙洪新、民营企业家民俗专家王洪凯，提供资料也认为旧时有"旧殿"的记载，此地出土的宋朝塔记碑也是佐证。

久山村作为沾化古八景之一，民间传说泰山老奶奶的娘家，能证明其人杰地灵之历史及她在老百姓心中的地位。愿此行之微薄之力，能做抛砖引玉之工。

# 虾　酱

每个人都有对家乡味道的记忆，这种味道就好似镶入了人体基因中，无论离开故土多远多久，都能牵出故乡的记忆。这种味道吃到口里，神经立刻调出来故乡的风景，故人旧事涌上心头，满足了思乡的牵挂，滋润了思乡的干枯心田，人仿佛又回到了父母的身边，奶奶的笑容和叮咛又在眼前耳边重现。

广东人对肠粉的鲜甜，上海人对生煎的焦香，四川人对火锅的麻辣，陕西人对羊肉泡馍的清香，东北人对大酱的咸香，都是家乡味道的记忆。而我老家与以上不同，有一种独特的家乡味道，久离故土的人魂牵梦绕，多日不食的人心中念叨夜不能寐，这就是虾酱的味道。虾酱味道的核心是鲜香，它锁住了海鲜的鲜味，加之发酵后多层次的醇香的虾皮味道，脱离了鲜虾皮的鲜味，反而更加醇厚浓重，外带浅浅的腥味。一桌鸡、鸭、鱼、肉等丰盛佳肴如先食虾酱，再食其他，就有索然无味的感觉。大多数外地人初食大都对其退避三舍，掩鼻而过，如同初见榴梿的感觉，有过之而无不及，陌生人的感觉是腥，甚至有人叫"臭"，其实只是鲜腥而已，没有"臭"，如同初食榴梿和"臭豆腐"差不多的感觉。

虾酱是渤海湾这一地区的特产，再往北气温低，光照不足，不能充分发酵，无法成酱。南方潮湿高温多雨原料易腐烂，而不能稳定完成发酵，亦不能成酱。渤海湾虾酱大体分三种，一种通常就叫"虾酱"，是由渤海湾中生产的虾皮发酵而成，此虾皮不是虾的皮，是一种体型小与虾相似，但肉少的小虾，当地人叫"虾皮"，学名叫"毛虾"。这种"毛虾"身长 2-3 厘米，体瘦肉少，皮与肉的分量基本上各占一半，因此发酵时速度适当，也易搅拌成酱，不会因肉多而腐，是制腌虾酱最好的原材料。第二种叫"蜢子酱"，是用当地海淡水交汇地区所产的一种体形比芝麻粒大不了多少的浅黑紫色小虾腌制而成的，因成酱后颜色深紫，当地人也有叫"紫酱"的，产量少也不及虾酱美味。第三种就是近几年用对虾腌制的"对虾酱"，多为南美类对虾腌制的虾酱，先粉碎一下，才好发酵，因肉多易腐，不能腌制充分，成本高价格还贵，不及虾酱普遍。

虾酱本身也分很多种，根据腌制过程不同而起不同的名字。先说一下虾酱的腌制，渤海海底是一个平底形，状如盘子一样海底缓平，潮间带 20 多里，就是落潮和涨潮之间的海岸线间隔达 20 多里。最早的时候，渤海南岸我们沾化这一带，渔民在渤海湾浅的地方打鱼捕虾，不是用船拖网，而是用"张网"，即在浅海的地方打上木桩，每张网打两个桩，长方形木框将网撑开与网口连接固定，网是口大尾巴小，约十几米长。长方形木框的四个角分别对应固定在这两个木桩上，这样两个木桩和网就截留了一部分海水的空间，海水涨落从网口流向网底，就等于截留了海水的一部分通道，这样鱼虾随海水涨落，就进入网中，张网越往里空间越小，最后部分还有口袋机关，又加之潮水的力量，进了网就出不来了，就成了渔民的收获，每天一潮一落要收两次网，收获两次，一天反反复复。这不是简单的"守株待兔"，要凭多年的经验，根据潮流方向和季节来打桩，是很有技巧的。如此捕鱼方式就造成了每一天收获不同，且这离码头也叫渔堡的基地较远，有几十海里，捕捞上来的少量虾皮就不值得浪费船力人力运回到堡上，就腌制保鲜，成了另一种渔业产品——虾酱。特别是遇到连阴天，不能晾晒，虾皮捕捞后用海水煮，晒干后才是真正的虾皮。干虾皮是渔民最理想的产品，易储存，价高，比虾酱贵五六倍，只能退而求其次腌制成虾酱，因此虾酱不是当时渔民的理想产品，是无奈之举。腌制虾皮，无复杂技巧，就是把海盐一层层地和鲜虾皮搅拌，然后放入大缸中，后面的事情主要就交给时间和阳光了。每天早上和傍晚要挑酱搅拌，奶奶说那时候不招苍蝇。苍蝇鼻子灵，闻见虾酱就会奋不顾身地扑上去。只有搅拌好了，才能把虾皮搅碎，把发酵产生的气体放出来，下面的搅到上边来，晒到太阳，完成发酵，所以搅拌是非常关键的。特别是傍晚时，让阳光晒了一天，虾酱在大缸中已涨红了脸，身体也胖了，向上长了大约四到五厘米高，脸上还结了一层硬硬的壳，味道封在里面，苍蝇也不来捣乱了。搅拌需要武器搅把，通常是一个长木棍，顶端钉一个适当大的或长或方的木板，你就挥动双臂，把底下的酱用力往上、往左或往右，通常向一个方向搅动就行。那虾酱已从整体的虾皮变碎变细，慢慢成"酱"，味道也一天比一天浓醇，从腥变香，变鲜香，颜色从白虾皮变成浅紫色，稠稠的甚是好闻好看。经过约一个月时间的搅拌、发酵，就可以食用了，当然欲让其成为美味，还需继续早晚搅拌和阳光的厚爱，阳光成就了很多美好，这虾酱的魔法师就是阳光。虾酱好不好吃，受多个因素制约，我所了解的是制作的时间、放盐的比例，准备鲜虾皮时挑选的责任心，每天搅拌的认真劲儿等。时间选择在立秋后，虾皮肥且气温湿度适当，阳光充足少阴雨天，便于虾皮发酵的各种因素合成，成酱味醇、鲜香、颜色鲜亮诱人。盐放多了无味，盐放少了发酵过度香不足，腥有余，颜色变黑，影响食欲。鲜虾皮中多有杂鱼，如果不挑出来，挑不仔细，掺在虾皮中，成酱中会有乱鱼，影响食用且不安全，鱼肉发酵后腥味也影响虾酱的鲜香。搅酱更是要用心，一天两遍，时间要保证，每遍搅均匀不能偷懒，把底层的搅上来，且要均匀，发酵的均匀和快慢主要靠这个过程。有一位亲属老大哥家的嫂子，把蒙酱的白布正反面都写上字，防止蒙酱缸时弄反，用白布封上缸，防止落入异物或苍蝇侵扰，更不用说她搅酱时多么认真了。她搅出的虾酱号称"茅酱"，虾酱中的"茅台"的意思。虾酱不发酵也可以食用，号称"鲜泡"或"鲜虾子"。

虾酱的食用有很多种形式，一般是生食、炒、蒸，后两种都离不开干红辣椒和鸡蛋。我独爱生食，一碟虾酱，一棵大葱，几棵青菜，轻轻一沾，鲜香立刻开启了口水闸门，香自口入脑，升至头顶，渗入心脾，一个字爽！有很多女士不敢生食，因为食后有余味，余味含腥，多有不雅。但榴梿不也是如此吗？何况榴梿的香有腻，鲜不足，这虾酱可是海鲜大成的鲜香啊！有很多本地的朋友说，如果虾酱熟食就失去了它的灵魂。虾酱成了我们沾化人记忆中的家乡味道。探望多年老友，远亲返乡接待，满月庆生，乔迁新居，接风洗尘，大餐伺候时或在家悠闲自己做饭时，都离不开虾酱的捧场，没有虾酱不成席。

欢迎大家品尝虾酱，正宗的渤海湾沾化虾酱，愿它也成为你记忆中的味道。

# 挖嘟噜子

嘟噜子，是我们鲁北渤海南岸一带特有的海产品，它学名叫作黄眼蟹，生长在渤海湾沿海和河汊海淡水交际水域。虽学名也有一个"蟹"字，但形状与螃蟹的区别比较大，一是体型小；二是嘟噜子厚、宽相近，长度稍长，块状体型，立体感比螃蟹要突出得多，只有成人男性大拇指大。与螃蟹相比属于是名不见经传的乡野粗人。

每年过了二月二，大地已经解封，风也变得轻柔，万物复苏。河边老芦苇茬的旁边，新一年芦苇已开始孕育着向外伸出尖尖的芦芽，只是此时身体的外面，像怕冷的孩子，还裹着一层厚厚白色的衣服。而在这些跃跃欲试的芦芽丛的一旁，一蹾蹾像土碉堡的土疙瘩，也从顶上开了一个口，且口子里已流出少许湿润的泥浆，在湿润的泥浆上，已有了稀疏爪子的划痕。这些土疙瘩就是嘟噜子的堡垒，冬眠的暖巢。它们已经蠢蠢欲动，春风撩拨得热情沸腾，从冬眠中苏醒过来，已准备跨出大门，在芦芽中驰骋，盼望着回到阔别了一冬的海水，去与自己的恋人见面，结婚，育子，在雨水到来时，拥抱自己的儿女（与螃蟹同时期繁殖，又俗称喷化子，化子就是籽，受精卵），有雷声响起时，就是繁殖的开始。这些土疙瘩上方洞口的爪子痕迹，就是它们试探性出门的杰作。

这也到了我们快乐的收获季节，少年时代物资匮乏，过年之后，储备的粮食、白菜、咸菜已消耗殆尽，出了正月过年的存菜也没有了，到了一年中最艰难的时候，所谓青黄不接的时候。在少年的故乡，春天虽有春风，但无桃花，更无春天的什么浪漫，只有饥肠辘辘的肚子。此时是挖嘟噜子的好时节，我们就三四个小伙伴相约，偷出大人的好铁锨，铁锨是那时重要的生产工具，所谓好铁锨是新买不久、锋利无比、好用的铁锨，是大人在生产队干活的重要工具。由于嘟噜子窝都在芦苇地里，芦根交错盘绕，不是好锨铲不下去。肚子的饥饿和对美食的向往，战胜了可能被吊打的恐惧，几个小伙伴就偷了铁锨，跑到了徒骇河边的芦苇地里去了。芦苇在上年的秋天已割了，但留下的茬子尖尖的，又硬又锐，对鞋和脚都构成了威胁。啥也顾不上了，冲着一个个碉堡，一锨一锨挖下去。挖嘟噜子是一个技术活，不是每一锨都能挖得到。嘟噜子此时藏在碉堡下面，洞穴很深，方向诡秘，要选择洞口湿泥浆较多，爪子印较密集的嘟噜子的窝，并且要考虑它隐藏的纵深，选择下锨位置。如果运气好的话，一上午能挖到上百个，运气不好也就一二十个。运气是由天气暖和与否、挖的技巧等多方面因素决定的，此时的嘟噜子刚刚从休眠中苏醒过来，因为芦苇还没有长出新芽和叶，它还未进食，又没有喷"化子"，腥味小、鲜味艳，无论公母都很肥且味美。

　　用清水洗过之后，嘟噜子有三种基本吃法。一是炸，所谓炸，就是用水煮熟，放少许盐，有的说凉水下锅煮，有的说热水下锅煮，我觉得热水好一些，热水下锅能迅速锁住嘟噜子的鲜味，不至于太多流失在水中，煮的水是不食用的，水用量不大，在快熟时，把水舀出来，蒸干嘟噜子的多余水汽，相当于炒菜的收汁，这样就成了。此时的嘟噜子已变成金铠金甲，掰开盖子，有金黄的膏，如玉的肉，比螃蟹要美味很多；第二种吃法是洗净后，晾干水用卤水呛，此种做法嘟噜子的鲜味没有损失，是最鲜的一种，但因未煮蒸，很多人认为是生的，不敢食用，但我很喜欢；第三种是洗净晾干然后加盐在器皿中捣烂成酱，做成嘟噜子酱，也是很美味的一种食法。

　　少年时，春天的挖嘟噜子给我留下了很多美好的回忆。挖嘟噜子，既是一种觅食的活动，又带有很大的娱乐性，是那个时代的印记。现在生活条件好了，人们大鱼、大肉都不很爱吃了，或是有选择地吃。螃蟹个大味美，又能登大雅之堂。这小小的嘟噜子就被人忘记了，或嗤之以鼻，不再待见。我却不同与众，每每到春天之时，就再次寻找这人间美食，虽不是亲自去抠嘟噜子、挖嘟噜子，但还是到集市寻觅，总有辛勤的老农从芦苇地里挖出来，在集市一角兜卖。回家要么炸，要么呛，时常在朋友圈里发一下，吃着这名不见经传的小嘟噜子，觉得就是山珍海味。因为咀嚼的不只是这嘟噜子，而是在咀嚼生活和回忆。

故乡情

# 垛鄻牌坊建成记

我的老家垛鄻村位于渤海南岸，徒骇河下游，往北到海无村落，算是滨海村庄，向南与邻村有四十余里；向西有冯家镇久山、下鄻、山后、北赵，向东是滨海镇所辖各村庄，再向东到东营河口区的刘家鄻、义和、新户等，这些村庄如一串珍珠项链，相互间隔三、五公里，镶嵌在渤海南岸。自明永乐年间（15世纪中叶）立村到现在已有六百余年，耕海熬盐，渔农兼作，民风淳朴，保留了沾化"西流子"风俗，为人友善，勤劳厚重，传统文化氛围浓郁。因民国前徒骇河古道偏西，东南有绛河下游，东北方向有古河（可能是绛河的分支），形成四面环水的自然环境，像一个被水环绕的堡垒，古时多以水运与外沟通交流，因又是无棣、阳信及我县冯家、李家，向东新户、义和等地的交通要道，形成了既有较为牢固的传统文化气息，又富有开放包容的活力的村风文化。

风俗习惯中，成年男性村民多有猎枪（俗称卯枪,卯指兔子）、悬网（手撒的渔网），并喜饮酒，善打麻将，有点山东人大男子主义脾气，为人豪爽讲义气，重亲情守诚信。既有渔船，也有耕牛，旧时还运输船跑天津做生意，春夏秋三季种地忙农活，使船的（渔民）渤海上捕捞鱼虾，冬天种地的、使船的还利用闲季捕兔子。春、夏、秋三季都忙于生产和生活，村民相聚甚少，到了冬季和春节时多有聚会，推杯换盏，把储存的咸鱼干虾或白天捕获的野兔加上棵白菜炖起来，既有海鲜又有野味，热炕头小桌子，不亦乐乎，这些特色文化邻村中少有。

我们几个在外工作的，也是聚少离多，一般在放年假时就赶紧赶回家，自腊月二十六七一直到正月初五六，吃起了"拜年饭"，东家聚了西家会，重温发小年少时的故事，品尝各家各户的美食。我与明波、逢春等因年龄相近，父辈关系好，居住近等诸多原因，更是因为三观相投，相聚更频繁，基本上是在家十天聚八天的样子，其他节日也是大体如此。

2013年国庆节，我们几个延续着以往的聚会。回家时去村支部书记家坐坐聊聊天，喝个酒，既有"公"的意思也有"私"的人情，支持村里工作，慰问村里的干部，汇报自己的工作，都是聚会的交谈内容。这一年与以往有所不同，过去与大多数沾化北部农村的村庄相似，村庄布局虽然是大街小巷还算规整，村民的房屋随经济的发展也有很大的改善，但道路都是土路，由于两侧的房基大多高于街道一米左右（沿海村庄的习惯），在雨季这街道就成了水沟，出门需穿高筒水鞋，车辆轧的泥辙道如老人脸上的皱纹深深地刻的街道上，好了天七八天也不能骑个自行车，可谓"地无三尺平，出门一脚泥"。可这一年过春节回到家一看，旧貌换新颜，按照上级农村环境治理落实，村里主干道都修了柏油路，两侧都修了排水沟，小胡同也铺上了红砖路，沿街的房墙上刷了白漆，绘了宣传画，一片欣欣向荣的景象，乡亲们的脸上都洋溢着微笑，让人倍感欢喜，幸福自心头油然升起。我们几个受此鼓舞，心生了为故乡做点事的想法，方案考虑了好几个，最后确定竖个村牌坊，立于村头，与新农村建设匹配，能增添些古村气质。我们三个考虑首先要确定什么样式，从不锈钢到混凝土，都否定了，觉得不锈钢的虽然美观价廉，但如果用不了几年，坏掉了就没有了传承，再者各村这样的牌坊较多，有些俗气。最后确定为仿古青石牌坊。当时我们对石牌坊也没有多少了解，就放弃了休假探家的时间，明波驾车东到下河，南到滨城，后到西部西贾和平家实地观看，根据可能筹集到的财力，基本上确定用西贾村的二楼四柱三门青山仿古牌坊，滨城东关村的"帝怀故里"牌坊和平家的牌坊是三楼四柱三门浮雕牌坊，虽然好看，但价格太高，我们当时感觉财力限制，没有确定。

用了几天的时间，初步确定了村牌坊样式后，我、明波、逢春三人又反复讨论建牌坊的出资形式，起初是商议我们三人出资，后考虑到应通过这一建牌坊事宜，进一步增强亲情和乡情的凝聚力，不突出任何个人或团体或宗族，让在外工作的人，人人自愿参与、自愿捐款、平等决策。思路确定之后由我向在外工作的几位老兄做了汇报，并请求指导和监督，他们都大力支持并给予了充分的肯定和鼓励。在此基础上，我们三人正式向村党支部和村委会做了沟通，并且为了不影响他们工作和产生遗留问题，我们财务独立，自收自支，但在牌坊安放位置和样式上充分听从他们的意见，就像作为接受礼物的一方，应按照他们对礼物喜欢的模样去采购是一个道理。为了发挥全体在外工作人员参与的积极性，首先起草一封《村坊筹建公开信》，向在外参加工作的各位乡亲，说明了筹建牌坊计划的背景及愿景，陈述了在此国泰民安新农村建设获得巨大成绩之机，为家乡做点微薄之力的意义，介绍了村牌坊的样式和可能产生的费用，捐款自愿，参与自由等情况，同时附上了《筹建小组的工作制度和办法》，让乡亲们了解我们的工作制度和方法。依据以上两个文件，成立了建村坊的建设筹备小组，设立了顾问、执行、财务、宣传、采购等具体分工办事的小组。在设立这些具体办事小组时，坚持了以下原则：一、各宗族各姓氏尽量考虑到都有人参与进来。二、财务独立于执委会，执委会决策人员不兼任财务人员。三、除购买牌坊外的支出，包括交通、通讯、聘请文史专家座谈、牌坊题名和传记、食宿等均由我们执委三人自己承担，不花费集资的一分钱。四、筹建小组利用周末时间集中办公，各小组人员尽量不耽误。确立了以上工作的细则之后，分别通过不同形式，如电话和彩信等向各位顾问和在外工作人员汇报沟通，让人们感觉到充分参与、人人做主的气氛。

利用周末时间，在村里对有在外参加工作人员的父母、亲属挨门挨户上门拜访，索要联系电话，汇报工作，发放上面提到的公开信，每到一户都受到了热情的欢迎和高度的表扬，让我们信心倍增，斗志昂扬。我们也注意到了几个细节，其一，用红纸印刷公开信，以示欢快。其二，充分说明自愿的原则，不攀比，多表扬。其三，对家庭有困难的，不让他们捐款，还预想给予帮助。其四，在晚上走访，不耽误乡亲们的白天劳作时间和中午的休息。在发过公开信，家访之后，各筹建小组的人也各自分工确定了联系人名单。各筹建小组人员兢兢业业、一丝不苟、满腔热情、细致入微地开展了工作。至2013年11月2日捐款日，大家蜂拥而至，济济一堂，顺利完成了捐款。其中四位顾问老兄，身先士卒，带头通过各种形式确认了捐款，为整个捐款活动起到了旗帜和榜样的作用。我与逢春、明波两个月奔忙的疲倦都随祝福祝贺的来电而逝，进而心中的感激、感动之情活跃于我们的笑脸之上。"千淘万漉虽辛苦，吹尽狂沙始到金"，又曰"人心齐，泰山移"。在整个捐款过程中，出现多个父子同捐、兄弟同捐的情形，其中还有下岗职工者，也有个人创业者，有七十岁的老人建安兄，也有刚工作的青年，还有垛鄽村第一个女大学生明玉表妹，还有出生于斯，但现已不在此居住，仍视为故乡的人。也有的是村里务农人，不在我们的组织捐款群体里，执意要捐，其中振民叔和天祥尤为突出。发小明星哥、延春表弟收到电话时，更是慷慨表态"你说捐多少，我们捐多少"。让我们感动的事太多，在此不一一说明。同时也得到了党支部刘振连书记、村主任刘焕勤侄子的大力支持，其也积极参与了捐款。自2013年国庆节有意向，到2013年10月26日发出公开信，到2013年11月17日捐款完成，加之只能利用周末，时间紧，任务重，但由于众乡亲的全力支持，筹建小组认真工作，全体捐款人无私无怨地奉献，各项工作进展顺利。

选牌坊也是一个关键的步骤，此前逢春就已在网上了解些信息，山西阳曲和山东的嘉祥县是两个重要的青石牌坊生产基地，我们从节约的角度考虑，决定到货源地去采购。清晨出发，邀上村两委和村民代表，加上我们筹建组的几个人，自己驾车到嘉祥选购。精挑细选之后，最后确定了一座仿古青石的浮雕三门四柱三楼牌坊，稳重大气、坚固简洁，与古村气质和淳朴民风非常匹配，并挑选了二尊威武大气的石狮子。虽然确定下来已是晚上华灯璀璨，但人们并未感觉辛苦。牌坊确定之后，又讨论了匾额用什么字、对联写什么内容，等等事宜，最后由我出面请沾化书法大家朱志泉老师，书写了"垛鄡村"三字为正面牌坊名，上面匾额是"古韵新风"，展示古老村庄的历史和新农村建设的面貌，另一面匾额是"出入平安"，体现乡民们的美好祝愿，全是金字正楷，传统、稳重、大气。对联经过商议，留给后代对家乡做出贡献的人去书写。

又竖两石碑，一曰"党恩如山"碑，记述新农村建设的成果和县镇领导及帮扶单位对本村的关心和厚爱；另一碑曰"乡情似海"，记述筹建村牌坊的过程、捐款人名单及数额。并请沾化大儒刘尊训老师做《村牌坊记》以记之，全文用文言文所做，296字，寓意久久顺顺，内容引今博古，字字珠玑，与古村古牌坊相得益彰。

选址也颇费了一番心思，最后确定在主街与海天大道之间，精准测勘，深挖地基，嘉祥的老板也很守约，如期完成安装。

此牌坊位于海天大道自北起第一村，徒骇河畔六百年古村垛鄡村西首，挺拔巍峨，简洁大气，与河、与村、与村气刚刚好。惊动四邻八村，纷纷热议，且起了带动作用，多村模仿。从海天大道经过的车辆时有驻足，拍照留念，成为一时佳话。

落成典礼之日蓝天白云，祥云缭绕，全村老少，耄耋老人、妇孺儿童，聚集于牌坊前，锣鼓喧天，鞭炮齐鸣，载歌载舞，幸福、快乐都挂在了人们的脸上。垛鄡村大牌坊落成典礼，礼成！

近几年，在党的新农村文明乡村建设好政策指导下，区、镇、村领导的支持关心下，在推动文明乡村建设中，在牌坊周边美化、绿化，打造"千年古渔村，文明新乡村"，投资几十万元，建设文化广场、体育健身场地、文化长廊和荷花湖建设。准备开发明朝"甜水井"、清朝古盐滩等传统项目，与盐虾生产、原盐生产、徒骇河渔耕文化，乡村民宿、渤海原生态摄影等结合，把垛鄾村及整个滨海镇向生态旅游、盐虾重镇方向拓展发展，逐步形成工业、旅游、传统文化共同发展进步的文明新农村，使人们记得住乡愁，把家乡作为自己的自豪，作为工作、生活的动力。本文正是应家乡人大领导的建议而书，时隔八年，很多旧事有些模糊，但思念家乡、支持家乡的念头却更清晰了。

愿我的家乡，海天第一村垛鄾村越来越美好！

故乡情

# 记忆中的垛鄂渡口

徒骇河是山东第二大河，清乾隆帝诗云："神禹治河乃最神，当时犹致人徒骇。三千年后智非禹,问胜此任谁能解。"自沾化南部流钟口入沾化，一路向北蜿蜒盘绕，如一条玉带穿行于沾化中部，纵横48公里与秦口河汇合，成套儿河，流入渤海。徒骇河是沾化的母亲河，运输、灌溉、渔业生产，与人民生活息息相关。也自然地将沾化一分为二，形成东西两部分。这东西两部因生活、生产、交流需要，就建成了很多渡口。比较大的渡口自南向北有流钟、富国、垛鄂渡口。垛鄂渡口是徒骇河下游最后一个渡口，连接沾化北部的东西两片地区，也是过去潍坊、现在东营等地向西连接冀鲁的要道，自古交通地理位置重要，自垛鄂村六百多年前建村时就存在。

我的故乡在垛鄂，我的姥姥家在久山，它们是徒骇河东西两岸的临河村落，久山有九殿台寺庙遗址佐证，也是民间传说中泰山老奶奶的娘家。少年时经常穿行于两村之间，对垛鄂渡口比常人有更多的亲切，保存有我许多许多的记忆。

清晨的雾气还没有散去，天空像没有睡醒的孩子，睁了一下眼，又闭上，在梦中品尝着大白皮梢瓜的甜香。轰隆隆的车轮声，加之车把式清脆的鞭哨声,在秋天的晨曦中格外透亮。我知道这是"西沿"（对徒骇河以西，老冯家、下洼一带的俗称）收庄稼的车队，从东洼里过来了。老冯家的多个村，在我村的东边有很多飞地，可能是自古有之，住农户少，春天这些村的老乡们像赶场一样，大小车辆赶到那里，集中几天把地种上，秋天收完庄稼就拉回家去。两地相隔约四五十里地，这来往的必经之路就是我村垛鄻渡口。

两套大马车（两匹马拉的马车），车上的庄稼装得整齐高大，像一个上大下小的梯形体小山，如红烧肉的形状。我非常崇拜这些装车的把式，宽两三米、长四五米的大车，被埋在庄稼垛里。顶面是长方形，两边比大车宽出一两米，前后比左右更向外展得多一些。这么重的车载，不前沉不后沉，在平地上，要求人手能抬动车辕条。辕马的一半身子已在庄稼垛里，得益于一个半穹形的物件支撑，才可以身体不被庄稼压着。辕马精神抖擞，头上的笼头缰配十分漂亮。一朵红鬃毛球，在眉额之上，随着步伐突突乱颤，脖子下面的一圈铜铃铛，发出有节奏的悦耳声音，这圈铃铛正中向下坠着一红鬃球，醒目精神。辕马如同一个刚从战场上获胜归来的年轻战士，满满的自豪和荣光。前面的马，就叫它头马吧，一丝不苟，拉紧了缰绳，双方配合得完美和谐。到了渡口，船工们在船翅子和河岸之间，搭上两块"跳板"，使车轮压在上面，不至于陷入泥里，"误车"。车把式此时并不下车，坐在高高的庄稼垛上，一手牵四根缰绳，一匹马两根，一手握着马鞭子。鞭杆子约一米七八的长度，把手是木把，二三十厘米，主杆是一根竹子。鞭子部分是皮子条编的，与鞭杆子相连处有一簇红鬃毛，鞭绳上粗下细，鞭梢细得如圆珠笔管一样，整根鞭子硬软结合，粗细搭配，很是流畅，鞭子十分漂亮。车把式使用起来也非常娴熟，轻轻一抖，鞭子在空中画出一道美丽的弧线，"啪"，清脆悦耳。马儿懂得鞭子的语言和车把式的意思，要么加快步伐，要么停下，要么向左或向右，鞭子是很少真正抽到马身上的，就是抽上也只是象征性的，为的是让马儿迅速理解意图，只有特殊情况下才用力。两匹马的分工也不同，头马只管用劲儿拉车，而辕马要承担车载的重量，在下坡时，还要后座以减缓马车的下坡速度，掌握马车的大方向。这上船要很有技巧，一方面，下河滩是下坡，要掌握下坡的速度。上船时，车轮到船与河滩相接触部分是一个凹的面，又要用力向前，不然车就"误"

（停止的意思）在这儿了，同时船在水上又是浮动的，船的翅子长度也是有限的，如果用力过猛，头马就闪到河里去了。车上是刚刚收获的湿庄稼，加上为了减少运输次数，装车到了极限，重量很大。这上船对车把式和马来说都是技术活，船工也需要在此时稳控好船，因为车上船时有一个很大的向前的惯性，如果船向河移动了，车就掉水里了。车把式、船工、两匹马通力配合，从车把式一声"驾"，伴着清脆的鞭哨声，辕马和头马的鬃毛颤动，健壮结实的肌肉绷紧，到车把式清嘘一声"吁"，马车已稳妥地停在了渡船甲板上（我们这里叫船翅子）。两匹马加上马车有十几米，也就是说当时渡船的甲板有十几米长。

渡口的渡船，我们也叫摆渡，与大家平时看到的船不同，与大家平时见到的船相比较，它是两头都一样宽的船，船头不尖，是长方形，当然船舱什么的都有，可以放工具或住人。它和平时的船还有不一样的就是，它上面横着铺有甲板，由于伸出船较远，有四五米。就像船长了翅膀，所以我们对甲板又叫船翅子。船翅子是用大型木材制成，有横有竖，上面铺上木板，是载人载物的主体。渡船在河中和其他船的航行也不一样，它是横着走，就是船翅子当"船头"，回程另侧船翅子又当船头，渡船不调头。同翅子同一方向左右有两根缆绳，架在两岸，缆绳已在岸上的高大木桩上固定，两根缆绳在渡船左右，船翅子是渡船的前后，船工分别拉缆绳（也叫导缆），船就可以向前向后移动。由于河连接大海有潮汐，河水流速很快，渡船是横渡，流水产生阻力，有风时河水阻力更大。这导缆是个力气活，不只是向前导绳子用力，还要向外撑绳子或向里拉绳子，抵制河水或风的力量，缆绳都是比筷子粗的钢筋制成。

大人是不让小孩子参与导缆的，妇女和年轻的女孩子穿得干干净净的，也不参加导缆，船上其他男士大都要参与到导缆的工作中来。母亲在我上初中之后，总是在我去姥姥家之前，就叮嘱我参与导缆，这既是对船工的尊重，也是对人家不收渡船费的一种回报。

渡船最早是县里和村里共同出资购置，船工是村里选派，老、中、青搭配，本村和本公社的不收费，对外适当收费。生产责任制后，由五六户人家合伙承包后，本村人不收费，其他除行人外都适当收费，价格都是随物价调整，记忆中买自行车的船票，有从一角到一元的一个涨价过程。

到了传统节日，走亲戚过河的人多，过渡口是要排队的，尤其过年时初二，是回娘家的日子，过河的队伍要排到河坝上。穿得花花绿绿的女人们，脸上透着节日的气氛，提着崭新的包袱，领着两三个孩子，带着女婿。孩子们也是盛装，从脚到头焕然一新，去向姥娘家和亲戚们展示自家的幸福和成果。新婚的媳妇，由女婿用自行车（多是新的，也许是借的）驮着，双人若即若离，既有羞涩，又有亲热，时不时地还会相互偷看一眼，处在新婚的甜蜜和迷糊之中。两人也许刚刚认识才十天半月呢。

我自小就经常过渡口，小学时基本上一周一个来回，每周末都去姥姥家，对渡口的热爱和喜欢不减。到了20世纪90年代初，河边生产队的老船屋已倾倒了。此时我姑家的表哥承包了一段时间，他们为了节约成本，就在河岸上略高处，打了一个地窝子，真正的地下"工事"，把挖出的土堆在四周当作半截围墙，大部分的主体在地下，面积六七平方米，沿土台阶进到地窝子，进门就一个土台，权当作炕，上面铺上茅草，茅草上边铺上化肥袋子做的草包垫子，上面就是被褥。现在想起来，这是多么潮湿、寒冷、局促的恶劣环境啊，那时的我却喜欢这样的环境，有好几次趁表哥的合伙人不在时，去幸福体验地窝子生活，睡过好几个晚上。此时河水泛着银光，静静地流淌，偶尔有鱼儿轻跳出水面，伴随着清亮的水花声。寒夜中，月亮周围围着薄薄的黑色、灰色的云彩，洒下冰冷、孤寂的光，周围漆黑，远处偶有火星跳跃，我知道，那是狐狸在南坡里跳舞。表哥的手电没有打开，为了省电我们两个人的脚步是最清晰的声音，就这样我们先看看静静地卧在河边的渡船，然后就进地窝子，进入梦乡，好单纯、好美好。到了隆冬时节，船工要在夜里溜好几次船，要不断砸开结冰的航道，这样才能保证河道不结冰，确保白天的渡船畅通。

一夜无梦的我，眼睛还不愿睁开，奶奶家的屋门已被轻轻叩了两三遍。

## 故乡情

奶奶此时点上灯,屋里还很黑,下了炕,打扫一下屋子,叠好被褥,去开了门。我翻了一个身,趴在被窝里,我知道是冯家茔上、南集一带的人,过路借锅热干粮了。每到冬天,冯家茔上、南集周围多个村的人,就推着小车子到东洼里(大约现在滨海北部地域)去拾柴火,主要是用大耙搂一种叫"半拉头"的草,它好点火,还"经烧"(就是燃烧值大),他们过了渡口到我村已是凌晨,估计他们前半夜就从家里出发,在我村敲开路边几户人家的门,熥熥干粮(一种黑豆和玉米面掺和蒸的、实心的窝窝头),然后一路赶到拾草的地方干上一天,装好车子,第二天返程,很是辛苦。据说这一车子草,他们烧半年。他们那里闲地少,农作物做牲口饲料和建筑材料,没有多少可做柴火的。奶奶不光给他们熥干粮,还抓上几把面子,熬成粥,让他们喝喝,热乎热乎,他们习惯把"喝"说成"吙"。其实我们和他们非亲非故,根本不认识。我们的条件还不如这些拾草的,从干粮上就知道,我们的窝头里没有豆子,不如人家的香,还比人家的硬。水开的时候,弥漫在空气中的豆香,让我咽了好几次口水。我很佩服这些人装车子的技能,等他们返程时,远远地只见一个草垛在移动,看不到人。小推车成了一个高一米半到两米,长四米左右(比小推车前后长出近一米左右),宽两三米的一个大型长方体。听他们说,是把车脚下到地里,车盘与地相贴,然后一层层把草"打刹子"(就是分批次依靠腿和手,在双腿前把草压均匀、压结实),再一层层叠加。还要充分利用力学原理,把绳子的吊和拢的技巧用到极致。此时人手握车把已无力支撑,依靠车袢上肩才能承受重力。以车脚为中心,前后重量安排妥当,不前沉不后沉,巧妙利用车脚作为杠杆支点和载物本身化解承重。这样在平坦的路上只需人向前用力就好,承重较少。但如果是上坡,必须前面有人用绳子帮助拉车,下坡时自己蹲着屁股,成了千斤坠,掌握速度和方向。由于环境所致、由于生活所需,他们日积月累,练成了这种功力。我们这里虽然每户都有小推车,但装成这个规模和水平的,没见过。可能因为村北就是荒草地,用不到这样运输的原因吧。我只见过我村出去卖高粱秸时,这样相似装车的,但高粱秸本身长,又是一捆捆的，比这好装一些。现在推车已经不见了，这装车的技术也成了历史。

垜鄾渡口盛极一时，持续六七百年。到20世纪末，县乡村通公路，我们滨海镇与冯家镇之间是县乡路，徒骇河河东修到我村村口，徒骇河西修到久山村口。我村和久山都是临坝临河，下鄾村离河有三四里路。自西到东，到久山，过河后，连上我村向东的公路，都是公路。这样比走下鄾村方便，因为下鄾村到河边还有两三里的土路。久山此处的渡口，本是久山本村的生产渡口，为了河东的土地耕种方便，而本村设立，此前不对外。过去久山渡口东岸向北有泽河穿徒骇河东大坝入徒骇河，泽河穿坝之处无桥，成了天堑，我们当地叫望子崖，南北方向亦不能通行，过了久山渡口，也不能到我村。恰巧此时因兴修水利，泽河入徒骇河处，以闸代路修了桥，使我村向南能到达久山渡口。以上两个原因，使原来自东向西，过垜鄾，渡垜鄾渡口，向西到下鄾，向南到久山，然后到北赵，一路向西的千年古道，发生了变化。变成了自垜鄾向南，过绛河闸桥，渡久山渡口，经久山向北到下鄾，向西到北赵，再向西的路径。垜鄾渡口就自然被"闪"在了一边，在历史的变迁中退出了舞台，消失在两岸茂密的芦苇中，无声无息。只有徒骇河大坝向渡口的坡道，向人们提示着老渡口的回忆。

朋友圈中看到红军兄久山渡口的照片，让我又一次记起了它，在度假之际，晨起的早上，匆匆忙忙记之，我也怕它在我记忆中丢失。

故乡情

# 老屋修缮记

香山居士曰:"汴水流,泗水流,流到瓜州古渡头。吴山点点愁。思悠悠,恨悠悠,恨到归时方始休。月明人倚楼。"人们对家的概念,是一种自出生到成年,自然生成并不断加深的感情,如珍藏的老酒,历久弥新,越来越醇厚;如桌椅上的包浆,日积月累,泛着凝聚了光阴滋养的光亮。如有人不经意间在生活中提起:"家是哪里的?"你自然不说现在自己的住处,而是说出生的地方。或许已离开了几十年,或许已许久没有回家,但在心里,那才是家的地方。现在已换了几套楼,搬了几个地方,但这些地方都只在脑海中一闪而过,可以和"住那儿"联系在一起,但说到家,一般就是那个在心中已生根的地方。

我和大多数人一样有着相同的念想。父母被我接到县城已有七八年了。我当时的规划就是,父母六十岁时,不再让他们种地,我和弟弟让他们安度晚年;七十岁时接到县城生活,一方面这是母亲的一个理想,另一方面也是因为县城的各种设施,包括医疗保障、冬季取暖等远比老家方便。父母到县城来是高兴的,对他们来说,这是一种自豪,是秋天收获的喜悦。当然,他们也留恋着自己的老屋旧宅,惦记着弟弟和其他亲人及邻居庄乡。于是老家老屋里的家具就没有动,他们基本上每隔一两个月就要回去看一看，若是村里有些大事发生，他们还要回去。但随着时间推移，回去的次数也慢慢变少了。我一年就回去三四次，是送十五、送年，过年才回去。

老屋的大门几乎是紧闭了七八年，铁门已经生锈，院里的树也已长得密不透风，虽繁茂，但也有几分肆意。说到这些树，大多是我送回去的树苗种植的。小时候就奢望院子里能有一两棵枣树，但那时不知是因为院子小还是什么原因，奶奶也一直没种，父母也没种过。我上班之后就买桃树种在田里，买柿子、核桃、山楂、梨树种在院子里，父母还种了石榴、枣树、香椿树等。在院子西侧墙根下还种了几丛翠竹。经过十几年，这些树都长成了大树，柿子丰收时能收三四百斤。看到这些树，就看到了我播种希望和理想的历程，我特别喜欢。

与几个挚友聚会中，时有二三个朋友，在周末带到他们老家吃个饭，老屋、院子、方桌，小时候的气息扑面而来，儿时的记忆和憧憬又在脑海中重现，勾起我对老家老屋的惦记。我家的老屋建成于20世纪80年代，当时是村里首先用石头做房基的房子，用了两架梁，每间七檩檩子，房子也是当时比较高的，很威武挺气派。都是乡亲义务帮工，脱坯盖房，那时没有雇人的，全是爱心亲情建房。亲戚家也是有力出力有物出物，可以说这几间老屋就是乡情和亲情的纪念碑，凝聚了全家和大家的心血，也是父亲和母亲创业的奖杯。也是我和妹妹弟弟的骄傲，也是我上学的动力。此后我与弟弟都在这里结婚，有了各自的家庭，又都走出了这里。现在老屋老了，与周围新建的新屋比较，矮了，像驼背的老人。墙面和天井地面也像长了皱纹，露出了岁月的磨痕。于是我也萌生了修缮老屋的想法，我要让它重现生机。

经过自己思考和与朋友交流，又和朋友到老屋实地看了看，规划了"主体不变，小处多变，树木修剪，移除少数"的总体方案。说是小装修，工作却是大思路，需要办的事情不少。大门是门面，旧大门是推拉式，已生锈，大门垛子上墙皮已脱落，这个需扒掉重修并换新大门。屋墙是土坯墙，已有三十六七年的历史，因为自然沉降等各方面的原因，内墙需挂墙皮，外墙已护了铁皮，只需喷漆，室内地面需要铺瓷砖，天井的砖铺得虽有点不工整，但为了保存记忆，原貌不动。

果树间伐几棵，留出空隙透风透光，留出一块菜地，明年种菜，枝杈修剪，向上引导，调整长势。竹子进一步规范，修隔离沟，防止其根向石榴发展。拓宽通往厕所的道路，拓宽修平，此前母亲因路窄又不平被绊倒过。土建得到了老兄弟王总的鼎力相助，派了三四个人帮了几天的忙。兄弟侄子们也都参加到建设中，小叔更是天天监工、指导。在此期间，我又去了阳信，在朋友建利的帮助下，定制了木制的前出厦，也就是前廊。一是为了东西北屋，在下雨、下雪天出入方便；二是起到一个升级装饰作用。而后给外墙和门窗喷漆，都是院中几个兄弟帮忙完成。

付出就有回报，努力就有结果。经过十余天的紧张施工，装修完成了。大门是仿古山水夔纹图案，大门砖垛子是方柱博士帽造型，上有门灯。迎面望去，与大门相对的院子的最西侧，是一棵长满果实的石榴树，枝头硕果累累，石榴们满脸通红高兴得合不上嘴。石榴树南侧是一排翠竹，郁郁葱葱，随风摇曳，拍出欢快的节拍。

院子分成两部分，与大门对齐向北与住房相连部分，是原来的红砖地面，已清理了上面的泥土，焕然一新，古朴中泛着新颜，与住房相连部分，上面新预制了一米六宽的混凝土地面。混凝土地面上面安装了木制仿古前出厦，共六根柱子，对应五间屋，青石雕花柱础，柱子是素面松木，刷成仿古原木色，柱子上面是镂雕草龙图案的雀替（俗称花牙子）与穿插枋相连，穿插枋用料厚重，阑额是缠枝纹样，虽是简单的仿古做法，但看上去还是有几分传统古建的味道。大门南门柱为界向南部分的院子是果树和菜地，与北半部分中间有半米高的木栅栏相隔，南北两部分既是整体，又相对独立。果树和菜地中由四纵三横的青砖小径分成不同小畦，便于灌溉和采摘。

进入北屋正房，迎门是中堂，仿清太师椅、条案、八仙桌、花架六件套，墙上挂着大幅颜体寿字中堂及对联，对联内容为"八仙上寿"题材，体现出对父母健康长寿的祝愿。东里间，是圆桌及八把椅子，八仙聚会之意。

东墙上是赵先闻老师的《荷花图》，寓意我对朋友的祝福，有朋自远方来不亦说乎？也点出相聚者皆文雅之士，推杯换盏之时，颇有"荷花开后西湖好，载酒来时。不用旌旗，前后红幢绿盖随。画船撑入花深处，香泛金卮。烟雨微微，一片笙歌醉里归"的意境。

还特意采购了一口室外的移动大铁锅，到了农村，就是追寻农村大锅炖的味道，不讲究美味佳肴，只要求吃好喝好，自己动手，丰衣足食。首开此灶者为电工，炖的是养了四年的鹅，电工还记下来如下的烹制秘诀，现在公示如下，与众友同欢。

1. 凉水下锅，焯水。

2. 焯水后捞出，用凉水清洗两遍，空干水分待用。

3. 热锅热油，放入花椒、干辣椒（根据情况多少），油炸变色后放入葱姜，出香味后倒入鹅块，大火翻炒3分钟后，撒入高度白酒1两，继续翻炒3分钟。再加入豆瓣酱、酱油适量，继续翻炒3分钟，再加入冰糖6块，水半斤。大火翻炒5分钟。

4. 倒入凉水（基本满锅）放入八角，两小勺盐，盖锅大火烧开20分钟后，再敞锅炖20分钟。撇除浮沫。

5. 盖锅中火炖1.5小时后，放足盐量。再小火炖约半小时，出锅吃肉，根据口味可放入香菜。

出锅的鹅肉，肉质弹牙，鲜香可口，回味悠长，稍后食至后段加入茄子再煮，又是一番味道。

次日，又约众友相聚，小妹送来锦鲤，侄女和小侄子们绕屋嬉戏，又为老屋平添了几分喜气。

我带着母亲看了装修后的老屋，母亲很是高兴；父亲在装修时就随妹妹来过，十分满意。一个大门片段的抖音视频，点击量一天就过了万。我觉得并不是我安的大门多么漂亮，而是这个抖音视频唤起了人们对老家的回忆。

生活节奏的加快和经济的发展，农村固守土地的人已寥寥无几。大多出外谋生，身在异乡为异客，在繁重忙碌之后，也许在仰望星空的那一刻，又记起了自己的亲人，回到了自己的老家。

我重修老屋，也是人生路上的一次梳理，再出发的一次集结。我深爱故乡，深爱老屋。

# 种　菜

　　我种菜始于初中二年级，那时已是生产责任制，生产队的土地已承包给农户，老屋院子不大，又无院墙，鸡刨狗扬不能种菜。

　　村旁徒骇河河坝上，原有高大的树木已经让村民砍伐，变成了地排车或其他农具。只剩下几丛编筐用的柳条子灌木，孤单地蹲在坝坡上，摇动着枝条，像是在招呼失去的伙伴。在这一丛丛柳条之间都有一些闲置的土地，我就和开垦梯田一样整理了几块。当时年龄小，个子长得又晚，刚及铁锹高，镢土的样子很是笨拙。但大人们路过，见此景，都和我聊两句，夸奖几句。我并不是想当农民，农民太苦，五月燥风中割麦子的腰疼和干热，捯棒子（玉米）手上的血泡，都如鬼怪魔兽一样，常常在我耳边吼叫，吓怕了我。当时也无陶公"采菊东篱下，悠然见南山"的隐逸雅情，只是一种朴素的对土地的喜欢。

　　每周三、周六回家取干粮，必要到"垦地"看看，对种的豆角、芝麻、萝卜的出苗和长势等情况了解一下，牵肠挂肚的惦念才放下。河坝上的地是白土，易发芽，但肥力不足。我就驮牛粪增肥，把心爱的飞鸽牌自行车弄得一塌糊涂。种植技术是和邻地的王新贵大爷和四爷爷学的，他们早已过世。首先把地用铁锹镢起来，然后整平，把土坷垃拍碎，使土变得松软。

再调小畦地垄，在地两头根据需要分成几畦，先做上记号，依据两点一线原理，用锨在两点之间锄一个痕迹，不直的话调一调，再按这个痕迹来调垄，这样调出的垄比较直，畦均匀。种芝麻、萝卜、豆角需要用锄的长脖子弯的部位划上浅沟，种植的种子不同，沟的深浅不同，深浅很重要，关乎出芽率，需要请教大人。放种子更是一个技术活，豆角种子大，一窝放三四粒，距离两三扎。芝麻、萝卜种子小，需要用手指捻着下种，这样避免不均匀现象，如果是直接撒，会造成疏密不均，然后用锄拖平。豆角有时不用踩，踩也不用太大劲，"六月的豆半边露"。芝麻需要用脚踩实，两脚呈"人"字形，脚跟部位踩在播种子的沟上，踩出来以后，脚印整齐，成麦穗状，像刚刚走过的拖拉机车胎留下的痕迹，还挺美观。在我看来就是种子们开心笑的嘴唇，他们幸福地又回到了土地中，生命开始延续，我的希望也开始萌芽。萝卜单脚前后连贯踩一遍就行，比芝麻要轻。那时的薄膜很稀罕，不可能让我"造"，从未使用那高档的农资。种子是娘和邻居要来的，其实娘不很支持我种这个，怕我真喜欢种地，她的目标是让我不再修地球，只是我喜欢，在别人的夸奖氛围中，她才勉强没阻止。

上班之后，无论做教师还是律师，工作都很忙，但没有阻挡我种菜的热情。在做教师时，宿舍很简陋，是原来的教室改造而来，房前的天井很宽阔，就在房前开了一块地，种上了菜。当时无自来水，浇地得挑井水浇，一次需十几担水，工作量不小，常常是大汗淋漓肩膀红痛，但我乐此不疲。做律师之前，每到假期，必然在放假当天就带妻儿回老家，帮家里干活，让爷爷奶奶与孙共聚。有一年学校放秋假二十多天，怕种下的白菜受旱，不远八十多里，骑自行车自老家到学校浇地。滨州几年，是新小区，无地可种，种菜的情愫搁置多年。

近几年与同学明章相邻，他是种菜能手，一个小院子里，能种十几种菜。位置相邻，种菜不能让他落下太多。我只能努力地在自身基础上，请教、观察和学习。现在黄瓜、茄子、西红柿、生菜、茼蒿、香菜、韭菜等都已熟练掌握种植技术。香菜最难出苗，黄瓜、茄子、西红柿需要掐芽子，其他的技术都易掌握。掐芽子，简单地说就是在已挂的果实与主茎与之间，不再让新出的蔓继续生长，把新出的蔓掐掉，目的是让养分充分供应这个果实，促其成长，等于是蔬菜的计划生育。

早上起床，东方晨曦露白，鸟儿在枝头叽叽喳喳开着晨会，也有的高鸣几声，像是在呼唤人们起床。菜苗的叶子新亮，是一夜之间的成长带来的变化。空气格外清爽，如掺着蜜露的清香。人们经过一夜的躺平休息，眼睛亮了，精神倍爽。走到这一畦畦的菜地前，一根黄瓜在绿叶中探出头，向你打着招呼："快摘下来吧，倍香，你看，我顶端的花儿还没有脱落，身上尖尖的刺儿还有点白色的绒毛，正是最好吃的时候。"豆角有点不高兴了，长长的身子扭动起来，"我才是上好的菜肴，种子没老，皮肉鲜嫩，水烩一下或热炒，最好拌上点蒜，那才是最强。"我微笑不语，打开马扎，此时朝阳已浮出地面，我在黄瓜架的阴凉里，打开一本书，品读起来。

时光就这样悄悄地溜走了，我在自己种的菜地里、菜架下，心情就如一条鱼儿游在大江大湖里，一只蜜蜂飞翔在硕大的花丛里。不是空荡，而是自由，周围的事物满满，但又不影响你的前行，心灵舒适游弋。

突然一声喊："吃饭了。"我从海洋深处回来，打开手机，写上几句打油，拍上几幅照片，发个朋友圈，吃饭去。"黄瓜架下有阴凉，怀抱书本寻思想。河东狮吼'吃饭了'，不知阴凉跑何方。"

傍晚时，下班回家，脑袋瓜子嗡嗡的，一天紧张的工作到了极限。起步来到菜地前，整理整理，浇浇水或松松土，摘上几把生菜或香菜，拌个老虎菜，二两老酱酒，一碗小米饭，就这样度过愉快的晚餐。一身的疲惫被释放殆尽，脸色红润起来，颇有几分"田夫荷锄至，相见语依依。即此羡闲逸，怅然吟式微"的味道。

我很喜欢种菜。

故乡情

# 照蝎子

一根长杆子，一头绑着几十甚至上百个灯笼，一个卖灯笼的扛着那杆子，十几个有时几十个小孩大人围着，眼巴巴的眼神和大人们的眼光共同用力，父亲才给买了一个。兄弟姐妹三人，应该一人一个啊，搓脚、抽泣也无法改变，虽然他也迷信小孩打灯笼有重要的灭毒驱瘟作用。见到抽泣的我们，母亲不急，也没有埋怨父亲，慢慢地到里屋，从墙上摘下挂满土的两个旧灯笼，那是去年元宵节后，我们过了节日兴头扔在一边，节俭持家的她收拾起来的。其中一个还有一个窟窿，那是我被同祖二哥骗我找灯笼底下的蝎子，歪倒之后烧的，为了灭火还把衣袖烧煳了几个洞。

今又元宵节又想起了灯笼，又想起了娘的叮嘱。灯笼底下没有蝎子，蝎子一见灯笼烛光就跑了，"照蝎子，照蝎子，照到蝎子尥蹶子……"元宵节农村是过三天，十三、十四、十五三天，重点项目就是晚上孩子们打灯笼。三个一群七个一伙，连蹦带跳，既串门玩又有任务，到了二婶三叔家，大娘婶子们就让我们唱着上面的童谣，各屋角落照一照，乐此不疲。照一照五谷丰登，瘟疫全无，蝎子（害虫、毒物代表）也尥蹶子了（完蛋了）。鼠年的元宵节注定成为我们永远不能忘的节日。

此时，我也想给武汉的孩子们送灯笼，让他们也到处照一照，把瘟疫照得尬蹶子。你们孤单吗？不！虽然爸爸妈妈在工作，但你们看车流滚滚，雄鹰展翅，白衣天使都奔向武汉，全国人民同你们在一起。武汉的小朋友们，我们给你们一个个灯笼，照亮前进的路，驱走那可恶的蝎子，让团圆平安健康生活，快快恢复。

照蝎子，照蝎子，照得蝎子尬蹶子……

故乡情

# 麦　收

## 一、"来绊子"与搓"绊子腰"

芒种将至,"三夏"大忙就要来了。从网络上看到河南收割机高速路上遇阻之事,感慨万千。我又记起少年时的麦收季,麦秋是农活最忙的时候,一是因为收获的是老百姓最金贵的粮食——麦子,这麦子之所以金贵,其一是因需过冬生长时间长,历尽艰难;其二它是细粮且产量小;其三它是交公粮的主力军。二是还要抢种秋天收获的粮食。三是还要管理春天种植的粮食,俗称"三夏"。古代文人有关芒种节气的精美诗句千千万万,我在此也不引用了。因为那并不代表真正的收麦子的人的感受,我就讲讲在少年时的亲身体会。在芒种前一个多月的时候,我们这些十几岁,甚至那些五六岁的弟弟妹妹,就开始被大人安排到荒子地(没耕种长草的地)和沟埂上去"来绊子"。"来"是方言,"绊子"也是方言,我没有在书中见过对此的表述,只好自己现编出这三个字,算是我的独创。"来"是一个动词,专指用手揪植物的茎、干、叶什么的,必须把它们弄断,且不借助工具。"绊子"是一种草,多长在不是十分碱的盐碱地上,是一种很茂盛的叫"半拉头"的草,长出来的有茎或者说抽出来的穗,最长有两三米,很有韧劲,粗细如圆珠笔头。有枝节状结构的老一点的"茎",它在枝节点还能长出根重新扎入地中，这些丝茎相互交织，密密麻麻。如果是一片茂盛的"绊子"地，它们盘根错节，人走进去，很容易被绊倒，之所以叫它"绊子"，也可能与此有关。

我们"来""绊子"，就是把这长长的"绊子"从"半拉头"上揪下来，用手搂一下，把十几根"绊子"拢在手掌里，攥紧、用力，就将"绊子"揽入手中，绊子与其母体半拉头分离，身份发生巨变，很快将与金贵的小麦会合，相拥想抱形影不离。半拉头对我们发出愤怒的抗争，用尽全力勒杀我们的手掌，来一把，手掌上就留下一道勒痕。随着来绊子的推进，当天可能是血晕，第二三天可能起泡，第五六天就是老茧了。等老茧有了，我们"来"的"绊子"已晒得半干，堆积起来，晚上又开始跟着大人搓"绊子腰"。我之所以把它们叫作"绊子腰"，是因为老家方言就这三个字，又找不到合适的"yào"字，它又是用来捆在"麦子个子"（麦子捆）的中间，就暂叫它"绊子腰"吧。拧"绊子腰"并不难，就是用三股"绊子"拧成一条辫子样的绳子，那时农村的女孩子都留辫子，所以扎辫子是母亲们的基本功，这拧"绊子腰"也是母亲们晚上的加班工作，一根"绊子腰"要拧成一个半大拇指粗，两米来长，大约是大人伸开双臂的长度，十条一捆，捆起来备用。拧多少"绊子腰"是依据自己家的麦子的产量预算的。拧"绊子腰"比"来绊子"，对手来说舒坦多了。

就这样，在手掌老茧的低吟和昏暗的灯光下，麦秋的第一道准备工作就完成了。这对随后的压（碾）场、割麦、打场、泥垛来说，只是序曲，麦收尚未开始。

## 二、压 场

风干燥起来，阳光也变得更加透亮，出门看到翠绿的麦田已抹上了几丝浅黄。风过之后，麦浪过处，黄色逐渐成了主调，麦子快熟了。这时候，伯伯、叔叔去拾掇场院，开始压场。如果恰逢周末，母亲就派我去帮忙。伯伯和叔叔是两个性格不同的人，但对农活的精细却一脉相承，弟兄俩从不为干活有过任何的争执，叔叔佩服伯伯的技术，伯伯对叔叔的活计也不挑剔。伯伯有时和我讲一讲干活的技巧，但也不多说，他只是想让我好好读书，不再干这些农活，写到这里眼泪差点掉下来。压场就是用碌碡（青石的），把准备小麦打场的场地压实、压板，一是防止打场时麦粒压到土里，二是利于与碌碡配合使麦穗迅速脱粒。

选择的场地是不能种庄稼的盐碱地，最好是"油碱场"，冒油、质地较硬的那种，易压板、压实，还不反复。如果是"发碱场"，地面就和面包一样，咋压也压不实。

虽是碱地，也长有零星的碱蓬和杂草。首先把这些杂草用锨锄掉，垫一垫坑坑洼洼的地方，就开始压场。虽然那时自家有牛，但为了防止牛蹄子把还没压好的场地踩上牛蹄痕迹，把场地弄得松土太多，就用人拉碌碡压场。

压场也是有技术要求的，你现在可以设想一下如何压场，压场是按照打场时碌碡或石辊可能走的轨迹，按顺时针依照圆圈的轨迹，一圈圈地从一边向另一边延展。到了另一边后再依次转回来，这样一匝匝的碌碡轨迹就布满了整个等待秋收的场院。还要适当地洒一点水，这样地面更坚实。

那时的农活就这么简单和原始，伯伯叔叔却从没有怨言，而是乐此不疲，每到这时还显得异常兴奋，我至今才明白了一些。

## 三、割　麦

芒种已过，骄阳似火，空气中好像没有一丝水分，大地有吱吱冒烟的样子。从树荫或屋内跳到阳光里，有被烫烤的感觉。地里的麦子已变了颜色，小麦像是用黄金制成的，在绿草环绕的麦田里，又像一枚枚金光闪闪的钥匙,奖励给辛苦的农民去开启一段美好的生活。麦子熟了,到了收割的时候。

麦收的节奏,从家里的伙食也能看到变化,母亲从缸底把白面挖出来,打糊子,蒸了面卷子。虾酱中也加了两个鸡蛋,好像还从串村的小贩那里买了几个西葫芦和几棵大葱。在前一天晚上,母亲(父亲在外工作)已磨了三把镰刀。磨镰刀是个技术活,急于磨快了,镰刀与磨刀石的接触角度过大,就容易卷刃;角度太小,就磨不到刃上。要把镰刀"shen"的部分(淬火就叫"shen",淬火时锻打出的镰刀的刃的痕迹)基本与磨刀石相平行,稳定地前后推磨,加适量水,保持平滑和增加磨刀速度(其实至今我还不十分明白,为什么用石头磨镰刀时要不断加水),不断地观察磨过的痕迹是否与镰刀刃部一致。有时还要用手指肚摸一下刀刃的锋利度,几年后,我基本掌握了磨镰刀的技巧,有时也用割手指甲的方法试一试镰刀的锋利程度,目标是刃要锋利,还要有后劲,这样才能保证一上午的收割效率,过于锋利或过于愚钝都是不行的,像极了做人做事的道理。

小麦丰收,除个别盐碱的地方稀疏一些,其他地方整体上就如一块厚厚的黄色的大垫子。馒头的芳香已沁入我的大脑,麦子在我眼中放出光芒,大人们的喜悦已映到我的脸上。

我们在地里弯腰,把丰收一把抓住,镰头会意地往怀里一揽,成熟了的小麦就在我掌控之中了。这片土地比较肥沃,去年秋天播种是套种,所谓套种,就是把耧四寸的行距,中间套一下,使小麦行距变成了两寸。有的也用"靠"的办法播种,就是四寸耧靠四寸耧,小麦的行距变成四寸、二寸、四寸的样子,各有所长,就是增加密植,提高产量。农民对待土地就像对待父母一样,虽希望他们多给点赠予,但又怕他们过于苦累,体力不支。对待庄稼像对待自己的孩子,虽希望他们有所成就,又怕他们承担不了成长的负担,提心吊胆。因此大多地块是选择靠种,并尽量多施肥,多浇水。

我和妹妹被大人照顾,妹妹负责放"绊子腰",我只割两个眼(两行麦子),大人是四个眼。被大人反复叮嘱,腰要弯下,镰放下,麦茬要低,不能落下麦子，唉，麦子好像比我更重要。

很快，割麦子的兴奋感，被手上刺痛的摩擦、阳光的炙烤、嗓子的冒烟，胳膊、脖子、脸上被麦芒刺激的痛痒冲击得荡然无存。我在忍耐多时以后，悄悄地直腰抬头望了望大人们，他们已远远在前方钻入麦田的深处，我这两行小麦被孤零零地闪在了一边，我进展缓慢。

他们身后已有一簇簇的麦子堆，麦子静静地躺在那里，秸秆泛着年轻人肌肤一样的亮光，洋溢着收获的微笑，似乎是在嘲笑我的缓慢和懦弱。我俯下身，用力挥动镰刀，一把一步向前割去。可能有的朋友说，为什么不戴个手套？我告诉你，我负责任地说，那时全村没有一副手套，就是有也不是用来割麦子，可能是结婚娶媳妇的傧相用来装饰。

在各种痛和热的交织下，终于完成了上午的收割，满满的一车麦子装上了车。我的脸、胳膊都已发红，手已起泡，喝了半嘟噜（水桶）水，吃了两个大卷子后，就躺在南屋的荫凉里睡过去了。

母亲收拾好盆碗，又替我们磨镰，为下午继续割麦子做准备。

## 四、打 场

麦子割完了，要一"铺"一"铺"（堆）的敛起来，放在妹妹事先放好的"绊子腰"上。这放"绊子腰"是有讲究的，要考虑周围前后麦子的数量，正好能捆一个麦"个子"（麦捆子）。捆麦子是技术和力量的结合，用膝盖顶着，"绊子腰"勒紧在麦子中间处，双手各拽"绊子腰"的两端，来回用力刹紧，"绊子腰"拧在一起，打个扣然后别好。如果方法不对，半路上就散了，影响整车麦子的装载，既耽误工夫，又损失麦子，捆麦子不是每一个农民都会的，我也是到了初三时候才熟练地掌握。

任劳任怨的老牛，在我们割麦子时，悠闲地在麦地间的沟里吃着鲜嫩的青草，这时青草葳蕤肥美，正是牲畜一年中食物最丰富的时候。吃完草的老牛又被派上用场，拉起沉甸甸的地排车，兴奋地把小麦拉回到了场院，它知道这是主人全年的最重要收成。

场院上已是人群聚集、沸沸扬扬。麦收时节，是全民总动员，无论男女老少都上阵，人人有自己可以胜任的活干。

卸下车的小麦，首先是松捆，捡出里面少许的青草，然后抖散晾晒。此时中午是不休息的，场院多是建在盐碱地，周围无树，最好的去处是地排车下面的"珍贵"荫凉处，有时在车辕上加上个布单子或者苇席增加些荫凉的面积。中午，骄阳似火，人们的热情也如火如荼，大约一个小时就把小麦翻晒一遍。翻场是多个人，依次按圆形轨迹，后一个人在前一个人右后侧，把前一个人翻晒的麦子的右侧边缘，作为自己翻晒部分的左侧边缘，把麦子翻过来。关键是在翻的过程中，还要有个抖的动作，此动作不宜过大，过大就把原来上面已晒的麦子又弄到上面了，影响下面没有晒到的麦子晒太阳；动作过小，重力使麦子们相互压实了一些，也不易透风和晒太阳，需给它们放松放松，因此抖的动作只可意会而不能言传。

一般要晒两天，如果天气好、阳光灿烂，东南风吹得干燥，就可以打场了。如果遇到阴雨，是最让人揪心的事情。

打场早些的时候是用牛拉石碾子（碌碡）碾压，小麦已被晒得水分很少，饱满的麦粒已瞪起了眼，在石碾子的压力帮助下，一下子蹦出来，完成了从种子到收获的蜕变，从麦子回到了麦子，从终点走到了终点，一个轮回就这样完成了。麦秸见状，也噼里啪啦地唱起了歌，高兴地把秸秆弄碎，变成了华丽的麦秸，在完成了为麦子供给养料以后，又有了新的历史担当——与泥巴汇合，为主人家把风雨抵挡。

经过一遍遍翻转碾压，就把已碎的麦秸用叉（叉有铁、柳和木头多种材质和样式）和起耙子等农具"起"出来，只剩下麦子粒、麦芒与麦糠等，麦芒、麦糠是包裹麦子的暖阁，当然它们不愿意离开麦子，与麦子难分难离。这样就需要打场最后一道工序"扬场"，"扬场"是一场麦收里面最高的技术活，不存在之一，是唯一。一般一个优秀农民都会以扬场作为自己的招牌，夸奖一个农民，也不能少了这一项技能。

我对此做了观察，扬场由风和老农的"扬"的技术和谐结合而成。没风不能扬场，风大也不能扬场，最好是三级左右的风。"扬"就是用木锨（为什么用木锨，而不是铁锨呢？一可能是木锨轻便；二可能是木锨更容易让扬场的人掌握麦子的重量和麦粒的运动轨迹）把麦粒、麦糠、麦芒、未脱粒完整的麦穗混合体撒在空中，让风把麦糠、麦芒飘出麦粒的范围，让麦粒脱离残皮麦穗（俗称料头子），这样麦子就独立地集中在一个部位，便于存储。如果扬场技术不好，成了天女散花，那就达不到以上各部分分离的目的，也就不叫扬场。

好的"扬手"，能准确地把握手中的分量，根据风向的变化，把麦子扬撒得或高或低，或前或后，但落下来的麦粒，却总是稳稳地落在同一个部位，慢慢成了一道长的弧形丘陵，而"料头子"和麦糠等分在了它的两边。通常是扬场人站在风向下，麦堆前，向麦堆的右前方扬场。把几百、几千金麦子撒向空中，也是要有体力保障的，需是极棒的青壮年，个子大小也有些要求，当然个子高占优势。一个好的扬手，是一个标准的好农民，我家一般是二大爷、大爷、小叔扬场，都扬得很好，以二大爷（和我父亲一个爷爷）为最好，但他年纪大，多为示范。我大爷（我父亲的哥哥）扬得较多，也是我的老师，我练过几次，几年下来也就是初级水平，因"打料头"的时常反对我扬场，没有独当一面。"打料头"是扬场的助手，把与麦粒重量差不多一起落下的残碎麦穗用扫帚扫出来，以保证麦粒堆的纯度。

场扬完了，就收入粮袋，麦收已完成主要工作，农民的辛苦变成了粮食，好的粮食——小麦。脸变得黑红，肩膀已脱了一层皮，手的老茧已有硬币厚，可笑容却是最新鲜的。

## 五、泥麦秸垛

　　待麦子打场完毕，当然首先就是扬场，把麦子颗粒归仓，麦子是农民最金贵的粮食，上交公粮时，把最好的大约是产量的三分之一交公粮。春天浇水是小麦丰收的关键，如果是春天，能浇两遍水，特别是在灌浆前能浇上一遍水，产量比不浇水可以翻一番。因为我们这里春天浇水条件有限，又加之不是所有的地都适合种小麦，所以亩产量一般在四五百斤左右，每户收成一般在两三千斤，这还是生产责任制后的产量。在泊头、富国、黄升这些乡镇，亩产能到千斤左右，一户能到五六千斤，甚至更多。我们只能吃一个月的面馒头，以后就是面打糊的粗粮和豆子面掺和的粗粮度日子。

　　麦子收起来后的另一项重要工作就是泥麦秸垛。泥麦秸垛是一项挑战性的工作，因为麦秸经碾压之后，虽然已碎了，但大约还有一二十厘米长的秸秆，虽扁了，但表面特别光滑，不易垛成垛，易"滑坡"，不易掌控其形状。合格的麦秸垛，要求头大身子小，和蘑菇形状，利于防雨，使整个麦秸垛的麦秸长期保存。又因为它秸秆中空尚未完全压实，整个麦秸垛虚高，身子轻，整体发飘，易倾倒。以上情况决定了垛垛很难，需一叉叉地拍实，少量多次，左右均衡，循序渐进，还要注意每层的"盖顶"叠压，才能最终成型。远远望去，垛顶略尖，底盘略小，垛顶如苇笠的苇笠尖（像清朝的官帽），端庄稳重。随后的和泥最为关键，泥和得不能太稠也不能过稀。"面草"（泥中加的碎麦秸）适当，先锄少量泥放在麦秸垛顶部正中央，小心地扶梯子（或竖起来的地排车）上去，把顶部泥匀，厚薄适当，然后前后左右平衡放泥，再按对称顺序泥平泥实。如果觉得泥薄，可再按以上顺序，趁着泥湿加厚一些，这样泥出的麦秸垛在压实之后，不偏不倚、上大下小，既美观又利于防雨，以便长期保存。

　　麦秸的用途在以前的农村，是其他农作物秸秆无法替代的，虽然用它做牲畜饲料差点，但农村盖房这样的大事可离不开它。拖土坯必须用麦秸做"面草"(相当于混凝土里的钢筋),泥墙"和泥"也必须用它做"面草"。又因小麦产量有限,所以每个麦秸垛都是放好几年,甚至一二十年才使用,有时盖房还要买别人家的,麦秸在农村的作用在过去很重要。时过境迁,现在盖房都已是砖、水泥结合。虽然有人喜欢土坯房冬暖夏凉,但费时费力,现在也没人盖新的土坯房子了。麦秸也随着小麦的机械化收割,直接还田了。

麦秸垛端坐在场院边,像一位驻守的老者,沉默但又坚定,盼望着明年的麦收季。一年的麦收完成了。

往事只可追忆,在这麦收之际,做趣事记之。

# 小城记

我出生于农村，故乡在徒骇河下游入海口附近。后经求学，工作后到了市里居住。十年前，把父母接到县城居住，我又弃市回到县城，陪伴父母。"县城"就是我现在居住的沾化区区政府驻地，因自小称这里为"县城"，虽它已改为沾化区快十年了，但也未曾改变我对它的称呼。我又称之为故乡小城。

在我幼年、少年的脑海中，它是村南遥远的一个大地方。那里商贾云集，"红房子"整齐高大，一个个大院神秘幽深。有县委县政府、汽车站、百货大楼、医院、好几个学校（师范和高中），还有电影院。大集与市区重叠，人流如织，十分繁华，我梦想生活在那里。成年后，我又有些嫌弃它，觉得它比不上东营富有，更比不上青岛的美丽、醇厚的啤酒、鲜美的海鲜，也不如济南的繁华和大明湖的秀丽。行道树换了一茬又一茬，较老的树也就十几年的历史。破旧的小区，拥挤的集市，街道两旁的拖拉机任意蛮横地停在那里。但四十岁以后，我却喜欢上了它。熟悉的乡音、纯朴的性情、小豆腐的豆香，还有虾酱挥之不去的诱惑，与父母一起共餐的温馨，最主要的是它近二十年的蜕变。徒骇河西区那高楼大厦及宽敞的街道，可与青岛的香港路相比。城东工业园的厂房，白墙绿瓦在那盐碱地上耸立而起，海蓝大厦就像一座丰碑，记录着开发区工业园的历史。我已深深地爱上了我的故乡，一个在渤海南岸、黄河故道上、徒骇河边的滨海新城。

我深爱这座小城，它的晨光灿烂如金，它的晚霞恢宏壮丽。它的一草一木在向我微笑，它的一楼一房都张开臂膀，给我拥抱。我挑选了它十处美景，起了十个名字，曰"小城十景"。

### 一、金秋枣香

我们先从西城冬枣博物馆说起。沾化冬枣是全国知名水果，中国地理标志水果。因其"皮薄肉脆，细嫩多汁，甘甜清香，营养丰富，色泽光亮"而全国闻名，同烟台苹果、莱阳梨、寿光蔬菜齐名。为了展示和宣传沾化冬枣的种植历史、科技改良过程、产品深加工工艺等，更为了沾化冬枣推销会的举办有一个固定场所，十年前筹建了沾化冬枣博物馆，主馆及周围配套小区、商铺均采用南方徽派建筑风格。白墙灰瓦、高高的女儿墙和墙面的浮雕配饰，充满了浓浓的江南水乡的韵味，仿佛到了江南园林，又比江南园林宽阔和敞亮，别具一格，十分高大上。主体建筑坐北朝南，从外看是单层，实为四层，气势恢宏。门前是宽阔的舞台，舞台前是大广场，整个广场约有两个标准足球场大，广场长长的回廊环绕。国庆节前，一年一度的冬枣节开幕，此时广场上人头攒动，商贩云集，人们脸上都是灿烂的收获的笑容，展摊上的冬枣圆润、鲜亮，青翠带黄的果实上，有一点点的赤红，就像美丽的藏族女孩的脸，俏丽、纯洁。捡一颗食之，果汁爆满口腔，香甜之气沁人心脾。此景谓之——金秋枣香。

### 二、冬荷金光

自冬枣城沿金海六路向东，就到了炜烨公园，此公园开阔，北侧是行政服务中心广场，东侧是文体中心和市民健身广场，面积近万平方米，西边是商业区渤海明珠。如果三者相加，面积不小于泉城广场。公园中间是一人工湖，湖水波光涟漪，伴之西侧曲折回转桥廊上漫步的情侣，北侧广场舞美妙的舞曲,南岸紫藤架下悠扬的萨克斯,让人流连忘返,好一幅幸福市民生活画面。我独爱东南角的藕湾,在东南角是与大湖相连葫芦状的大小不同的两个小湖,湖东有假山在侧,湖中有弯曲廊桥相连。夏日娇艳的荷花与翠绿的荷叶,如同亭亭玉立的美女,鬓边别着或白或粉的花朵。月光之下,我又记起了朱自清的荷塘月色,也觉得像极了西湖的"曲院风荷"。我最喜欢的还不是这夏荷,等到进入腊月,湖面冰封残荷孤影,白雪尚在,你选择下午有暖阳时来到这里,自西岸向东观看,阳光洒在残荷之上。残荷此时像一个个冰上的舞者,正在低首吟唱着什么,满身都是金光,如果不亲临此境,你是想象不到的。白雪点缀下的一棵棵金色的冬荷,亭亭玉立在冰面之上,富丽堂皇,满湖流金,漂亮。此景谓之——冬荷金光。

### 三、玉带横波

在湖的东北角,有一汉白玉石拱桥。远眺此桥,其与湖面相映,显得并不高大,反而觉得它舒展、秀丽,如江南女子。横卧在湖的东北一隅,桥下绿水绕绕,水中的倒影与桥在蓝天或晚上金色灯带的装饰下,形成一个圆,如玉玦和璧,美轮美奂。近观,它又多了一些高大和倜傥,桥边石岸之下的碧水中,小鱼成群,与你嬉戏,调皮地一会儿伸出头,一会儿又摇着尾巴游走了,你想抓一条,妄想。这汉白玉桥已成了人们的打卡地,可以说在所有沾化人的手机里,都有一张它的靓照,甚至很多人用其做微信头像,此景谓之——玉带横波。

### 四、大禹霞光

玉带横波的东面,过了水岸龙居,就是徒骇河公园。原来老城的西侧徒骇河东堤上没有公路,成了老城的西围墙。河道内芦苇丛生,没有道路,河滩里一些地方有农田,除打鱼、捕虾、种庄稼的,无闲人到此,无人问津。十几年前,沾化提出了拥河发展蓝图,把徒骇河西侧开辟成西区新城,徒骇河成了城市的内河,建成连接东西城的南北两座大桥,兴修水利,解决雨季水患，并顺势建起了水利风景区——徒骇河公园。现在的徒骇河两岸，绿树成荫，鲜花满园，三季有花，四季见绿。人行道、自行车道已贯通二十余里，园区功能齐全，公园城区部分南北长四五千米，大理石铺地，汉白玉桥栏，北方各种绿化树木花草，可以说应有尽有。且楼、台、亭、榭、桥、廊建设巧夺天工，既有小径通幽数百米的紫藤回廊，又有宽阔的广场，既有江南园林的细腻，又有北方园林的大气，三步一景，十步一园。

公园的核心建筑在北桥的南侧，曰大禹广场。在广阔的广场临河部分，立台之上，建有一尊大禹青铜像，高约二十米，大禹身披蓑衣，头戴斗笠，左手执铁锹，右手抬臂指向前方，似在雨中指挥千军万马，治理河道。徒骇河相传是大禹治水十三年的成果之一，徒骇河也是中国少有的向北入海的河道之一，体现了大禹治水的科学性和灵活性。公园建设者感于其"居外十三年，过家门不敢入"的艰苦卓绝的作风，十分敬佩，故立此大禹像。每日早晨，晨光初升，洒落在大禹像身上，霞光点点生辉，更衬托出其坚毅、高大的形象。晨练者观之倍受鼓舞，工作信心满满。此景谓之——大禹霞光。

## 五、渔鼓唱晚

大禹霞光的北面，有一影壁墙式建筑，红墙青瓦宫廷建筑样式，墙上篆书四个金字——"渔鼓唱晚"。墙东侧连一平台，似古时戏台。在此戏台东有一组青铜雕塑，七人载歌载舞，中间是一面大鼓，挥槌击鼓槌者，双臂抡圆，肌肉紧绷，鼓声震天。吹唢呐的腮帮子鼓着，弯着腰，唢呐冲着天，眼睛鼓得溜圆，欢快的唢呐声响彻云空。舞者长袖善舞，彩带飘飘，脸上洋溢着幸福的笑容，她们已被鼓声、唢呐声所陶醉。此组美景与周围甬路、紫藤、草地、银杏、青松相互动，情景交融，天地人合一，反映出沾化浓郁的民间文化氛围和渔鼓戏在群众心中的地位。此景谓之——渔鼓唱晚。

## 六、彩虹霓裳

自渔鼓唱晚向北眺望，就是连接东西城的北大桥"彩虹桥"，是近几年新建的。此址原有一桥，已拆除，因此也有老人对此桥叫老桥，实指老桥的地址，为了防止混淆，我一般称之为北桥，更好分辨。此桥中部两侧建有一对高大的橄榄球形桥索塔，每个桥索塔有桥索与大桥连接，它们就像鸟的两个翅膀，又像是两道彩虹，所以市民大都称北桥为彩虹桥。无论塔身还是拉索，都装有霓虹灯，晚上五彩缤纷，璀璨闪烁，特别是远观，如天宫幻影一般，又如霓裳仙子下凡，晚上散步的人，每每远望，必驻足拍照，这儿也成了许多摄影爱好者的取景地，它成了夏日徒骇河上最靓的仔。此景谓之——彩虹霓裳。

## 七、烟波风雨

从彩虹桥向南远眺，徒骇河上一高大的跨河建筑，色彩艳丽，如南方风雨桥。桥、塔、亭组合，飞檐斗栱，檐角飞翘，红柱紫窗，白墙灰瓦，三塔六亭，塔四层亭三层，气势磅礴，此乃坝上闸，是徒骇河上拦潮、蓄水、防洪的节制闸。其造福一方，既为两岸农田提供灌溉水源，又防止海水上潮，同时它还有桥的用途，为两岸群众的生产、生活提供了便利。它更是徒骇河上的一道风景，是徒骇河水利风景区一靓丽名片。夏日河水蒸腾，周围树木较多，形成小气候，云蒸霞蔚，紫气缭绕。此景谓之——烟波风雨。

## 八、海天大道

北桥东首连接徒骇河东侧护堤，东护堤修成了柏油路，大道由于北连渤海，南接大高航空城，取其北连海南通天（航空城）之意，又名"海天大道"。海天大道自城区徒骇河东岸向北向南，借原有堤坝之便利修建，南达205国道，到大高航空城，北抵滨州港到渤海南岸。连接北部临港产业园和南部滨州高新区两个工业园,也使县城到南北的交通大大地便利,为向海洋发展奠定了基础,发挥了巨大作用。同时也是一道美丽的乡村美景,两侧绿树成荫,良田盐田万顷,玉带般的徒骇河婉转曲折相伴,风景绝佳。海天大道到港口时,已是海天一色,向远望去,港口、公路仿佛建在海面上,远处大货轮笛声悠远,近处投资几百亿的魏桥工业园一片生机。一排排风力发电机,如巨大的风车,洁白修长骄傲地站立在开阔无垠的大地上,既有童话的浪漫,又有科技的震撼。城市里来的人都停下车,拍照留念。我开车过去,自豪已写满了脸。风车下的盐田,更是一幅在大地上做的巨型彩画,盐池整齐划一,道路纵横交错,阡陌纵横,池壁是红色(红砖砌成),盐池间作业的小路潮湿呈黑色,盐池的水由碧绿到墨绿,盐垛是白色的巨大的梯形体,远观此景,颜色五彩斑斓,养眼、好看。与"山镇红桃阡陌,烟迷绿水人家"有异曲同工之妙。

自滨州港沿海天大道往南,大道之左有一个村落,村庄整洁,绿树成荫,红瓦白墙,良田环绕。村西口建有三门四柱三楼青石牌坊,牌坊古香古色,上有行书金字"垛O村""幸福家园"。牌坊东有健身广场、荷花池塘、千年甜水井等。此村已有六百余年历史,比县城早三百余年,古时渔、盐、农、商共存,村西尚有几百年前的古盐池,村风淳朴,人杰地灵。此村所在的滨海镇成为中国渔盐小镇是有深厚的历史渊源的。此垛O村是海天大道北起第一个村,人们又送雅名"海天第一村"。海天大道以县城为中心,贯穿沾化南北,此景谓之——海天大道。

## 九、听涛观宇

海天大道北首与第二防潮堤坝相连,此防潮堤沿套儿河(徒骇河入海口段因与秦口河入海口段重合,又叫套儿河)西岸向北,又折向东,再自北向南沿顺江沟西岸接沾化一期防潮堤,形成一个闭环,总长近四十里。此坝建设相当困难,企业自筹资金,是在海潮间带上建坝,海里的沙多为黄河冲积的泥沙,不易滤水,遇大潮三天筑坝一天冲平。俗话说水火无情,在建设到六七公里时，一场罕见的暴风潮将已建成的西段大半冲毁，东段不见了踪影。后采取不同工艺，更换数支队伍，历经两年多，投资数亿才建设成功。在2019年的特大风暴潮中，经受住了考验，虽有部分毁坏，但没有使潮水影响到一期防潮坝，更没有影响到魏桥工业园和几十万亩养虾池，保护了企业和沿海群众的财产人身安全。如不然，1998年风暴潮的历史就会重演，全部盐田虾都会归入渤海，工业设备泡水的损失自不待言。此大坝起了巨大的作用，成为沿海企业和群众的海上长城。风平浪静时，它如一串项链，镶在渤海边上，成为海边的靓丽风景。大坝外侧碧波万顷，一望无际，向北远观海水碧波海天一色，渔船与大型货船比翼双飞，在轻纱般薄雾中做伴。近观小渔船撒网收货，夫妻俩夫唱妇和，一片祥和。护坡外的石头上，落潮时是剥海蛎子的绝佳之处，比青岛栈桥海滩的礁石上还多。此堤坝改变了沾化区泥质海岸的境况，能亲海而不踩泥了。面对渤海的大堤十余里，成了优质海岸线。海钓者、城市里的看海人，都来此观海游玩，此是沾化一个新的景点。大高航空城现在具备生产通用飞机和培养通用航空驾驶员等能力，并开通了到北京和青岛的航线，不但经济上具有强大的增强潜力，在旅游方面更是新引擎。此海南大道两端的风景，合二为一，此景谓之——听涛观宇。

## 十、腾飞沾化

沾化在山东地图上，北与河北接壤，在渤海南岸，徒骇河自南向北横贯全县，状如雄鸡，历史悠久，人杰地灵，物产丰富，既有海洋产品如盐田虾、梭子蟹，又有农业产品如冬枣、棉花，近几年工业发展迅猛，有大高高新技术工业区、城东经济开发区、临港产业园、城北皮革城等园区，有世界五百强企业，也有本土炜烨集团企业，工业产值连年增长速度居本市前列。文化背景深厚，旅游资源丰富，地大物博，是山东北部的沿海城市。沾化大地现在发展势头迅猛，双招双引出色，全区上下斗志昂扬，精神焕发，对幸福生活充满追求和信心。整个沾化本身就是一幅美丽的风景画，此景谓之——腾飞沾化。

爱由心生，我爱我的故乡，所以我觉得她美，和杭州人爱杭州、苏州人爱苏州没有什么区别。希望你来小城做客，也爱上她，爱上这小城十景。

# 燕子燕子何时归

"小燕子,穿花衣,年年春天来这里,我问燕子你为啥来?燕子说:这里的春天最美丽。"已农历闰二月,应该是燕子回归的日子了,可沉思一想,大约已有近20年没有见过家乡的燕子了。开头的儿歌,我在幼年其实也没有唱过,我甚至不记得有什么关于燕子的儿歌。那个年代农村孩子是在与小伙伴的疯玩中长大的,没有什么学前教育。记忆中,上小学一年级时,中午小伙伴都在水湾里洗澡、打"滑滑溜"。不知谁突然想到下午要上学了,就慌慌忙忙地跑到西校屋,被王瑞熙老师一顿臭训,赶了回来,原来四五个人都是光着腚跑去,哈哈!

但那时的快乐和娱乐一点也不比现在少,扑蚂蚱、"遛鸟""打鸟"、掏鸟窝还有"跳房""抵拐""扔手榴弹""打包""扣火烧模",更不用说割草、放牛、捉鱼摸虾了。那时,燕子是一群群地落在枝头、场院边的草垛上,多得很,多到当时人们都不注意它们,普通得和麻雀一样。当然有一点待遇是不一样的,燕子和人同住,燕窝都搭在堂屋中间最高处的檩子上,正对屋门。麻雀不敢进入屋内,主人也不会让它们住在屋内,麻雀只在荒野中、树枝上、屋檐底下的空洞里、闲置的旧房子里。只有燕子可以"登堂入室","燕子只住富贵地",也许人们是因为这个才宠它。

我那时倒是对自家的燕子窝有过一些观察。当看到有燕子自屋门上的"睁眼子"里（门上方留下的一个二三十厘米高的空间，供通风通气用）窜来钻去时，堂屋正中檩子上的燕窝边上，已经多了几圈湿润的泥蛋子，和原来的旧窝完全吻合。有时也见燕子嘴里叼着泥蛋子回来，小心而准确地"粘"上去。过了几天，一只燕子，变成了两只，又过了几十天，突然听到"吱吱吱"的清脆的叫声，几个小脑袋从新建的燕屋子口伸出来，羽毛还是毛茸茸的，嘴巴张得挺大，口腔是黄黄的，大燕子把嘴里叼的虫子放到它们的嘴里，它们拼命地昂着头张着嘴，像很饿的样子，喳喳地叫。燕子爸爸与妈妈不言语，也不着急。我却很担心，它们忘了哪一个吃了，哪一个没吃，别饿着没吃的小燕子啊。两只大燕子不停地飞进来飞出去。待到我再一天注意，好几只白腹黑背褐领的美丽燕子已是燕语莺声，一派生机，小燕子长大了，成了一个大家庭。

随着生活不断改善，农村的门窗都换成了玻璃门窗，生活富裕了，人们家里有了珍贵的东西，门上的"睁眼子"也安上了玻璃，还有的加上了防盗的铁棍。铁棍阻挠不了燕子出入，可玻璃将室内外隔成了两个世界，阻挡了人与燕子同居。高兴的人们没有在意，也没有担心，可燕子悄悄地离开了人们的生活，消失得无影无踪。有人说是农药的问题，燕子吃了带农药的虫子，活不了了。有的说是气候变暖了，燕子不习惯了，可它冬天去东南亚不是更暖和吗？燕子你到底去了哪里，何时才能回到这一片北方的大地？我惭愧地在这么多年之后才问自己，也是问燕子，也是问苍穹与大地。我建议，将门上的玻璃掏个洞试一试。

# 恼人的秋雨

隆哲辗转反侧还是不能入眠。现在是十月八日凌晨五点钟，楼顶上滴滴答答的雨点声，像一滴滴炽热的铁水滴在心上，痛与焦虑折磨得他整夜没有入睡。昨晚上床时已是十二点，他担心树上的冬枣会不会开裂，那已成熟的枣会不会落果。自去年冬天就忙碌，眼看丰收在望，却被这恼人的秋雨扼杀。这哪是什么雨啊，简直就像浓酸熔铁屑一样，把自己的汗水与希望熔化殆尽，消失得无影无踪。

冬枣种植受土壤与气候所限，范围只限于北方个别地区。地处山东北部的滨州市沾化区是最早种植的区域，是冬枣原产地。也是政府最早助推的地区，给枣农提供了很多扶持和培训。在全国冬枣果品中，沾化冬枣最优。此地产的冬枣是中国国家地理标志产品。为区别于其他产地，命名为沾化冬枣，与烟台苹果、金华火腿齐名。现在沾化冬枣的种植模式是密植方式，经过总结多年的种植经验，在此前密植的基础上又进行了疏伐，每亩在八十棵左右，这样利于采光、通风和肥力保障。冬枣成熟后分别呈现点红、片红、全红，着色面颜色为赫红色。成熟后的沾化冬枣皮薄肉脆，口感甘甜清香，甜酸适口，食之无渣，又富含硒等微量元素、多种氨基酸，俗称维生素丸，被誉为"百果之冠""百果王"。因在十月成熟，接近冬天，所以叫冬枣，经济价值较高。

隆哲大学毕业后在县城一家企业上班，由于踏实能干，为人忠厚，工作进步很大，成了企业的技术骨干。但五年前，看到在农村老家的老父亲，一人管理着十余亩冬枣树，挺忙活，挺累。又注意到当地政府对冬枣种植的大力宣扬和支持，更关注到沾化冬枣这一优良果品良好的发展趋势，就下决心弃工从农，回家种冬枣。他的这一决定，其父亲首先不同意，好不容易供出个大学生，目的就是不让儿子面朝黄土背朝天，离开这农村。现在回家种冬枣，活累，这面子也没处放。但经不住隆哲的软磨硬泡，加之自己年龄已大，体力不支，又舍不得丢了自己培育十几年的冬枣树，就答应了隆哲。

决心好下，路难走。虽然上学时和工作后也帮父亲管理过枣树，但那只是走马观花，照猫画虎，没有深入。现在入了行，就是另一回事了。冬枣的管理既要付出体力，又需要技术和经验。一年四季从生产程序上，大体有这么几个阶段。一是剪枝疏干。这个工作以技术为主，体力付出也重。现在虽然用些半电动的工具，减轻了一些体力，但一天天站在地里，又正值初冬，这风刮日晒的，一天下来也是腰酸背痛。这活还不能找人干，因为这是个技术活，一般人干不了，让一般人干也不放心，直接影响第二年，甚至以后树的产量。要根据树的长势和枝条的现状，观察其旺盛程度和通风、透光的要求，来剪枝、疏枝。是一项技术性和科学性很强的工作。二是冬枣的锄草、耕地、施肥。冬枣采摘结束后，首先需要深耕，把锄草和耕地放在一起，利用耕地把草翻到下面，既做底肥又锄了草。同时要做好施肥，大都用农家肥，这样土壤不板结，利于枣树生长，同时农家肥微量元素丰富，生长出的冬枣味道纯正、皮薄无渣，但农家肥投入大，经济负担重，春节前整个冬天就一直忙个不停。过了年就开始了园里的土地整理（大棚冬枣，还要进一步整理维护大棚），接着又一项重要的工作开始了，既费力又要技术的精准——环剥（又叫枷树）。环剥是为了提高当年产量，即提高开花、坐果和幼果发育，要在一棵树的主杆或侧杆，对外层树皮进行一圈环剥，使营养成分向上输到果实上，而不形成回流，切断树干韧皮（外皮）组织中养分向下部的运转通道。这项工作需弯腰进行，还要因树决定环剥的位置与宽度，费力费时费心，十分辛苦。稍有不当，剥过了树就会受伤甚至死亡，轻了就起不到环剥的作用。接下来还要打杈子，就是把生长出来无用的新枝条去掉，增加树的通风采光，也减少营养浪费。提心吊胆的阶段是开花、坐果，人有不育不孕，这冬枣也有光开花不坐果的，施药、采取物理措施，费尽周折。到了这时又该施肥、锄草了，一天天和照顾孩子一样精心呵护，人瘦了，枣大了，人黑了，树绿了，隆哲父子笑了。枣树叶子绿油油的，非常茂盛，冬枣个头已不小，在树叶中探头探脑，令人喜爱。丰收在望，日常还有除病虫害、抗旱等重头戏。过后就等着，雇人摘枣、捡枣，卖枣了。

冬枣林里的新农民隆哲，同学、同事们见到他的次数少了，他终日与枣树为伴，成了一个黝黑勤快的庄稼汉。隆哲经过几年向父亲的学习，掌握了冬枣的种植技术，并充分发挥自己大学时的知识储备和学习能力，参加各项培训，改良施肥配方，发展新的害虫防治措施，创新修剪方式，改良品种，由原来的沾化冬枣一代，嫁接换头改成更具原始冬枣口味的沾化二号（沾化二代）冬枣。又把部分冬枣盖上了大棚，既提高了病虫害防治水平和防自然灾害水平，又能提早上市。其种植的冬枣被中国绿色食品发展中心认证为绿色食品 A 级产品。建设了园区接待设施、客人休息场所和观景台，由单一种枣向特色旅游发展，牵头成立了合作社，带动其他社员共同富裕。五年来取得了很多成绩，2020 年获得了山东省乡村好青年荣誉称号。接近国庆，今年的冬枣丰收在望。

但隆哲也有些担忧在心头。农村有句谚语"七月十五定旱涝，八月十五定收成"。可这冬枣却不同，在八月十五以后才成熟，其他农作物在快成熟时受点灾害也只是减产，而这冬枣在成熟时，遇风或大雨，不是减产的问题，而是绝产的问题。风大落果，下雨枣就开裂，变味并烂掉。所以到了十月份成熟的时段，有风有雨就是对冬枣的灭顶之灾。

前几年就有这样的情况发生。为防止这样的自然灾害，提高果品质量，隆家也建了五六亩大棚，但建大棚投入大，只建了一半，还有五六亩没有建。他这一夜辗转难眠，就是为这五六亩大田冬枣愁秋雨。正常年份，国庆节已到采摘季，但今年秋天气温持续高而不退，昼夜温差也小，枣上不了糖分，不甜，无法采摘。这几日正值上糖分，又来了绵绵的秋雨。

国庆节前，隆哲就研究了天气情况，招聘人来摘枣，冬枣收获的季节也是劳动力需求最大的季节。每颗枣要手工一颗颗从树上摘下来，小心翼翼，因为糖分大，如果碰了或掉地上就碰坏了，变味了，不能贮存了。今年因为都是在雨前抢收，每个采摘工的工资创历史新高，300元一天。就是在这抢收过程中，在10月3日下午不愿见到的雨还是来了，打断了采摘工作，冬枣已经受灾。到了十月五日雨继续下，成了连阴天，开裂的枣水渗进去，就烂了。一亩损失二代冬枣价值五六万元啊。真是：梧桐更兼细雨，到黄昏、点点滴滴。这次第，怎一个愁字了得？

你说这恼人的秋雨啊！一年来的辛苦付出就这样被这不经心、淅淅沥沥的小雨夺走了，隆哲能不焦虑吗？他在反思和考虑办法，如果下决心全盖上大棚就好了。是不是像晒盐的池子一样，罩那种简易塑料保护膜，平时按大田管理，到下雨时就在上面扯上"保护伞"，也应该能保护八九，这样投资小，可能更适合大多数农户。

他想到这里，起床去了合作社屋顶的观景台，此处处于徒骇河一个"S"形转弯处，西南边是徒骇河大桥，北面遥望坝上闸。河面宽阔，两岸绿化成荫，河滩上芦苇茂盛，此时河面涨水比夏季时还宽了不少，真有一种浩浩荡荡，极目楚天舒的感觉。他不再被恼人的秋雨所缠绕。有困难就要勇敢地面对，想办法解决，而不是愁眉苦脸地叹息或怨天尤人。沉舟侧伴千帆过，病树前头万木春，明年从头再来！

去他的吧，恼人的秋雨。

# 我与大海的第一次邂逅

我喜欢大海，但我只见过风平浪静的大海，未经历过它惊涛骇浪的模样。这并不影响我对它的喜欢，看到它我就心情舒畅，精神放松，好像大海走进了我的胸膛，心胸豁然开朗。各地海的模样各有不同，我亲身接触见到的，从影视作品，或小说，或旅行游记中了解到的，差异巨大；或小家碧玉，或大家闺秀，或波澜壮阔，或汹涛骇浪，或神秘诡异。在我印象中记忆最深的，是我第一次邂逅的海。

我第一次见到大海，是在小学四五年级的时候。那时小学生只有语文、数学两本书，书里其实少有对海的描述的文章。或许有，但我也忘记了，当时对我也没什么影响。我遇到海，是因为我们三个小伙伴出于顽皮和好奇心，在暑假期间，背着家中大人，偷偷骑两辆自行车，自老家跑到近百里外海防渔业公社看望父亲。到底是思念父亲了，还是好奇渔民的生活，还是螃蟹大虾的诱惑，抑或是兼而有之，现在也记不得了。三个不到1.6米的小男孩，就这样踏上了"征途"，凭从大人此前的交谈中记下的路径和大体的方向，还真的没迷路，不是我们三个人精明，这得益于出了我们公社后，去海防的路当时只有一条柏油海防公路。

到了海防已筋疲力尽，大人们见到我们是又气又喜。当时生产队的渔船还未到港，就在大队部里吃了点东西。到第二天渔船上来送货，我们分别跟自己的大人登上渔船，随船出海，有了和大海（渤海）的第一次邂逅。

当时是机帆船，顾名思义，有机器动力，也有帆，双力混合。船不是很大，应该有十几米长、四米多宽的样子，船员有七八人。驾驶室（也叫茅棚）在后面，驾驶操纵是靠长长的大橹浆，还不是轮式的方向盘，机器在船舱里，有操作人员通过机械杆，提示前进、后退、停止，和一档、二档速度。驾长（船长）在驾驶室里操浆，把握方向，面前有一个巴掌大的罗井，由它确定航向。罗井上有度数，也有天干地支的字，习惯上称xx度偏哪个方向一个或几个字，其实一个字就是15度，船长的经验和判断力是正确航向的关键。

从简易的渔堡码头出发，沿弯弯沟（沾利河）向北蜿蜒而行，两岸绿油油的苇子被风吹过，沙沙作响，像列队的战士鼓掌欢迎我视察一样。我心怀好奇，想知道大海的模样，又想象捕鱼逮虾的场景，心里兴奋又激动。大人们却开玩笑说：到了海上就会晕船，你就知道什么叫难受了。我却不以为然，也没有多想。河面越来越宽，眼前只见洼蓝蓝的水面，没有了芦苇与陆地，我知道已到大海了。往远处看，天好像与大海相接在一起，现在知道那叫天际线，那时不知，心里在想，是不是真的天海在远处相接呢？周围全是一个模样的海水，好像自己在海的中央。偶尔可以看到远处有一个个小黑点在海上浮动，大人说那是一艘艘的渔船。偶尔，几只海鸟从头顶悠闲地飞过，一眨眼就不知去了何方。

此时已近中午，海面上变了模样，波光粼粼，如无数个小镜片在翻滚跳动，又晃眼又不晃眼，我第一次见到这样的场面，那时只觉得好看，也没有什么词语可用来表述，直愣愣地看着那闪烁调皮的海面，现在想起，那应该是陶醉其中了。

我想看到捕鱼逮虾的场面，其实只是我一厢情愿而已。捕鱼逮虾并不在这船上，这船其实就像一个根据地，网都"下"（锚定、绑定的意思）在周围很远的地方，有的距二三里地之远。那时不用现在的拖网或地龙，是下"张网"，"张网"这个名字很生动，这网撑开口，就像人张着大口。

网口大身子长，口是用粗竹竿绑起的架子撑开的，而架子四个角是绑在大木桩上的，木桩打入海底，这样潮起潮落，柱子与网没在海水之中，海水就从网张开的大口中穿过，鱼虾就进入网中，这个网越往后越细，最后形成一个兜子，鱼虾进入兜子，成了渔民的战利品，有点"守株待鱼"的意思。从大船到这些下网的地方是用"划子"（小一些的木船）去收货的，二人或三人一组，靠人工一条大浆划行，载荆条筐十几个盛鱼获。归程时，载重上千斤重，加之潮流的阻力，是对摇橹人的力量、耐力和技术巨大的考验，这也是渔民们胳膊粗、腱子肉发达、身体壮实的原因。碰上点风浪，任务更是艰巨，小划子不过三四米长，一米多宽，在大海里就像片树叶。它是在浪尖儿和浪窝里穿行，其风险和困难程度可想而知，渔民比农民生产有更多风险和不易。我听大人讲着这些事，脑袋开始模糊，胃里有些不舒服，应该不是害怕和担心，也不是感慨，是开始晕船了。大人们一见我脸色发白，双眼无神，就知道我晕船了，让我去船舱里休息一下。刚开始，还故作坚强不去，又过了一个来小时，就悄悄地下到船舱里躺下了。

虽合上眼，人并不能入睡。浪头轻轻地敲打船板，有节奏且不急不缓，像在戏弄我。敲敲打打，就好像扯拽我心系子，又像倒腾胃里的东西，头似痛又不痛，浑身无力，总结两个字就是"难受"。听大人讲，晕船对渔民来说是件长期折磨的事儿，有的干了十几年仍旧晕船，吃不好，休息不好。如此晕船，使渔民的艰辛又比别的工作多了几分。

我索性爬上甲板，这时，小划子已回来一只，船上载回来了几框小黄花鱼。大小一扎左右，头大身子小，浑身上下金光灿灿，活蹦乱跳，特别漂亮。大人们准备做鱼渣丸子，让我剁鱼渣。我虽然有些晕船，但觉得大人们很辛苦，也对鱼渣丸子有所期待，就咣当咣当地剁起鱼渣来。整条鱼被切割成几块，只去了腮和肠子，然后就这样反复剁，最后成酱，加上葱、油、盐什么的，佐料很少。用手挤成丸子，放清水里煮熟，连汤带丸子一起吃。他们也没有专门的厨师，谁不忙谁做饭，他们的饭量特别大，他们都吃两碗鱼渣，两个大面卷子。小黄鱼渣丸子味道特别鲜美，面卷子也比家里的棒子面窝头诱人,但我晕船胃里难受,只吃了半个卷子,不到一碗丸子。今天回忆起来,再没有吃到过那么美味的海鲜。

此时夕阳已西下,整个大海由远及近都红彤彤的,太阳的红光并不很耀眼,近处更接近金色,随着海浪涌动,阳光闪烁,金碧辉煌。古代文人与湖、与江河接触颇多,不乏夕阳与江河的名句,但写夕阳与大海的却寥寥无几。我那时更不知用什么来比喻,现在也就不夸张渲染了。我在船上这一日风平浪静,大人们说一年中少有这么浪头小的时候。海上无风三尺浪,有风高万丈,如果有风浪,晕船就不是这个样子了,就是前张后仰,吐得哗哗的了。我有点被吓到,坚持要回堡上去,可这艘船不能立即回去。第二天早上,恰巧有别的生产队的船从附近过,大人们摇旗并鸣笛传递出消息,划小划子把我送过去,让其捎我回去。当时觉得我再也不到海上去了,可现在想起来,这是我第一次也是最难忘的一次,从此喜欢上大海。

有时,那次海上的记忆仍在梦里出现。周围是靛青色的黑,海水奏着轻缓的乐章,银色的光点在波浪中跳动,天空繁星如钻石般点缀在穹顶上,一眨一眨的。天河就在斜上方,我又开始在天河中寻找八角琉璃井、井中的金鱼,还有牛郎织女的传说……

天下行

天下行

# 域外走笔

塞纳河上的风有点冷,美丽的欧式建筑和蕴藏的历史故事使我目不转睛。

巴黎圣母院、香榭丽舍大道我选择步行,罢工的人群举着牌子三三两两与我同行,堵车,为了亚松律师的聚会,何惧五公里步行,哪又管罢工游行。离开巴黎,我们讨论着中国的交通,思绪的边上也留着红磨坊的歌声。兰斯小镇的雨,田野中的山丘草地起伏,大教堂的壮美把我征服。

凯旋门见证的是和平,拿破仑是法国的英雄。伯尚所的学习,让我肃然起敬。林大律大家都赞他必有前程!法中所的王大姐是人大的才女,滔滔不绝的介绍展示出浓浓同胞情。

中餐馆的女老板悄悄地解释一句:烟台的厨师不是我的丈夫。欧盟的法院是专业的行程,卢森堡大峡谷的树木葱茏,圣诞节的集市人流匆匆,站着聊天,空口喝酒,你是否愿意在市中心的和平广场也来一盅?

圣米歇尔及圣古都勒大教堂,名字有些长,但留给人的记忆确只有两个字——震撼,门前市场的拥挤,也无法掩饰它磅礴的气势,空阔高大的殿堂,人们走入,心静语轻。面对耶稣在牛棚中的三王朝圣,肃然起敬。申根,一个通畅的小镇,旁边的小河水流入莱茵河中,河边一脚大运也成了记忆的永恒。市政广场也叫黄金广场,马克思的咖啡还飘着苦香,小雨来的神水浇灭了战事的导火索,他成了英雄。

我也买了手表、巧克力等,价格味道都行。欧盟总部前的凯旋门高大的骑警,还有戒严美女警察地道的中文"你好啊",让人动容,共同照张相人家可行?是否多年之后还可重逢?听说欧盟在开会,美丽的女总理和法国帅哥眉目传情,海牙的风虽是冬季也是暖暖的,门前石头有中国的一颗,小甬中五人结伴而行,照片几张,意义不同。

跳舞的房子在荷兰的运河上,阿姆斯特丹永远记忆在男人的心坎上。也有朋友记住了北京直飞,机票2000多元,不知改了名字,老杨的记忆可中?荷兰的风车是在蓝天白云碧绿的田野上,房子和风车的色彩是五颜六色的,远看近瞅都在绚丽的画中。每个人留下照片多多,还有那蜂蜜、奶酪很多的包裹、售货员甜美的笑容。天外来物,神话中神秘的大城堡,只有在电影中或者梦中的才能见到的科幻大教堂,让我唏嘘大赞"伟大",建筑史上的奇迹,雕塑的王国。

第三交响曲《英雄》经常响在我们的耳边,街道两旁是几百年的建筑,稳重大方,小城市很是干净。我买了一把小提琴的模型,我知道了贝多芬晚年已经耳聋,他是为音乐而生。歌德的心留在了海德堡,不知让多少少女和少妇衷情。故居不错,油画很多,装修豪华,一个有才华有影响的公子哥。《少年维特之烦恼》我读过,从那时起认识了歌德。他家的银杏树还是后院的那棵?慕尼黑一家名字叫安瑞顺德伦典雅的大所,认识了大律刘峨,静雅!多一句繁少一句简。还有洪博士一个半小时精准专业的并购讲座。太美了,刘家人峨,告诉你,她已出嫁,是戒指告诉我的。

海德堡古堡的酒桶很大,大门口的艺术家很会拉呱,15欧元购买的水彩画,还有拥抱和为我做的肖像画。美景如画可以这样说,因为这里是新天鹅,奢华雄伟也可以说,因为这里是新天鹅。它还藏着一个单身男人的爱情传说。阿尔卑斯山中有一座,勃朗峰我们来了。途中的美景如同在画中,让人目不暇接,不得已中途下车,那湖光山色,冬天的翠柏,地上草坪全是碧绿的颜色，湖水就是一块美玉，浮在两山之间，白云蓝天之下，拍了一些照片，有人说：那是以前明信片上的样子。大家说：我要留在这里生活。勃朗峰的风有点大，室外的啤酒喝着确实不错。面对雪峰，环视美景，举杯"走一个"。

凡尔赛的宫殿，不是光一个金碧辉煌就可以说的，它是艺术的殿堂，园林的楷模，历史与文化的结晶，人类历史长河中的奇葩。最欣赏拿破仑加冕的油画，他将皇冠给自己戴上，开启了新的时代，也成就了法国的伟大。断臂的维纳斯，微笑的蒙娜丽莎，这是卢浮宫，又是一个顶级艺术殿堂的神话。还有偶遇的美女，抓拍的美图，成了一群男人一段时间，或许以后长长的回忆和牵挂。大奔后座四个人的扑克，热火朝天，风雨雷动，老苏的制止也从未让他们消停。两个烟佬一堆伙计，下车抽烟不停。最是难忘"芳军哥"燕语莺声。U 导，专业用心，我们赞同声。或许滨州的重逢又忆德国的风景。老山东聚会的都是老山东，欧洲时报的大咖，华人商界的领导，亲亲的乡情，浓浓的青岛啤酒，一个又一个，每个都饱含着真诚的中国情、山东情，最是那《我和我的祖国》我们共同高歌。

法国的大餐，不只是有鹅肝，还有牛肉、芝士等很多，老母亲的电话，已溶解了思乡的引子，在法国的红酒里，心已飞向东方，那个有爱、有温暖、有理想、有家人的家。

# 初识韬光寺

深秋时节,完成了浙江金华的工作,利用周六去了灵隐寺。灵隐寺是千年古刹,加之济公活佛的传说,其佛名远扬,香火旺盛。在几年之前,我也曾去拜谒参观,母亲虽对佛教没有研究但传承了老一辈朴素的敬佛习俗,一直希望供养一尊观音菩萨,为此就为母亲请得铜质观音一尊,不远千里背到家里,由母亲供养,香火不断,祈福祝愿,了却了她的一桩心事。今天又至灵隐寺,我一是感恩,二是祈愿。

灵隐寺与往年相比,寺内已不准香客自己带香,由寺庙赠三炷香,其他没有变化,人流如织,摩肩接踵,敬香和跪拜的姿势还是那么随意,表情还是那么专注和虔诚。从法物流通处经过,发现已没有我前几年请的观音像那种样式,当时流通处的人就说,那是用重塑大雄宝殿释迦牟尼佛的青铜料所制,意义和法力特别,数量有限,果然不假。此前来时,只参观了灵隐寺,今天到了之后,看旅游路线指示上尚有韬光寺、永福寺、天竺寺,时间上也宽裕,又觉得新奇,怎么几个寺离得这么近,相互各有什么不同,在盛名灵隐寺之下,它们是如何发展的?我决定先上韬光寺,这个名字觉得颇有缘分。

向前向上,是一段平缓的爬坡路,走了一小段后,道路变成了一边是山涧,一边是崖壁的石阶路,坡陡路窄,两边的树已镶上金黄的边,但叶子大多还是墨绿的,交相辉映。稀疏分布的竹子挺拔翠绿,阳光从树杈中散落下来,不耀眼、不灼目,空气中也无多大湿气,清清爽爽的,风过婆娑,生出几分江南山林的韵味来。虽然有点气喘吁吁,我还是一步步向前,思量着寺院应该不是在很高处,看着下山的人一脸的惬意。走了挺长挺陡的一段后,我还是忍不住停下来,在一个缓坡的地方小憩一会儿,寻思着如果都是这么崎岖的山路,寺又建在哪里?又沿着山涧边的陡阶转了几个弯,大有小径通幽的意境。迎面出现了一个直立的山壁,山壁前有四五米宽、七八米长的一方平地,从山壁上的文字介绍中,我知道韬光寺到了。此时真觉得当时建寺的高僧真是认真地寻觅,也无惧自山下大寺到此而经历的艰难路程,是自然而得,不是刻意,当然寺院建得早晚,我没有考究,只是按现在的位置推测。

平台向左转,登七八台阶,眼前出现一山门,四五米宽、五六米高,门口上方一长条形匾额框,框中白底黑字,规矩又佛气的三个隶书字"韬光寺",朴素又大方,让人顿觉脱俗和亲切。门洞内墙上贴有一张类似告示的毛笔书写的文书,告诉人们应该在寺内自觉遵守的几条规矩,算是提醒之意,也有别于他处打印、印刷的文书。除山门简洁大方,门内既无晨钟暮鼓的建筑,也无左右四大天王,进得山门就是一片低缓开朗的丘陵地,生长着各色树木花草,一条小溪逶迤而过。连接山门处的一条不宽的青石小路,伴小溪而行,溪中有细流潺潺,两旁树木和竹林密疏有度,高低不同。眼前兰草滴翠,各类小的灌木鳞次栉比,点缀其中,阳光照在上面,明快油亮,透着生机。与一般寺庙不同,一般寺庙进得山门就是一座座大殿,气派庄严,而这里更多的是自然的风景,像是一处天然的山地森林花园。

向前走了几百米,树木间闪出几处黄墙灰瓦斗拱飞檐的建筑,在路标的指引下,从山涧旁一平地进到一个院落,见一坐北朝南的威严端正大殿,比一般寺庙小一些,正是此寺的大雄宝殿。建筑恢宏,如来佛像雍容大度,慈祥端庄,让人肃然起敬,心生仰慕。出了这个院落仍旧是起伏的小路,移步换景，顺着山的走势向前，路过一茶园，龙井虽已过采摘季，但一排排生机盎然，唤起你味蕾中的茶香。向前百米侧又闪出一处寺院，这是在小山峰脚下一个平台上的院落。进入院里，两个大殿中一处供的是道教的吕洞宾，一处供的是他的徒弟何仙姑。因这二位道家是从山东升仙，有了几分老乡的亲切感，也对佛寺与道家的融合和谐感到惊叹，佛救寺庙中能供奉道家真人。

峰回路转拾阶而上，又踏阶下行，兜兜转转经过山涧上一处石栏杆的小石桥到了一处楼阁，一个名叫望海楼的地方，现在是一茶歇之地。穿过厅堂，到了厅室之外的平台之处，往前望去，豁然开朗，原来此处为两山交汇之地，向外是个喇叭口，背倚大山，面向西湖。我们就是顺着两山之间的谷地，辗转上来的，从这儿放眼望去，西湖及杭州城尽收眼底。

正值江南深秋，山上树木被秋色扎染，五彩绚丽，周边山上绿树葱茏，又有红色绛紫的树木点缀其中，美不胜收，虽然不能看到大海，但看到了海的气势。坐下来，冲一杯龙井茶，看那茶叶翻腾，茶汤清碧，清高鲜爽，滋味甘甜的茶香就弥散开来，扑入鼻孔，此时品茗远眺，可谓心旷神怡，有脱离凡尘的感觉。

静思之余，才品出了几丝韬光的味道。远于闹市，不求攀比，又放眼于世界，这晋朝古寺确有启发唤醒人们灵魂、让人思考人生的妙处。

这就是我初识韬光寺的感觉，以后还会再来韬光寺。

# 遇见贵州

"多彩的贵州,爽爽的贵阳。"我此前虽有机会来过两次贵州,但这次山东省散文学会组织文友去贵州采风,我欣然答应,积极参加。原因有二:其一秀丽壮美的贵州风景让我牵肠挂肚;其二与文友同行,会有很多共同的话题,学到很多东西,同道之人同行,会趣味横生。八月初的齐鲁大地正值盛夏,骄阳似火,离开开着空调的屋子或车子就冒出一身的汗水,我却不避酷暑,兴高采烈地踏上贵州之路,五天的行程精彩纷呈,美景、美事、美食让我流连忘返。回程的飞机上,小憩一会儿,在咖啡清香的陪伴下粗书几事以记之。

### 荔波小七孔桥

两边是翠绿的山峦,植被葳蕤茂盛,中间山谷中自上向下蜿蜒着一条山溪,叫响水河。在山势陡峭之处形成瀑,在低缓处形成潭,上下六十八跌,故名六十八瀑。此山溪中段左右,在一深潭之旁,山溪之上,有一七孔石桥,故景区谓之小七孔桥,此桥是连接古贵州和广西的要道。

潭水清澈见底,鱼儿悠闲地缓游,似游在空气中,波纹薄如蝉翼,颜色却是温润的宝石蓝。导游说是翡翠色,我觉得不准,如果用玉化的绿松石色或温润的宝石蓝来定义,或许更准确些。潭水如画,我第一次见到这么温润干净宝石般的潭水,比九寨沟的水更有韵味,有过之而无不及。而小七孔桥的瀑布,虽不如黄果树瀑布壮烈,但其气势和白色的布是相同的基因。游客置身瀑前,与瀑融为一体,更为亲近。而那从右侧山上喷射而出的"射瀑",则更加震撼人心。它从山坡的绿树丛中,携带者几缕白色的飘带(露在树木外的瀑布源头溪水)从树林中喷射而出,不是"布",而是"河"从头顶掠过,凉爽的水珠溅在身上,异常舒适,远观则震撼壮美。

## 宋主任的幽默,小"飞"美女的笑声

宋主任原来不曾谋面,从微信上早就认识,凭多年看到的微信信息,而定义给他的形象是一位年纪比我略小几岁,少言而多才多艺的中年人。见过面后才认识到他是位少言但幽默,多才多艺的时尚帅哥,一句"不说"可能要记几十年了。"飞"是薛飞主任,一位活泼、智慧、漂亮的姑娘,我脑子有时短路,总叫错她名字,叫了几次"蒋飞"。她也不纠正,她最具特征符号的是她的笑声,开口大笑那种,豪朗而自信、大方而时尚的性格在这笑声中充分得到了诠释。

## 苗寨的拥挤与安静

西江千户苗寨,从门前广场的大屏上看,可以接待五万游客。我们赶到山寨入口时,正值晚高峰,人山人海,我们不由自主地随人流前行。人声鼎沸,空气炽热,汗气冲天,顿时心生悔意。五十分钟后,前行一百米,终于座上了景区摆渡车,入寨了。兜兜转转,峰回路转,经过二十分钟曲折的山路,眼前豁然开朗,金光灿烂,灯火辉煌。依山而建,自山脚建到山顶,一层层的楼阁在金色的灯光照耀下,如天宫金銮殿,又如海市蜃楼,撞入眼帘,尽显繁华与神秘,心中的懊恼已随风而逝。空气变得凉爽,人一下子精神兴奋起来。又步行了十分钟,进入寨子中间,西江水在两岸灯火的映照下,五彩斑斓。哗哗的水流声与两岸的各种音乐,汇成了一首美妙的交响乐，拨动我的心弦，兴奋与愉悦一起跳起舞来。临窗而坐，观对面灯火，远听摇滚的歌声，佐以美酒，美女帅哥相伴，好一派热闹繁华的苗寨风光。

　　一夜无语，早上六点钟，晨曦的白光从窗帘缝中挤进来，稍稍地拧了一下我的耳朵，我睁开了惺忪的眼睛。突然觉得应去看一下昨天晚上热闹的苗寨现在是个什么样子。街上人流稀疏，游客不多，多是当地挑担、提篮、推车的小贩。路边有摆摊卖苗药、蓝莓、水果、小吃的。苗族妇女高挽发髻，发髻后别银饰，银饰上垂下的璎珞，随人动而飘逸。鬓旁插一朵硕大的红花或蓝花，很是漂亮。苗寨建在西江两侧的山坡上，依山势而建，上一批的地面接着下一批的屋顶，层层叠叠。旧的房子是木制三四层的楼房，新的房子是混凝土框架结构仿木装饰的多层楼房，顶部是黑色的瓦；两山之间是西江，江水蜿蜒，江上建有多座风雨桥，木柱黛瓦，飞檐斗拱极具民族特色，又有北方宫殿的影子，西江水抖着白色的水花，蹦蹦跳跳地自桥下而过，桥两边长廊上是悠闲的游人和村民，十分恬静与安逸。

　　远处走来一个老婆婆，花布鞋、黑裤子、蓝色大襟上衣，蓝色上衣的襟口、袖口都绣有一条白色的纹路，纽扣也是伴有白色的细线，整体简洁而漂亮。头上扎着一条有彩花纹饰的毛巾，有点高耸的感觉，毛巾下应是那种高高的发髻。胳膊上挎着一个红色为主，提手为绿色的竹篮，步履娴静，带着很安然的神态，缓缓走过。清晨的寨子也如这位老婆婆一样安静。就是吆喝的小贩，也是低声吟唱，话语中掺杂了水汽，不显一点嘈杂。远处山腰上飘着丝丝缕缕的雾气，整个苗寨都被这雾气氤氲，空气中已呈现出湛蓝，棉絮样大大小小的白云团飘在蓝蓝的天空中。清晨的苗寨与昨晚的热闹成了二番天地，我很享受这安静。

# 晨游大明湖

对大明湖的情愫已有三十余年，初识大明湖始于老舍先生的《济南的冬天》，虽然课文背诵流畅，也只是想象了一个"三面荷花四面柳，一城山色半城湖"的景色。以后又从新闻、图片、明信片上对千佛山、解放阁、趵突泉、大明湖牌坊星星点点地了解一些，直到2000年才始到济南，拜了千佛山，登了解放阁，转悠了芙蓉街，观了趵突泉，一睹了大明湖芳容。自此每到济南，都喜欢游一游护城河看看黑虎泉，到大明湖乘舟求遇夏雨荷，曾堤漫步听莺鸣。尤对大明湖情有独钟，越来越迷恋。今年春天时节到济南公务，护城河、大明湖边的垂柳刚刚吐出嫩黄的蕊芽，从远处观似云似雾，近处瞅尚无绿意，我就想写一下济南的春天，思忖着过几天花开时节再来济南，到那时草长莺飞，群芳争艳，也能触景生情，好好把济南的春天描绘一番，但思绪愚钝，诸事缠身，迟迟没有下笔。时光匆匆，已到初夏，与友人出差到济南，清晨早起，再游大明湖。

我们随着熙熙攘攘的人群自东南门入园，向北行，迎面是一黑色大理石影壁。上书毛主席的毛体金字，诗词《采桑子·重阳》"人生易老天难老……"，字体苍劲有力，气势磅礴。两旁松柏挺拔，海棠枝繁叶茂，一伙踢毽子的人在树下一空地上辗转腾挪，身轻如燕，毽子如同长了魔法在他们脚尖、腰下、肩头窜上窜下，忽左忽右、探头探脑，好不顽皮。沿湖边石板路向北拾级而上，过一石拱桥，岸旁是一古码头，与一长亭相接，亭子名曰鸳鸯亭，坐在亭中廊凳上小憩，向东远眺，水面波光粼粼，像无数面小镜子在湖里翻转，把旭日的光辉洒向四方，伟岸古朴的超然楼，像披了金袍映在晨晖中神采奕奕。再向北是儿童游乐场，场前空地上一队练太极的老人，如仙鹤晨舞一样，舒臂展腿，手画天脚蹬的怀抱日月，练兴正浓，白衣飘飘，配以垂柳、湖色，如同身在仙境。

　　向东转弯已到大明湖北岸，一群五六十岁的男士正在做一项我只在电视剧中偶见的时尚运动：双手扶一独轮，撑下去，又收回来，和俯卧撑近似。一俯一起甚是需要臂力、腿力和腰劲，估计我做一两个就得趴窝。一个五十来岁的"小伙子"和一个六十来岁"正当年"，并列比赛撑了二十多个，真是厉害。过了此处向前进一庭院，门口上方有匾，曰"听荷"，进入院中有石碑，上书"佛山倒映"。向南远眺，千佛山隐隐约约，故人云：天气晴朗，千佛山半身可映在湖中。我个人认为这是一种想象而已，是借山创景，大家可以用思维把千佛山的倒影展示在湖水中，山湖相映，济南美景。此处湖边有一榭，门上有"沧浪荷韵"的匾额，门脸三间，倚湖而建，垂柳拂水，幼荷初绽，甚是漂亮。

　　向东出院，路上来来回回的人，悠闲自得，谈笑风生，湖边路旁闪一亭，双层八角，飞檐斗拱，朱红柱子，斗拱、横梁等五色彩绘，气势不俗，亭名"得月亭"，真有"近水楼台先得月"的意境。前方路北侧是一小山，海拔不高，但树木茂盛。有喊山人扯开嗓子"喔、喔、喔、啊、啊、啊……"地叫喊，我也学着叫了几声，顿时感觉肺里很是清凉。往前还有一庙，名字叫北极阁，供奉真武大帝，又名真武庙，掩映在垂柳和高大的桑葚树中，庙前台阶两边的石阶被小孩子们当滑梯已磨得光滑如镜，并出了三道槽，那是两条腿和小屁股留下的痕迹，一个七十多岁的老者领着六七岁的孙子在玩耍，老人和他孙子说，他和他孙子这么大时，这个地方就已磨得这么亮了。向东是大明湖北侧的一个水道，大明湖水自此向外流入小清河，曰"北渚"，又称北水门,此处建有一个纪念曾巩的大型画壁"曾公画壁",以此歌颂他治理大明湖水患、提倡文教、兴利除弊、兴学利农的功绩。

沿湖北岸向南拐,是大名湖的东侧,但不是东岸,自这拐角的地方向南是一长堤,将湖水一分为二,两岸水波荡漾、古柳倒垂、湖水萦岸、花木扶疏、百花灿烂,是大明湖的一名胜景点,长堤是前面提到的唐宋八大家之一曾巩任济南知州时所建,所以此地称为"曾堤萦水"。长堤两侧广种各色花草,三季有花四季见绿,所以称百花堤,又因长堤是曾巩所建又叫曾堤,是曾巩治理水患遗留的成果,对此景曾公有长诗《百花堤》咏之:"……周以百花林,繁香泫清露。间以绿杨阴,芳风转朝莫……"为明湖新八景之一,与西湖苏堤有一比。沿曾堤向南,石板路上洒了水,湿漉漉的,散发着湿气,干净润和,晨风习习,让人赏心悦目心旷神怡,如同身在世外,没有了任何的烦恼和压力,充满了舒畅和快乐。先过南丰桥,拱桥之上,向西遥望历下亭岛与汇泉岛,此时游船尚未上班,湖面上无船,岛上无人,只见轻风拂柳,阳光跳跃在水间,水鸟偶尔从水面点水而过,十分静谧祥和。上竹韵桥东望,超然楼显得格外高大威武,稳重的深紫色楼体与匾额上黑底白字对比,古色古香,透着浓浓的孔孟文化味道,与在湖西眺望时的感觉又生出几分不同。

向南过竹韵桥、芦花桥,桥下是环湖水道,游船能自由通行,此处向东向西,小径很多,两岸有垂柳拂水,树高林密,树木种类也很多,高大如虬龙盘绕,瘦小的如情女出阁,鳞次栉比,繁花茂盛,生机勃勃。自此向西有老舍先生与济南陈列馆,可一睹老舍先生风采,重温《济南的冬天》,又可观济南老民居、二郎庙等景点。更有多处桥、亭、园、居,散落各个方洲之上,是大明湖四周建筑物最密集的一部分。向西走到司家码头,此处正与历下亭面对面,向北眺看历下亭,虽看不清历下亭上"海右此亭古,济南名士多""独上高楼,是山色湖光胜出;谁家画舫,正清歌美酒良时"等对联,但见翠柳摇曳中,青瓦红柱古色古香的历下亭,亭亭玉立,大方美丽。岛周湖水萦绕,闹中取静,微风过处,仙气飘飘,不妨想象一下乾隆帝与夏雨荷在此的浪漫故事。

向西到大明湖的南门也是正门——大明湖牌坊，它大名叫"丹坊曜日"，高大雄浑，极富民族风格，属五楼六柱五门样式，只是有别于一般牌坊的柱子，每一柱是三根红柱组成，中间一立柱前后各一支撑柱，并有高大的石鼓挟抱，牌坊顶呈三阶错落式，上覆金黄色琉璃瓦，飞檐起脊，五色彩绘，与红柱子对色映衬，檐下有云头斗拱，额枋彩绘着"旭日云鹤""金龙戏珠"等吉祥传统文化图案，这种造型美观、大方、简洁，又十分牢固，与周围的依依垂柳、蓝天白云、湖色碧波浑然一体，美轮美奂，是大明湖的形象，在全国也是家喻户晓，更是成了济南的城市名片。

环湖一周，费时一个半小时，此时已近八点，游园的人已稀疏，人们自此吸纳了精神气，释放了疲惫与烦恼，带着旺盛的斗志，又开始了一天的工作，我也结束了我的大明湖晨游，但今日晨游的记忆只是刚刚在脑海中起步。

## "梦"游华不注

华山，中国有两座。一座是以险峻而出名的西岳华山，今天不作过多阐述。另一座在济南之北，黄河南岸，也是历史名山，文化积淀深厚，为古今文人雅士所乐道。在将军路经过，如向东眺望，见一圆锥形秀丽独峰，此就是华山，又名"华不注"。自第一次来泉城就注意到了它，但当时一不知其文化的背景，二又被杂乱的村庄所遮蔽，没有识其真面目。后与济南人交流，加之此后对它的关注，才识得其真容，就如一幕大戏，拉开了朴素的帷幕，一幕幕精彩不断呈现。

今日正值金秋的周末，济南办完公事，利用上午时间，随公司一众到了华山。现华山已旧貌换新颜，或说旧貌退"故颜"，周围村庄已拆迁，挖湖蓄水，湖水环绕。我们过了一大石拱桥，从南门上山，过"鹊华秋色"牌坊，达华山脚下。其海拔不高，但因处湖水之上，亦有乱石穿空之形，也有陡峭巍峨之山势，加之繁茂树木，置身其中，如登五岳。拾级而上，达吕祖庙，望眼四周，湖水树木皆入眼帘，鹊山、千佛山似近在咫尺，配上远处规划整齐的小区，颇有静中有闹、闹中有静的感觉。山路较窄，蜿蜒曲折，隐在密林之中，过蛇石，登临山顶玉皇顶。向北眺望，黄河宛如一条金色绸带，在绿色大地上飘逸舞动。南望千佛山，远山如黛，东西连绵起伏，如一幅书墨山水画。人在莲花之端，似有仙气环绕。自山上下来颇有一些倦意，到车上后，回忆着"鹊华秋色"四个字的写法，就倚窗而入梦中。

不久，却见一队人马自大清河下船向大明湖而去，我近处一观，却是乾隆皇帝，我在电视剧《乾隆微服私访记》中见过他。随从皆便衣打扮，上马向前已到济南府，重游大明湖。睹物思人，想起夏雨荷，历下亭中向西望去，千佛山倒映于大明湖中，画舫于湖中游曳，传出悠扬琴声，岛上垂柳依依，树上鸟儿轻鸣，道是一番"独上高楼，是山色湖光胜出。谁家画舫，正轻歌美酒良时"的胜景。转向东，湖水连绵不见尽头，湖光潋滟之中，约十里外一座秀峰立于水中，好像一朵硕大的荷花骨朵，端庄俊逸，苍松翠柏，极其茂盛。湖水环绕，平川洲渚，树木参差，农舍隐于其中，好一幅娴静和谐的秋色图。乾隆问身边的和珅：这山何名？其名出自何处？和珅东张西望，似没有听到。乾隆又转向纪晓岚。纪晓岚忙上前说道：山名华不注。出自《诗经·小雅·常棣》，曰："常棣之华，鄂不韡韡。"华即花，鄂即花蒂，此山形似花蒂，名华不注。乾隆兴起，起驾前往华不注。来至华山，见山南偏东有一上下错落掩映在树木之中的庭院群，湖边有一牌坊。过玉带桥，见一宫门，门上有一块金匾，上书"华阳宫"三字，字体飘逸，有大家之风。宫门内有明朝圣旨碑立于一侧，到二宫门，门内左右分别站立有持国天王、增长天王、广目天王、多闻天王，俗称风调雨顺，高大魁梧，圆睁双目，气势恢宏，让人心生敬畏，不免肃然起敬。过二宫门，院内密植松柏，高大挺拔，郁郁葱葱，大多植于北宋年代。乾隆见景生情，不免心生植树之意，随从移来柏树几株，植于上院。向上向左，依山势而随其形，建有一观音殿，乾隆见到心生欢喜，因其父雍正独爱佛教，供养高僧，现雍和宫已由西藏活佛主持，香火不断，见此处下有道教，上有佛教，心中感受到了齐鲁大地老百姓的包容与向善之心。又想到这济南府离孔孟圣人故土不远，却不见儒教之痕迹呢？随山势向上转过一片松林，眼前一片开阔平地，高台之上有一重檐歇山顶大殿，殿檐之下正中悬有一匾曰"四季殿",殿内供奉的是"句芒""祝融""蓐收""玄冥"四神,属儒教,此大殿也是此华阳宫最大的宫殿。

　　天色已近中午,济南府官员也是便衣打扮,迎驾于华阳宫西侧的泰山行宫,此宫为碧霞元君也就是泰山老奶奶的行宫。此宫,相传是碧霞元君圣迹巡礼之十二,殿堂内壁画栩栩如生,是全国最大的碧霞元君壁画。摆上鲁菜精品:"黄河鲤鱼""爆炒腰花儿""九转大肠""葱烧海参""四喜丸子""孔府一品锅"等,造型奇异,色香味俱全,咸淡可口。乾隆食后大悦,此时济南府人取出府藏珍宝《鹊华秋色图》,此画乃元朝大画家赵孟頫所画,近树远山,鹊山舒缓平和,在画之左,华山挺拔俊逸,在画之右,两者刚柔相济,画境清旷恬淡,多色渲染,虚实相生。观此画乾隆爷雅兴陡起,命纪晓岚笔墨伺候,落笔之处"鹊山秋色"跃然于纸上,真正是笔走龙蛇,潇洒飘逸,众人齐喊好,济南府官人皆跪地磕头谢恩。众人皆赞:皇帝乃真龙下凡,文思与宋人赵孟頫相通,且字胜画矣。其实乾隆知道这是拍马屁,充其量自己只是一个书法人,而赵孟頫是书画圣人级别,论书画,只能望其项背,而不能言胜也。乾隆又沉思片刻,却发现赵孟頫错把鹊山在华山之西,书为在华山之东,甚欢,指出赵之错误之后,众人又是一番高呼称颂。在此画之左上方,刷刷点点,龙飞凤舞之处,题诗四首,其中一首为咏颂鹊华二山,三首为鹊华桥而赋。此画也成为乾隆的挚爱,被其收藏。此时忽一女子飘然而至,到乾隆身边高呼:"先生、先生请下车用餐。"我惊诧,谁敢与皇帝叫先生,猛睁眼,公司林女士推醒我,叫我下车吃饭,这才发现车已入市里,乃一梦也。以梦中与梦外所见而记之,非专业历史记录,只做抛砖引玉的作用,勿笑耳。

天下行

# 杭州真好

细雨霏霏之中来到杭州，高铁下车后已是晚上九点钟，打车到了宾馆住下。出差已经三天了，或许是旅途的疲劳，或许工作完成效果不错的舒展，或许是梦中的思念太沉，我一觉醒来时，已是早上七点，阳光从窗帘里的细缝中挤进来，光芒四射，很是晃眼。

我起床洗漱后，没有去餐厅吃早饭，我心里早有了自己的打算，昨晚路过宾馆附近的一个小饭店，饭店面虽小，店名"衢州原味小吃"中的"衢州"和"原味"四个字特别吸引我。因为在滨州我有"衢州"来沾化投资的奥仕化学的老朋友赵总、周总，他们有浓厚的家国情怀，有孝心、有恒心、有诚信，是我很好的朋友和工作合作者，所以在异地见到"衢州"二字特别亲切。"老味"就是传统。我虽不是一个保守的人，但对美食我更想尝它的原汁原味。

我出门走向小店。两边的树木郁郁葱葱，湿漉的叶子掩住了初夏叶子的光芒，让人更觉亲切。花池中不知名的花儿鲜亮明艳，像一群孩子的笑脸，让我心情也随之滋润起来。

小店里顾客不是摩肩接踵的那种，但也是络绎不绝。弥漫着一种混合的香气，有肉味、有米香、有菜香还有豆浆的清香和辣椒的香气。桌椅整齐、简洁。人都低声或不语,环境很是惬意。我看了看招牌,上面的食谱很是丰富,有几大类几十种。我挑了一份不曾吃过的炒年糕,又叫了一份熟悉的馄饨。柜台后的大嫂十分整洁,微笑着告诉我,去另一侧的吧台买单,她这里只负责派饭,噢,我弄错了。

  点过餐,等了几分钟就听到派饭处叫"炒年糕、馄饨"。炒年糕应是黏大米粉制成的,圆状,有 0.5 厘米厚,用肉与大头菜拌炒,亦菜亦食,有菜的肉香、有米粉的黏糯,米香、肉香,软滑弹牙,甚好。最有特点的是那碗各地都有的馄饨。汤极清,有零星油点和香菜末,那馄饨美美地静躺在汤里,皮薄如蝉翼,且晶莹剔透。嫩肉成团,颜色偏浅粉红,如二粒花生大,镶在这呈扇形或百褶裙的馄饨皮的顶端,状如一条金鱼,又如一只飞燕。轻轻舀起放入口中,肉香与面香、清汤味一起冲撞着味蕾,迅速报告给大脑神经,唾液就出来配合,脸上露出来享受和舒服的表情。

  早餐吃得很有味道。这时,收拾桌子的大姐急切地喊道"这是谁的手机?"我回头看了一眼,一堆杯盘狼藉之中,有一枚手机,像一只被主人遗弃的小狗,孤零零地蹲在那狼藉之中,无言地啜泣。邻桌的吃饭人低声说:"不是我的,可能是刚出门的人的。"那位大姐急转声向门口叫:"那……那谁,你的手机吗?"见无人回复,急冲向门外,一会儿一个小伙子跟着她急急地走进来,拿起手机,连声称谢,脸上又是感谢又是兴奋的表情。我见此情景,刚才吃下的炒年糕和馄饨更加美味了。我明天还要再来,要四个包子、一碗豆浆,刚才听老板说豆浆是自磨而原味的。

  我出了小店,这顿早餐感觉十分满意。路上行人匆匆,是上班的节奏,空中小雨仍然淅沥,一片烟云蒙蒙的样子,道边的樟树上已长满浅浅的青苔,氤氲着文气,清爽而不寒凉。又回忆起大嫂热情与朴实的面容,不由地喃喃自语:杭州真好,在这烟雨的六月。

天下行

# 地铁小记

地铁，是一个现代名词。地铁已成为一个现代化城市的标志性设施，可以说地铁的建设水平从某一方面标志着城市的水平。我在欧洲多国坐过地铁，在我们国家大多数省会城市也坐过地铁。我心目中最好的地铁应该是俄罗斯的，这只是个人臆断，没有坐过，是从媒体上见过它，它如同殿堂一般华丽的穹顶，让我很是向往。我到一个城市都坐一坐地铁，我甚至从地铁的设计和建筑的细节上去评估一个城市的从政者管理水平。当然我也不赞成每个城市必须建地铁，这并不是必需的，因为地铁是因需要而诞生的，需要是其唯一建设的理由才好。就像一个小伙子非要买双高跟鞋也没必要吧，如某泉水多的城市，我一直不希望其建设地铁，万一泉水没了，这可咋办，虽然专家有研究意见，毕竟专家们也有让人失望的时候，慎重才是最好的。现在我作为一个非在大城市生活的，又坐过的人，妄谈几个地铁的小事并记之。

一

乘地铁勿带违禁品，这个问题在地铁的入口有警示提醒，这是地铁封闭的环境所必须要的，为了自己及他人的安全，务必遵守之。

## 二

购票，有自助售票与人工售票两种，如果久居该城市，应买乘车卡或手机绑定，方便出行。临时来这个城市，要弄清楚自己去哪儿确定好下车点，才能确定乘几号线。这样在自助售票机上，用自己的身份证，按图示操作就购得票了，一张卡片或一枚硬币。进站时，在入口按入站闸门口通道口的提示，放上这个卡片就通过了。注意，途中千万别丢了，出地铁时，也用它开出站闸门，但不是和入站时一样放在感应区，而是插入出站闸提示卡口内，注意观察一下，你会发现的，设计机器的专家都还是负责、聪明的专家。乘车时要特别注意地铁的方向，一条线的地铁，在一个站点是有两列不同方向的列车的，目的地正好相反，你要看清你的目的地，它在站点显示屏上的前行方向的前方才对。如果坐错了列车，你就"南辕北辙"了。好在这个显示屏多，且在你眼前方，好认、易辨。

## 三

注意换乘，一条地铁往往不能把你直接送到目的地，需要换乘不同线路，可能需换乘好几次，一定要看准换乘站点和换乘线路，复杂的站点，有好几条地铁通过。换乘线路都有大箭头指示，大多是红字，人流不可靠，你方才同乘的人，在这个站口虽然一同下车，但随后可能与你"分道扬镳，各奔前程"。换乘别急，注意别错了线路和方向。

## 四

补票也是大事。如果在上车、乘车或换乘时坐错了方向，你也别急，就选知道坐错了时的下一站下车，走到对面，乘同一线路的另一条地铁到达你的起点或目的地。上车后注意观察列车两侧的站点显示屏和列车员的语音提示，这种情况并不需要花钱补票，只是消耗你的时间。如果是目的地超过你购票的站点，你就必须补票，不然你的票到出站口也通过不了出站闸。更不能跟着别人混出站,因为那样,你虽逃了一站票钱,但却多了一劫,失去了诚信。

五

出口,出站口选择根据需要。一个地铁出站口一般设有四个,即在一个十字路口的四个角,因此,一定要看好地铁出口提示。目的地站出口的确定,如果你明确知道最好,如果不清楚,就建议用导航,它显示公交和地铁路线,也包括出口的确定。

以上地铁小事,对有地铁大城市的人,就好像从自家南屋到北屋一样熟悉。但对一个乘地铁少的外地人,就好像从地球到月球一样遥不可及。我写的这一段,对城市人就是一脸笑话,对像我这样的农村人也许有些帮助。

# 三地访古

节日有闲,防疫不远行。儿子提议,到济南南部山区去游历一天。

早上起得很早,因为计划去三个地方,又不想在济南留宿,就早起一会儿。五点半出发,高速上车辆已较多,鱼贯而行,并无堵塞和延缓,在导航的指引下,我们转入了济南南部的山区。从高速上远观这些山峰,层峦叠嶂,绿树成海,远山如黛,十分漂亮。这些山上虽无南方或东北大山上的大树,大多是单一的人工松林,但也有自己的特色。大多数山是崮,山顶呈圆形,上面长满树木,四周为悬崖,无植被覆盖,再往下又是树木,这样层次和颜色对比就出来了,有传统山水画的意韵。由于观访了三个地方,我就综合地讲一下我的感受。

## 古 塔

四门塔是原来神通寺遗址上的,是第一批国宝单位(1961年公布)。为寻此塔,我们先沿山谷中的小溪逆流而上,小溪流淌在半人工半自然的山脚下的水渠里,欢快地唱着歌,并不时地翻起跟头,白色的水花时而溅出水渠。这清澈的溪水为这一方环境带来了韵味和灵性,我寻思着当年建寺的僧人,是否也是为了这一小溪而留下来的呢?

四门塔建在路东山南侧山坡之上，向南开阔，遥望另一座山。四门塔建于隋大业七年（611年），以其建造技法简洁、浑厚、庄严而闻名于世，塔有东、西、南、北四个门，因此得名四门塔，塔内现存有东魏咸定二年石刻造像四尊，四尊石佛通高1.4米，分别是南面保生佛、北面谓微妙声佛、东面谓阿问佛、西面谓五量佛。四门塔平面为正方形，塔通高15.04米，塔身高6.6米，每边宽7.4米。檐部挑出叠梁五层，塔顶用二十三行石板层层迭筑，呈四角攒尖，锥形塔顶。刹部由露盘、山华、蕉叶、项轮宝珠构成，整塔形体简洁朴素，浑厚大方，是单层塔的早期建筑典范，与中国传统圆形塔形成对比，带有明显的外来元素。

四门塔北侧有一古柏树，顶部有九大主枝，向四周叉开，相传为凤凰衔枝而生九枝，人称"九顶松"。是汉代所植，已有二千多年，此树历经沧桑，受寺院经声佛号熏陶，已"心"中有佛。相传隋文帝杨坚曾在此树下求愿，后果登大基。此古柏虽已二千多岁，但仍挺拔苍劲茂密葱茏，与四门塔交相辉映，今人称其为"古塔松风"，游人趋之若鹜，香火旺盛。

在山谷对面与四门塔隔谷相望，还有一名塔，龙虎塔。是1988年公布的第三批国宝单位。此塔周身满饰雕刻，特别雍容华丽，塔身为砖石混合结构，塔平面为正方形，底座边长6.6米，塔高10.8米。塔中部用四块大石板构筑，雕的是精美龙虎图案，室内有雕饰华美的心柱。充分展示了盛唐时代的风度和气质，为唐代佛塔之精品。

坐落在泰山西麓灵岩寺的辟支塔，又是另一番神韵，通过拥挤的山中公路，未到景区，远远就可望见。在大山的背景之下，高高俏丽的辟支塔，身形秀长，比例适当，十分俊美。它是灵岩寺标志性建筑，始建于宋淳化五年（994年），塔高54米，为八角九层，楼阁式砖塔。塔基面筑八角，八面浮雕镌刻有古印度孔雀王朝阿育王皈依佛门的故事。塔身青砖砌就四向辟门（辟支出于佛教，是佛教语，是辟支迦佛陀的略称），各层施腰檐，塔身上面置铁质塔刹，自宝盖下垂八根铁链，由八尊铁质金刚承接，十分流畅，做工精湛。

这三座古塔，各有特点，或简朴，或华丽，或高大，充分体现了古代劳动人民极高的建造水准，也折射出了佛教在不同朝代发展的痕迹。

## 灵岩寺

灵岩寺始建于晋朝，是"海内四大名刹"（浙江圆清寺、南京栖霞寺、湖北玉泉寺）之首，历史悠久，佛教底蕴深厚，是1982年公布的第二批国宝单位，现在为世界自然与文化遗产泰山的重要组成部分，有人也称其为泰山灵岩寺、大灵岩寺。其最为出名的名胜古迹，除上文介绍的辟支塔外，还有号称"天下第一"的泥塑佛像，四十尊彩绘佛像，一个个栩栩如生，表情各异，形态逼真。著名学者刘海粟八十八岁那年，为其题字"灵岩名塑，天下第一，有血有肉，活灵活现"。供这些佛像的大殿就叫千佛殿，千佛殿建于唐贞观年间，单檐庑殿顶，规置很高，是中国古代屋顶样式中等级最高的。可以形象地记忆成五脊顶，即屋顶上有五条脊。屋顶上铺的是绿色琉璃瓦，沉稳厚重。屋檐斗拱硕大，"檐出如翼，斗拱雄大"，飘逸庄严，雄浑大气。

## 郭氏墓

郭氏墓位于济南长清孝堂山，孝堂山原名巫山，因建有孝子郭氏的祠堂而改名为孝堂山。相传郭氏是古代二十四孝中的东汉人郭巨，其原为河南人，讨饭流浪至孝堂山，每日将乞讨来的食物先奉于母亲面前，让母亲先吃饱，但母亲疼孙子，就偷偷地把这些食物留给孙子，一些时日后，母亲渐瘦，儿子长胖。郭氏知道内情后就和妻子商量，母亲只有一个，如果死了就没有了，孩子以后可以再生，就决定活埋了自己的孩子。郭巨含泪在孝堂山上挖坑，欲埋其儿。此事惊动了上天，上天鉴于他的孝心，就将一坛金子置于这坑中，郭巨挖到了这坛金子就不用埋儿子了。此事也感动了人间的皇帝，就封郭巨为平南王。郭巨死后葬于孝堂山，石祠是在其墓前供祭祀用的一个石建的小祠，郭氏墓石祠自汉代以来就是名胜古迹。该石祠从外形看，就是一间单檐悬山式的小石屋，室内高2米多，面阔4米多，进深2.5米。石祠充分展现了汉代精深的线刻石画水平，反映了汉代人工作、生活、娱乐等情景，是现存最早的石筑房屋建筑，是第一批国宝单位。石祠内三面墙及梁上均有刻画像，从展示的拓片看，画像图案为朝会、拜谒、出游、狩猎、杂技等场景。人物有伏羲、女娲、西王母、周公辅成王、孔子与老子等《山海经》神话传说故事中的人。其中，女娲蛇身人面的形象，与历史课本中的女娲图十分相似。另外，孔子拜老子图像中孔子抱着大雁（古代初次见面，为示尊重，会以大雁为礼品，名"贽"。因雁行有序，是尊重长者和前辈的意思），向老子恭敬地弯腰施礼，老子也向孔子弯腰施礼，两人身材高大，两人中间一小神童是老子的仆人，伸手欲接过大雁。孔子的身材略大于老子，这与青岛三清宫里的孔子拜老子石像略有不同，三清宫石像中的老子身材略大于孔子，这也许是文化的变化或差异吧。孔子也从老子那里学到了大道，弄清了牙齿与舌头之间辩证的哲理，并发扬光大，终成中国之儒祖。

零零碎碎地记录一下自己的行程，展示山河、文化之美。

# 从石窟寺开始漫谈

中秋节前，看到网上，国家相关部门发布了石窟寺考古中长期计划，就想写写石窟寺。节前工作、家务繁忙，又有同事韩律师结婚，心绪杂乱、忙碌，几度提笔又每每辍笔。盖因拟不出一个好的角度，今日中秋，伴着午后的煦煦秋光，也无应酬，又想起此事。罢了，难得好时节、好天气，何妨信马由缰一次，随笔漫谈吧。

"石窟寺"，太过专业的表述了，不是指一独立寺院，其实是指佛教石窟。佛教西来，佛窟也沿着丝路次第向东开凿，愈是往东、往南，开凿的年代也就愈晚。佛教在古代中国极盛，佛窟在中华大地遗留也极多，以至于全国重点文保单位中，需得将石窟寺单辟为一类。像我这种自诩好古的叶公好龙之徒，虽不是佛教徒，也难免要去瞻仰几个，石窟中蕴藏的文化包括但不限于绘画、雕刻、设计、服饰、家具、舞蹈、音乐、乐器、当时的风土人情等，但我只是粗通。数一数，自己去过的已有五处，按去的时间先后，分别是甘肃敦煌的莫高窟、新疆拜城的克孜尔千佛洞、山西大同的云冈石窟、山东青州的驼山石窟以及山西太原的天龙山石窟，而且时间恰好是在 2016 年至 2020 年，一年一个。今年又是新的一年，是不是该再去寻一新的艺术宝窟呢？

先不去想这般。且说我既不是佛教徒，佛教知识也只是略通，进窟去观洞中景，屡屡无所适从。那些有头无头的佛像，氧化发黑发褐的经变画，各有其寓意。而令我一头雾水的配饰配雕配塑，只能看出些许历史沧桑、文化绚烂、技艺高超和信众虔诚。李泽厚在《美的历程》中写南北朝底层大众信佛，多因今生悲苦，便将因果寄托于轮回。所以虔诚也罢、绚烂也罢，上层贵胄舍钱开凿洞窟，衬出的也不过是底层人民舍命都过不好的现世，"应作如是观"，每想到此，我就意兴阑珊，摇摇头出得洞来。

但我确实满意每次石窟之旅，只是意在石窟之外，意在来往路上。石窟选址，按着宗教路数，往往在崇高、神圣且不易到达之处，要么是高峻的山中，要么更是要用一大片荒原去铺陈，用一片绿洲为聚焦，绕水于下、凿壁于上，那绝壁还得能映照夕阳。景色自不待言，驼山夕阳是我平生所见最温柔的夕阳，天龙山高峻的盘山路是我开过的最恣意的公路，莫高、云冈，极尽大荒雄壮。只有克孜尔稍有不同，犹记得那日早上我们从库尔勒出发，沿南疆北麓高速疾驰，行大半日走八百里，天山高耸于北、塔克拉玛干沙漠横亘于南，辽阔极了，未登山即有荡胸生云之感。开到拜城进山，转风蚀地貌，为赭色戈壁，外加焚风、酷热难耐，仿佛魔域。然后就到了克孜尔，竟是千嶂围起的一处河滩绿洲，继而下起细雨，空气也宜人起来……记忆定格，一路惊怕和疲惫转成为柳暗花明的狂喜。

电话铃起伏不断，回忆就此闸住。我思索一个问题，当年丝路之畔，应是择优处建窟，出入方便，草丰树茂，信徒应是顶礼膜拜，趋之若鹜。建设者有无想象到，今天它们多以萧瑟与凄凉的宁静壮阔之美，吸引爱好者。说到底今年要不要再去个地儿呢？其实我心中是有计划的，若是国庆能出行，想去响堂山石窟，包含在一份鲁西、冀南、豫北的访古计划里——我想去看看济南南边山中的古刹，看看邺城和殷墟，走一走滏口陉……

# 泉州初印象

五一假期，错峰出行，三日出发，首站来到了古海上丝绸之路起点的福建泉州，对于泉州的了解始于初中历史课本上的记述：是中国东南沿海的古代著名海港城市。宋元时是与埃及亚历山大港齐名的世界大港，那时世人并不知纽约港在哪里，近时期从一带一路海上丝绸之路的重新提起，以及对百强县晋江的宣传，对泉州又产生了新的好奇，故把首站选到了泉州。

来到了泉州，正是细雨霏霏的农历四月天，气温已达二十六七度，空气中有浓浓的水汽，道路旁的树木郁郁葱葱，夹竹桃枝头已鲜花簇拥，随风摇曳。刚过去的小雨，尚有水滴在花瓣和树叶上，像喜极而泣的眼泪，亮晶晶的。榕树一棵棵高大茂盛，广场上有几棵大的，树冠有几百平方米，从枝头垂下一条条根须，向下来回摇摆着，有急切抓住大地的意思，因为它们的"哥哥""姐姐"已扎根于大地，长成粗粗的树干，与父母共同撑起了榕树这大家庭的天空，真是"一树成林"。

泉州让人眼前一亮的，还有那一座座古厝民居和一排排新建的大厝，共同的特点都是飞檐大脊，屋脊装饰着彩凤彩龙，绚烂多彩，屋顶平阔舒展，比例适当。民居高度相对都比北方低一点，山脊高度小一些，房顶平缓，这是适应沿海大风、多雨的特点，又结合美观大方的审美要求，和谐共生的产物。房瓦和房墙的颜色都是浅砖红色，十分舒服自然，这里的红砖上有黑色的斜条线，砌在一起，每一墙面就是一幅美丽的图案，组合不同，花样不同，红黑衬托，很是漂亮。

来到泉州让人感到和别处不同的还有寺庙，这里寺庙"如云"，可以用十步一小庙，百步一大庙来形容。泉州由于海港之便，宋元时代就开始与埃及、印度、伊朗等国有贸易交流，海上舶来很多的宗教文明，这里曾有印度教、天主教、基督教、道教、佛教、摩尼教、地方民众信仰的关老爷等，号称"世界宗教博物馆"，素有"泉南佛国""闽南蓬莱"之称。其中，造型精美、形式奇特、结构别致、雄伟壮观的清净寺是我国沿海四大伊斯兰古寺之一，始建于北宋真宗年代，距今已1200多年的历史，是中国十大名寺之一。站在遗留的礼拜大殿的草坪上，面前的经过时光洗礼的石柱和周围的石墙及上面有些模糊的阿拉伯文字图案，让你有种恍世感受，特别有味道，特别安静，让人久久不愿离开。再观关圣庙庙顶上的飞龙戏珠，青龙、金龙色彩艳丽，栩栩如生，有的两两相对，有的一一相对，海浪翻涌，龙珠与宝葫芦宝气耀目；大殿内，关圣夫子威严端庄、一身正气，香客接踵而至，香火鼎盛。另一名寺开元古寺始建于唐垂拱年间，始于莲花寺，有"桑莲法界"的美誉，现是福建最大的寺庙，寺内有宋代东西石塔，东曰镇国塔，西曰仁寿塔，堪称全国无双，也是泉州的象征；石塔五层，自上而下按佛教修行的五层境界雕刻人物，分别是神将、罗汉、高僧、菩萨和佛尊，古朴大方、栩栩如生。一代宗师弘一大师曾到此讲学，现建有弘一大师纪念碑。

泉州吸引人的还有古桥，其中最为有名的为洛阳桥，是中国古代四大名桥之一，是北宋大书法家蔡襄所建，连接泉州与惠安，呈南北走向，此桥有深厚的佛教文化痕迹，有阿音王塔、月光菩萨塔等，上刻经文、佛偈祈求平安、永固；此桥建筑手法因地制宜，科学创新，所用石条据称达到了最长极限，短则不利行洪，长则自身重量可能导致断裂；另外桥墩的迎洪面，采用了船形设计，分割化解了洪水的冲击，减少了对桥墩的冲击，并采用了"养蛎固基"的方法，利用当地海洋生物海蛎的生长特点，使海蛎子附着在桥基之上，形成坚固的"铠甲"保护桥基，体现了古泉州人民的智慧。

说起泉州，还少不了美食，不同文化、地域的交融，形成了各具特色的美食，这里的"面线糊""煎蚵仔""土笋冻""牛排""烧肉粽"，特别是海鲜不负美名，到此不得不食；最让我难忘的是"好成财"的牛排，老板黄成财是非遗传人，勤快热情，对食材选择和加工亲力亲为，吃饭间与他攀谈几句，印象颇深，其家美食曾在中央四台报道过。

泉州更是传统文化蕴藏之城，单从居民的门脸就能折射出来，大门上一般有一长方形小匾，书有"颖川衍派""XX传芳""XX世泽"等说明自己的宗族起源，让人一眼就知祖籍何地，又增加了宗族意识，增加了爱家、爱国的信念，宗教祠堂建得大气端正，令人心生敬畏。每家每户春节的对联，大都是手书，书法如行云流水，内容工整、文采斐然，让人佩服；与其他地方多用印刷品的对联配上直白的俗语相比，真是天壤之别，好比北大与"技校"的差距。

最让我印象深刻的是泉州人包容开放的亲情，开拓进取、爱拼就会赢的人文特质，这既可以从历史名桥洛阳桥上体现，又能从百强县前十强晋江市的晋江经验中体现，作为海上丝绸之路的重要节点城市、"海滨邹鲁"之地、著名的侨乡，在新的历史时代，必然展示出更美丽的风采，向福建、向全国展示出一个新时代的新泉州。

# 西湖郭庄游记

"接天莲叶无穷碧,映日荷花别样红""孤山寺北贾亭西,水面初平云脚低""若把西湖比西子,浓妆淡抹总相宜"。西湖作为天堂杭州的地标,从古至今,总是让人向往。

西湖美景盖无双,无论是宝石山上的保俶塔,还是鲁迅先生关注的雷峰塔;不说香山居士修的白堤,苏东坡筑的苏堤,明朝杨孟瑛建的杨公堤;也不说断桥的一段神仙姻缘,也不说"妾乘油壁车,郎骑青骢马"苏小小的爱情;也不说武松的义举,岳飞的千古;也曾看过中国美院,也曾初识大颐的"起承转合";也见识了西泠印社的金戈铁马;六月的"曲院风荷",八月的"平湖秘月",月上柳梢头的"三潭印月";也知道了,什么是"花港观鱼",什么是"南屏晚钟";今天都一一略过,只谈一下"郭庄"。

郭庄位于西湖之畔,杨公堤之左,通向灵隐寺进香的路旁,是一东面临水,三面有高大的水杉树林的清朝古典园林院落。郭庄是俗称,大名叫"汾阳别墅",正名叫"端友别墅"。在曲院风荷之南,卧龙桥北塊,称得上"西湖园林之冠"。东濒西湖,隔湖远眺苏堤。西湖中游船如织,湖边荷花竟探窗棂,雷峰塔东南耸立,灵隐寺钟生隐隐传来,远山如黛,恰如一幅传统山水画。假山巧立于东北,阁楼静倚在假山旁。院中均为池水,池水与湖相连。东门有船坞,西门是杨公堤,院内曲廊环绕,湖石堆砌,小桥流水,如沐春风,赏心悦目,不逊拙政,比肩"豫园"。

又道是"红杏领春风,愿不速客来醉千日;绿杨足烟水,在小新堤上第三桥"。

临窗或露台之上,一壶龙井三样糕点,举目远望。我欲"乘风邀月",又能"香雪分春"。借得西湖四季景,居则静,景"开天",西湖美景万万千,我独爱此园。

## 泉城百花公园记

金秋时节,百泉旺涌。因参加山东省散文学会第八次会员代表大会来到了泉城,早上起来,就想完成昨天下午路过二环东路的一个想法,晨游百花公园。

来往省城有一二十次了,有公差,有私游。大明湖、千佛山、趵突泉、黑虎泉、五大潭等公园已游过几遍。就连灵岩寺也去过三次了,但这城中的百花公园才第一次见到,第一次看到,让我这自以为了解济南的山东人有几分惭愧。济南的美在于泉,在于湖,在于山,在于柳,文人墨客千百年来名篇佳作数不胜数,不胜枚举,我就不引用赘述了,在这各色绝佳景色的公园之中,百花公园是以什么立足存在?我真的是心生疑惑又加几分好奇。用手机上导航地图一测,这面积还不小,更增加了几分要晨游探园的想法。

我自东门进园,此时正值晨游高峰又加之是周末,人挺多,虽不是摩肩接踵,也是人流如织。进入公园向前有多条小径,树木茂盛,高低不同,错落有致,小径蜿蜒。平面看只见葳蕤的树木,不见人与小径了。远处大树有二十余米高的雪松、梧桐、银杏,道旁有樱花、玉兰、紫薇等,一条径一种花树,各不相同。树下植被有草坪,有兰花等,绿意盈盈,翠绿欲滴。行人多是父母拉孩子，爷爷奶奶追外孙，三五成群，轻松、舒畅，笑容与快乐都映在每个人的脸上。远处传来高低不同曲种不同的乐音，有民族乐器二胡、唢呐，也有有萨克斯、小号等现代乐器。有吹的，也有伴唱的。我寻声而去，这里的植被很茂密，小径通幽，山坡不陡，在方亭之下，有几个老年朋友，正伴着伴奏音响，在麦克风前高歌一曲。我点了一个大拇指，示意录一个视频，他竖了一个大拇指表示同意。一段高亢优美的男中音民族唱法的红歌就发在我的抖音上。转身侧望，此亭名曰"快意亭"，情景交融啊。

转过小山头向西向北，沿石板路下来，阵阵清香扑入鼻中，四周搜寻，不见踪迹，友人问："啥这么香呢？"抬眼望，东北角一池塘旁大柳树下，一位老翁正在他的爱车（三轮电动车）旁的马扎上调他的笛子，我赶忙走过去，我大学时也学过笛子，虽没成功，但热情不减，儿子在襁褓时我还用笛子哄过他呢。我赞赏地邀请老师吹一曲，他谦虚地说："吹不动了，老了。"但悠扬的笛声已从唇边传出，宛转悠扬舒缓流畅。还加以高难度技巧，颤音舌音气息稳定，抑扬有度，指法娴熟，跌宕起伏，十分专业。老师傅衣着简朴，鹤发童颜，从身旁的带篷的三轮车，可以看出他是一位普通的老百姓，他的快乐悠闲的状态，让我又一次认识到，幸福与财富无关，休养与学历无关，他是一位普通人，又是一位有生活品位的幸福人。

老师傅旁边的这个水塘的东北隅有一片芦苇，待初冬到来，与塘边的竹林互映，就是寓意"鞭打芦花"的故事。这公园的西侧就是以孔子学生闵子骞而命名的"闵子骞路"，鞭打芦花的故事就是出于二十四孝之一的一代孝子闵子骞，闵子骞的墓地就在此塘西边。

此处向前接近西门，是百花泉景区，有好几组喷泉，此时虽未喷涌，但可以想象到喷涌时，水线随音乐起舞的美姿。射灯映射之下，色彩斑斓，如梦如幻。折而向东，来到公园中央，豁然开朗，一片开阔的碧水，位于公园中部，面积有1500平方米。北面有一水榭，西有亭廊，岸边植柳与花灌木，形成了山水、花木、园林建筑相映成趣的景观，水生万物，遇水生趣。

转向东,见一雪松之下,山石之上,有一三人乐队,一人站立吹唢呐,二人坐于山石之上,一人抱笙,一人抚口琴,三人如醉如痴,多是微闭双目,身体、头部随音乐而动。合奏的音乐是某戏曲的一部分,熟悉但不知曲名。但这不影响我驻足倾听了好几分钟。此曲只应天上有,有幸百花听一回啊。

当我还沉醉其中时,友人提示时间已不早,因有公事要办,不得不匆匆与百花别。回程路上遇到踢毽子的、打羽毛球的、跳舞的、打太极拳的、打乒乓球的,还有各色花木,牡丹、紫薇、白玉兰、石榴、木槿、银杏、爬藤、月季,等等,路人来来往往,笑声朗朗。这百花园要说与众不同之处,还是人。一是人多,二是活动项目多,三是普通百姓多。真是百花齐放的百花公园啊。

# 青檀寺

万事因缘而起，因缘相伴。我与青檀寺就有着不一样的缘分。

大约在几年前，看过一篇文章，或是在高铁上或是在飞机上或是在手机上，忘却了，但却记住了青檀寺，记住了万亩榴园。它在铁道游击队的故乡，在匡衡凿壁偷光勤学的地方。古称峄州，现在称枣庄市峄城区。那时我就寻思，啥时候去拜谒一下，参观参观，沐浴一下佛光。虽因工作原因全国大城市去过许多，但本省兄弟城市枣庄却去得不多，峄城从未相晤，此前缘分未到。

一次因公出差去了枣庄。因泰台高速的建成，路程近了很多，且路况很好。自博山向南，穿越不少隧道，游走在山谷和丘陵之间，两边山峦郁郁葱葱。一路上见到片片红瓦村落依偎在南坡之下，或楼盘耸立在湖畔。很是羡慕这些依山傍水而居的人们。同行朋友还调侃说：买块地，建个房子，搬来住吧。心中想"待我了无牵挂，从此归隐天涯，深山草屋为家，了却人世浮华，忙时修篱种花，闲时小酒清茶"。

到了枣庄，首先是处理公事，相谈甚欢，一拍即合，强强联合，合同顺利达成。而后被合作方邀请，游玩一日。第二日因前一天的庆功宴，酒多，同行人尚在睡梦之中，我已在冥冥中被唤醒，五点就起床，开车奔向青檀寺。

车入冠世榴园大门，沿山路前行，两侧皆是石榴园和巨型石榴盆景。绿色盈盈，虬枝盘绕，红花点缀，生机盎然，令我目不暇接，空气中都弥漫着清新和舒畅。车已进山，路边种有高大挺拔、叶如榆树的冠木，如行道兵中的指挥官，高大威武，应该是青檀树。车到青檀寺，见到的还不是寺门，因我心切，来早了，尚未到开门时间。看了门前两侧宣传栏的介绍，对青檀寺有了更多的了解。

青檀寺建在楚、汉两山间的窄谷——青檀谷中，始建于唐，唐宋时寺庙香火旺盛，原名云峄寺，因寺内种满青檀树，后改名为青檀寺。著名诗人徐书信先生《游青檀寺》云："榴岭上春寒，谷幽人语残。青檀花蜜少，玄蝶形影单。"此处还是古峄县八景之"青檀秋色"地。大门右侧电子屏上正播放着蕴含铁道游击队伟大抗战精神的"青檀精神"宣传视频，让古寺与新篇融为一体。

我见时间尚早，就沿门前路右转，向西步行而去，走进冠世榴园腹地。向西百米之后，再看青檀寺，在两山之谷中，自南向北依势建设，北端有高楼，最高处有高高的七层佛塔，位于寺院的正北偏西方。寺西侧相伴一湖，名曰青檀湖，现是春季，水少，如是到了夏秋季，想必是波光潋滟，星光点点，碧波行舟，别有一番趣味。整个寺庙隐匿在绿树之中，只偶尔闪出一角两角的飞檐或片片金色琉璃瓦向你打招呼。向西走两侧全是石榴园，以北侧面积为主。这就是万亩榴园，当地人昵称为"冠世榴园"，是国家级四星风景区，有千年历史。看两侧的石榴树，树干如虬龙之身，鳞片厚重而沧桑，如铁石之黑色，有金石之光，目光所及就是百年千年的岁月痕迹。有的石榴树上还挂有古树的保护牌子。我挑了一处，没有设门扉，天然石头路的园子，拾级而上，台阶是天然的山石，层层不均，宽窄不一，尚有雨水冲刷下来的片石和碎砾在上面，走路需小心。两侧是依势随形砌成的梯田，梯田坝多是碎石砌就，外侧却非常整齐。石榴树大多枝干苍老，而枝条鲜亮。看到散落在地的、被剪下的枝条和偶见的枯死一半的石榴树，我心想，这千年古榴园，根是千年，但长果的枝条是果农一年一年修剪过来的，是多少代人的辛勤劳作，与大自然的不断抗争，才有今日之精彩，像极了人类的繁衍与进步。

回到青檀寺，工作人员已打开闸门，准备迎接客人。大门是一个仿古牌坊，三门四柱双垂建制，都是飞檐斗拱，牌坊上方有匾额，上书"青檀秋色"四个金字。我第一个购票，进了景区。大门之内，两侧均是郁郁葱葱的大树，从告示栏中知道，此均是青檀树。两侧青檀树在山路上空，已联成一道穹顶，人走进去，清爽之气扑面而来，让人心头一振。想是得到了佛祖的轻拂，人一下子轻松舒快起来。

不久到了青檀寺的山门，此乃青檀寺寺门。寺门是古建风格，三门二层建制，中间门楼高于两侧一层，三门楼都是硕大飞檐斗拱，青砖黛瓦，白灰抹缝，甚是简朴，清秀典雅。

中门之上悬挂有著名书法家舒同手书的"青檀寺"牌匾，浑厚苍劲，与古寺、古建、环境相得益彰，十分契合。两侧有楹联一副，名曰："岫云檀形闲幽寺，鱼韵钟生澹远山"，概括了寺庙的环境又意境深远，令人回味。继续向前走，路中、路旁、路右侧山坡上，出现了很多枝如虬龙，枝干盘旋腾空，茂盛又苍老的古檀树。其中有许多扎根于山坡碎砾片石之中，有的根部已空，出现"舍利"，但树枝依然勃勃生机，令人惊叹不已。其中有顶天立地树、蛟龙腾空树、迎客树、怀中抱子树、千年古檀树等。峡谷中大约有 2 万多株青檀树，其中 1500 年以上的有 42 株。此树耐贫瘠，扎根于脊岩薄崖之上，在恶劣的环境中生存并茁壮成长，有咬定青山、立根破岩的意志，有顽强不屈、百折不挠的精神，让人望而生敬、感慨万千。

大雄宝殿前，还有一棵雌雄同株的千年银杏，高大挺拔，根干有两人合抱粗，二十几米高，枝叶繁茂，是痴男怨女的祈福许愿地。此时香客们徐徐而来，络绎不绝，老老少少，男男女女，或成群结伴而行，或独自信步，大家神情恬然，轻声细语，一脸虔诚。

我拜谒了地藏王殿、观音殿、三王殿、财神殿、大雄宝殿后，拾级而上，登上了寺庙北端的养眼楼，此楼为纪念宋朝名将岳飞而建，楼内有岳飞的巨大雕像，上悬一块黑底金字大匾，上书四个大字"还我河山"，仿岳元帅书法，苍劲有力、大气磅礴。向上我又参瞻了佛塔，然后在青檀树下石桌旁，要了一壶绿茶，小憩片刻。

随后顺指引下山，有小溪自养眼楼所坐的山崖蜿蜒而下，相伴在寺庙之西侧，最后向南汇入青檀牌坊之右侧青檀湖，流水潺潺，钟声悠远，沐着佛光，在经声佛号熏陶之下，人能不成仙？

我又想到如秋色满园，在这万亩石榴园之中，硕果累累，红果枝头，果农笑脸相伴，将又是一番美景。

我很庆幸我与青檀寺的这一面之缘。如有机缘，再游万亩榴园，再拜青檀寺。

# 漫笔

漫笔

# 养花记

说到大自然中之美好事物,鲜花必是大多数人之首选。百花争艳,万紫千红是春天的面容,大江南北,长城内外,各有自己的代表性的花朵,比如天山的雪莲、厦门的三角梅、贵州的杜鹃等。

除大自然中随天时之候绽放的鲜花,跟随人类文明的步伐,鲜花自然也登堂入室,在过去就成为达官贵人、宫廷王府装饰的一部分。现在随着生活水平的提高,普通百姓家也是户户有花,季季绽放。现在提到鲜花,不单指"花",也指有绿色叶子的植物,简称绿植。我十分喜欢养花,虽然养了几十年,经验却一般,鲜花常常是十盆七空,但未阻挡我养花的热情。

我养花始于少年。当时养的第一盆花,是表哥在自己珍爱的仙人掌上掰下的一瓣仙人掌。我小心翼翼地把它带回家,到河坝上挖了白沙土,找了一个破洗脸盆栽上。那时我能确定,我们整个村没有一个花盆,我也没见到过花盆。这一瓣仙人掌静静地坐在沙土里,满意地向我眨着眼,虽然离开了它的父母、兄弟,但它一点也不觉得伤心,快乐地茁壮成长起来。当时也不知道多长时间浇一次水,家里人也不关心这个事,就放在窗户外面的窗台上。好在它一点都不因我的怠慢而停下自己成长的脚步,一路歌声,到秋天时,已长了七八瓣,有三四层高。我高兴地与它对视,又惭愧地看了看我这在班里最矮的个子，又高兴又心酸又骄傲。每每来了客人，只要我在场，我就找机会向他们推荐我的仙人掌。后来乡里乡亲来了，在夸奖一番后，还借机和我要一瓣，我虽不情愿，还是把它分享给别人，几年后，许多家的脸盆里、水桶里的仙人掌，都是从我家分去的。

参加工作后，才开始从集市上买花回来养。鲜亮肥大的叶子被我养了十几天或几个月后，有的甚至十几天后，就日渐稀疏，最后无疾而终。虽然多方打听，自己也费尽心思琢磨，但花盆却越来越多，一方面经验提高慢，另一方面是养花热情有增无减。也试着在室外种花养花，和学校养花的老教师鲍老师、万老师要了几株天天花、步步高，还有什么忘记名字的花。然后翻好土，周围用半截砖，斜角砌出花边的小花畦子，砖花边一是挡水，二是美观。还种了两棵喇叭花，喇叭花是有藤蔓的，爬得很高，我就在墙上钉上木橛子，让它爬了大半墙，喇叭花因花的形状像喇叭而得名，一般是早晨开，太阳升起来就合上。花色鲜艳，一种艳丽的蝴蝶兰，加点白、加点粉，十分俏丽，我很是喜欢。

现在这几年，我又特别喜欢三角梅，一共养了七八盆，其中一株大的有十几年树龄了，我对它们情有独钟，它们在我家长得很好。每年花期特别长，有两三个月时间，盛开时是花一树、一树花，鲜艳的浅紫罗兰色十分漂亮，而盛开之时一般是隆冬时节，窗外白雪纷飞，室内绿树红花，两者相应，别有一番意境。这一树的花开也使得满室尽是春色，人心情和精神就不一样了。我为了这样的美景相伴，也是四处向有经验的打听学习，如何修剪，如何施肥，如何催花，经验一点点积累起来了。

我对兰花尤为有意，每年要购几盆，兰花的叶子与花是最相得益彰的，飘逸洒脱之灵气由兰叶而呈现，清新淡雅之风由兰花而展示。遗憾的是我积二十余年之经验，未得心法，至今养的兰花少有第二年花开茂盛的，觉得还是养兰花的小学生，甚至是门外汉。

我在外工作，有一次在一个静雅的场所，见一盆茂竹亭亭玉立，觉得十分有种书卷气，但寻遍花卉市场上很少有卖这个的，去年我在竹子地里，挖了一棵小草，养在小花盆里，今年竟钻出一只竹笋来，一段时间后，可能就成了小竹子，将其放在案头，应该是不错的一盆小"花"。

这些年来，养的花林林总总，和接触的人相似。不管他弃我而去，还是仍然存在，或心中距离很远，或已成为知己，我都尽心尽力，付出心血，搬到家中，精心呵护。也许缘分不到，也许水土不服，也许我经验不足，有的枯了，有的在茁壮成长。我心依旧，初心不改。有一点是肯定的，养的所有的花，美化了生活环境，愉悦了心情，解除了疲劳，激发了动力。

# 人生有趣

现在的人们,衣食已无忧,车房也不愁,时间也有,钱也有,自己喜欢做的一些事,便如春天的小草,萌芽生长起来。以前在小地方不常见的活动,也渐渐成了普通人的业余爱好,如钓鱼、游泳、打太极拳、骑车、爬山等。一些传统的爱好也花样翻新,内容丰富起来,如打扑克、喝酒、打球等。

年轻时我也有自己的业余爱好,喜欢唱歌、吹笛子、打乒乓球、踢足球,做教师时,上下班是一路歌声伴我行,小点时刻与学生唱歌互动,放松心情,释放压力,活跃气氛。把一首流行歌曲复制成整盘,单曲循环。无论是《妹妹大胆地往前走》、还是《心太软》、还是《恋曲1990》,无论华仔的朋友还是天朔的朋友,都是我的朋友。唱歌和吹笛子,是我当奶爸时常用的逗娃神技。现在儿子不擅长唱歌,我私下一直暗暗揣摩,难道我的歌声和笛音没有影响到他?可当时他听得挺认真啊。雪地里我带着学生踢足球那叫一个高兴,当时不知道越位是啥,踢进球是胜利的唯一标准。干了律师工作后,这些爱好基本都扔掉了。我现在足球踢不了了,乒乓球二十多年没打,技术提不起来了,笛子也不会吹了。律师工作做了二十几年,爱好掉了一大半,只有喝酒这一项得到了长足发展,什么一口闷,什么白红啤,什么

漫笔

一二三三二一，唱得不亦乐乎，但工作日中午杜绝喝酒。不喝闲酒，一为会友，二为道情，岁月不饶人，不只是揪稀了头发，染白了鬓角，也熬低了酒量，现在也只能维持两杯的水平了。近三四年又拎起了写作，这个爱好源自高中，想当初也是沾化一中芦芽文学社创社的八大编委之一，2018年以来零零散散地写了几十篇东西，也先后加入了山散、中散、山写、滨州作家协会等文学组织，在文学刊物、报纸上发表了数十篇，出版了散文集《流淌在岁月里的记忆》，获得了第三届吴伯箫散文奖。散文内容以亲情、友情、乡情，祖国山河情为主，白描手法，少加渲染与煽情，清清爽爽，真真切切。如《母亲》《我陪母亲登泰山》《我到北京过春节》《八角琉璃井》是写亲情。《记忆中的垛鄹渡口》《故乡小城》《家乡的徒骇河》《徐万粮大捷》《挖嘟噜子》《沾化美食那些事》等是写乡情。《初识韬光寺》《广东美食》《晨游大明湖》是写山河情。《酒友》《我做教师那几年》《忆恩师》是友情、师生情。有人误认为我是改弦易辙，有人怕我"逮鱼摸虾"耽误了庄稼。其实我既不想当作家，也不是附庸风雅，更不会"丢了西瓜拣芝麻"，就是把所见所闻所思记录一下，是一个简单的业余爱好。写作是在非工作日完成的，多作于高铁或飞机上，比如本篇就是写在去成都的飞机上。说得简单一点，就是把别人打扑克、钓鱼、骑车、打球的时间，用在了东扯西拉写作上。写作乐此不疲，热情不减，执着笃定！写作使我打通了与文艺世界的交流通道，广交了朋友，拓展了知识面，升级了思维纬度，提高了修养，提高了工作能力。有同行人提醒，写一部业务专著。作为基层律师，承办和指导的案件几千件，心得有，写起来也不难，但就是自己心里现在不那么喜欢写，还是等喜欢了再说吧。

  疫情三年非常时期之中，增加了几项业余爱好：一是写毛笔字，二是喝茶，三是收藏中国画，四是收串串。三、四项现在已放缓，太费钱。挚友的话很有道理，他说我买画是投资中的赌博心理，还是本着鉴赏的态度去欣赏，不做投资经营。喝茶需要时间，现在时间于我比较金贵，因此这项爱好只有在周末练一练，与茶友品茶论茶，这饮茶与茶道还是很有学问的。现在坚持并发展的业余爱好，就只有写作、写字、喝酒了。关于饮酒，父母及妻儿及挚友都劝我少饮，但都没有劝戒酒，一是知道我好友，好友就必定好酒；二是知道我好酒，好酒就必定有好友，不可能戒了，我个人认为必须少饮，少饮才能久饮。其实还想发展一个大众业余爱好——打扑克。想当年考律师时，耽误了打扑克，但没有耽误会友喝酒。

  我现在保留并发展的业余爱好，写作、写字、喝酒。

漫 笔

# 盘　串

　　说起盘串，流行是前几年的事了，大约十年前，当时可谓大江南北、长城内外、男男女女、老老少少都在忙盘串。何时兴起、如何盛行无从考证，这方面的书籍也不少，电视台文化节目中也不缺介绍。这里讲的"串"是个俗称，是非专业的通俗叫法，通常分三大类手串（手腕上戴的）、手持（手提着的）和佛串（脖子上戴的）。我对串串的最早认识，就是电影中鲁智深脖子上戴着的大佛珠串，当时也是觉得只有和尚尼姑才戴佛串。但十年前不知不觉周边的人手上都开始戴手串，很时髦很时尚的样子，且是从大城市向小城市、从城市向农村蔓延开来。

　　手串的材质也是多种多样，比较流行的是与佛教有关的佛教七宝，金、银、琉璃、砗磲、玛瑙、珊瑚、琥珀，对七宝的说法佛教诸经中说法也不尽相同，有包括赤红的说法。大众中较普遍的手串材质是金刚菩提、星月菩提和红木的，金刚菩提以瓣多瓣少为优劣，瓣多为优，也不知谁定的；星月以籽的周正与否和星与月的比例美观度判断优劣。木材的多以高档红木为主，如黄花梨、小叶紫檀、金丝楠木等，也有金银的，各种玉石的，竹的，也有多种材料混搭的。流行中还有如橄榄核、核桃、凤眼、六通、莲花等果核类的。南红和砗磲也流行过一段时间，上述七宝中的赤红就是南红，南红按产地又分保山南红和凉山南红，前者色纯有肉温润，但裂多，不易成大珠子，后者色艳有杂，但结晶好，有大珠子。砗磲是有机宝石，是几千年、上万年前的巨大海洋贝类的壳，时间和海洋共同的造化，使它内部已玉化，晶莹温润如玉，大多为白色，也有浅紫或黄的颜色掺杂。现在大都说是南海货，其实印度洋和西太平洋均有出产，在我国南方大多推崇黄岩料，即南海黄岩岛那里出产的。蜜蜡与琥珀也流行一段时间，蜜蜡中以黄色纯净者为上，其中的蓝珀为琥珀中上品，蜜蜡与琥珀区别是透明的是琥珀，半透明的是蜜蜡，也有半蜜半蜡的料。

以后又出现了碧玺、水晶什么的，据说价格奇高，真假不易分辨，不是大众货。我慢慢地熟悉，买了或受赠或交流了几串木材的、橄榄核的、星月的、凤眼的。名贵的玉石、琥珀等没有购买，一是价格贵，二是不好判断真假。

串买来后主要工作是"盘"，这个词也随着手串时代的到来，我才熟悉的，并且赋予了新的含义。按照卖家和百度上的说法，这个"盘"很有讲究，分干盘和湿盘，如小叶紫檀之类的木材的需干盘，就是不沾汗，不沾水。星月、凤眼、橄榄之类的可湿盘，用汗水使其变色，但不能沾水。初期需先刷子"刷"同时进行，我晚上看电视时就增加了一项新工作，戴着白手套不停地溜珠子"盘"，左手麻了用右手，右手麻了用左手，我老婆说："让你打扫卫生，你说累，你这搓手指头不累！"我以不语对抗。还真有点儿上瘾，现在一想上瘾的原因是，我想盘出卖家展示的那种晶莹灿烂、金星点点如镶金的珠子的感觉，被卖家画的饼祸害了，盘五天放两天，据说是能氧化上包浆。

盘着紫檀的手串，也就需要研究了解一下紫檀。原来是小叶紫檀种植的地方土壤中含有金属离子（当然不是金子），因树干吸收养料和水分时，沿脉管向上升的过程中沉淀下来而形成的。由于中心脉管沉淀积累比周围多，脉管堵塞养分水分就上不去了，这部分坏死，树中间出现空洞，这就是十檀九空的原因。原来好看的金星是致紫檀空心的凶手，或者说紫檀用它的中空换取了部分的金星耀眼体质，由于其成材慢，大材少，所以名贵。这金星小叶紫檀的串在我手中盘了两三个月，颜色变黑了，也亮了，但金星也看不到多少了，是方法不当，还是金星是假的？不得而知。盘了这个又盘了金刚，金刚需先用铁钩子把纹路中的杂质勾干净，然后用细铁丝刷子刷，刷干净了，再用鬃毛刷子刷，然后用手溜，这几个过程中手指头肚受了多次伤，总体上还算是比较顺利，现在虽然包浆没有达到那种玻璃状的状态，颜色已成枣红色，也亮光光的不少了，其中我试着刷过一次橄榄油，也不知能起好作用还是坏作用。盘的最好的是星月，花了500元左右买了一大盘星月（卖家说是越南货），我只是觉得比较匀称、比较周正就买了。这个盘的时候就是湿手（汗手不断的溜），有时也抹脖子后面的汗，为了这个汗，少开了不少的空调风扇，历时两年的夏天，现在真的变得油亮有些金黄了，只是还没有开片，据说开了片就好了，等着吧，盘着……

  盘的这几串珠子，只是周末在家时戴，工作的正装不允许，戴这个也不般配；如果去开庭或开会戴一串新月在脖子上，可能会吓着人家。但盘这串珠子，在休闲时很开心，和串友交流时很愉快，也能活动手指，按摩经络，心想如果盘成好串串，到了八九十岁留给孙子做纪念也可能是个好事情，其实也不知道人家喜欢不喜欢，反正我儿子现在连正眼都不看一眼。我这些串串珠子都是未开光的，据说如果开了光，那么就要有诚心，代表佛的存在，不能放下衣口袋，不能去污秽之地（譬如厕所），我有时是放在裤口袋里的，所以没有"请"开光的串串珠子。

  我现在挺喜欢它们，每每放在沙发上或床头，只要是坐下来，就手不离串串不离手，不停地盘它们，这成了我的一个业余爱好。人总是要喜欢一些东西，放松一下紧绷的思想，不一定是高大上的东西，也可以是民俗的通俗的东西。

# 向东二万六千里

　　早晨起来一打开手机,从网络上知道,一首《罗刹海市》红遍大江南北。"刀郎"不是一个陌生的名字,刀郎原来是一个悠久部落的名字。在历史长河中已悠悠几千年,但让普通大众所熟知的却是一个歌手,他名字叫刀郎。甚至到今天,我还不知道他的实名,我也不想去百度,我只知道那句"2002年的第一场雪,比以往时候来得更晚一些",是他唱的就足够了。

　　什么是好歌?为人称道,为人传唱,就是好歌。比之高山流水,流行更为重要,谁是社会的主人?是人民,而人民就是大多数的群众。以高山流水、阳春白雪、乐府歌剧之高雅自居者,不是真正有文化修养的人。

　　于是就可以比较容易理解《罗刹海市》,在刀郎沉寂蛰伏多年之后,他又一次星耀大地了。是他的草根属性,是他奋斗不止的精神,是他敢于指点权贵的新衣。应该在这一年,甚至几年中,《罗刹海市》会流行起来。

　　它让人们又忆起蒲老先生,这是很久没说起的一个人了,没有他也没有这首歌,文化总是在时间的长河里历久弥新,香味越来越醇厚。也让人们对中国字的结构去思考思考,"马""户"叫驴,"女""子"叫好。还比如对一些名词也唤起记忆。对"勾栏""狗苟蝇营",对"偋傥",对"两耳傍肩三孔鼻"等等。还能唤醒人们对自己的一些行为规范的思考,在评

## 漫 笔

论他人时，先看看自己的高度，是"一叶障目"，还是"管中窥豹"，还是"盲人摸象"。把自己的高度和水准确定好，才可把别人的优点和缺点，以个人角度说一说。最好光说优点，如果说他人的缺点也可以，要做到有实有据、客观准确。不然就容易被拉进《罗刹海市》里，落得"那马户不知道他是一头驴，那又鸟不知道他是一只鸡"、"三更的草鸡打鸣当司晨"、那"煤蛋儿生来就黑"的编排，而落个"十里花场有诨名"。

最后有隐隐一丝担心。虽然我觉得这首歌挺有味道，也很有创意，但如像有的人解读的那样骂人不带脏字的话，也不好。这音乐用做骂人，不管是"坏人"还是"不好的人"都不是什么好事。

# 山村小院子

一个朋友，虽然不是很熟悉，但前段时间送给我的一个"小院子"，却让我十分惊喜。

这个"小院子"是一件泥塑作品，这位朋友是一位画家，又是一个泥塑手造非遗传承人。这个"小院子"是她的一件泥塑手造作品。小院，朴实无华，土味十足，看到它，让人深感温馨亲切，仿佛时光倒流，穿越到了农耕时代，在大山深处，静谧的山林里，一处安静的院子。

说它是小院子。因为，其一它小，只有正房三间；其二它有院，有东西偏房，也有大门；所以我叫它"小院子"。

这小院子虽小却情趣盎然。矮矮的石头院墙，是院主人用从河边小溪捡回来的大小不一的鹅卵石，整齐又无规则地垒起来。它不是那么高大，从院里能看到院外，从院外看到院里，一目了然，私密又开放。小院虽是独立又与周边完全融合，空气都是那么自由，与邻居的笑容都可以无阻碍地传递。

这是个勤劳的大家庭，这个院子里应该是三代人在这里居住，因为一代人虽勤劳，地里刨食，也一下子建不起这个院子。北屋三间应该是一家之主所住，东西厢房应是儿孙们的居所，或许有一处是牛棚，抑或是马厩。

主人是有一定见识的农家人，大门正对着厢房南山墙，这与北京四合院是相似的设计风格，厢房南山墙也有影背墙的作用。更不用说院外东南角留下的那棵古树，从树皮上看它比房子古老得多，那枝头的一簇红色花朵，又证明它依旧生机勃勃。就凭这选址和设计，你说这主人有一定文化和见识没有啊。

还有西南角院外的那一泓池水，看样子它是养鱼池。只是尚在初春，水塘里只有三分之二处有绿波，三分之一已露出池的褐色的岩石，这应该是天然的一块凹地，不然它为什么既不是方的又不是圆的，也不是长的，是随意的无规则形状啊。主人巧妙地把猪舍放在这池塘西北侧边上，池塘成了猪舍的一部分，主人从院子里出来下三层台阶，走到猪舍，主房与院子里有五层台阶，那么这累计就是两三米的落差。猪舍建在此对主房影响甚少，既卫生又安全，猪粪又成了鱼池的肥料，科学环保，还与风水学不悖，且夏天多东南风，气味向院子侧面吹去，也影响不到小院，真乃巧夺天工。

最为温馨的是门口的那条小狗，忠实地守在门口大树下。我来探访的笔触，可能已打扰到了它，它睁开眼，抬起头，欲起身向前的样子，也可讲已发出了汪汪的报警声。

这是一处绝佳的好院子。

# 莫听穿林打叶声

苏轼是北宋朝的大文豪,在朝为官,其父为苏洵,其弟为苏辙,是著名的"唐宋八大家"之一。唐宋两个朝代,时空横跨六百余年,中间还有五十六年的五代十国,苏轼与其父、其弟,独占三席,可见"三苏"之学识、思想地位在当时的显赫。

对苏轼的诗、词、书法我自少年时喜爱,且尚能熟记几首。今天我对其文学地位、美食家身份、水利专家身份不敢谬论,只对自己近期,对苏轼豪放、豁达、向上的性格和情怀的欣赏之情,做几点粗陋浅谈。苏轼一生坎坷,三次被贬,且一次比一次惨,离汴京更远,却不能改变其豁达、乐观的性情。既没有怨天尤人,也无悲观失落,一直就是那么放眼远方,勤奋向上,随性豁达。如果单从他每个时期的诗词看,你看不出这是他在经历被贬,二次被贬,甚至是三次被贬的境况。

第一次被贬是1080年,正是他意气风发、施展才能的年纪,却因乌台诗案被贬黄州。可他并不气馁,甚至表现出了几分豪迈、诙谐与自嘲,异常轻松。在此其写出了千古名篇《念奴娇·赤壁怀古》,"大江东去,浪淘尽,千古风流人物。故垒西边,人道是,三国周郎赤壁。乱石穿空,惊涛拍岸,卷起千堆雪。江山如画,一时多少豪杰。遥想公瑾当年,小乔初嫁了，雄姿英发。羽扇纶巾，谈笑间，樯橹灰飞烟灭。故国神游，多情应笑我，早生华发。人间如梦，一樽还酹江月。"气势之恢宏，古今多少文人自叹不如。又一首《定风波》："莫听穿林打叶声，何妨吟啸且徐行。竹杖芒鞋轻胜马，谁怕？一蓑烟雨任平生。料峭春风吹酒醒，微冷，山头斜照却相迎。回首向来萧瑟处，归去，也无风雨也无晴。"语言诙谐洒脱。不评其诗词语言之精妙，只其意境就已是前无古人，后无来者。一句"竹杖芒鞋轻胜马，谁怕？"回答了他对被贬谪的态度，没事，轻松。"归去，也无风雨也无晴"，表明了他的态度，和今天"天空飘来五个字，这都不是事"是一样的精神状态。

另一首《初到黄州》更是明确坦诚地道出了自己的泰然心态。"自笑平生为口忙，老来事业转荒唐。长江绕郭知鱼美，好竹连山觉笋香。逐客不妨员外置，诗人例作水曹郎。只惭无补丝毫事，尚费官家压酒囊"，作者眼中一片释然与美好。

此时期的另一名篇《蝶恋花·春景》："花褪残红青杏小。燕子飞时，绿水人家绕。枝上柳绵吹又少，天涯何处无芳草！墙里秋千墙外道。墙外行人，墙里佳人笑。笑渐不闻声渐悄，多情却被无情恼。"一句"天涯何处无芳草"成了千古爱情诗句绝唱，当然，作者当时讲的不是爱情故事，而是对被贬之地之景色的喜欢，折射出作者随遇而安的豁达情怀，心中有美好，沙漠也是花园。

第二次被贬去了惠州，时值 1094 年。"罗浮山下四时春，卢橘杨梅次第新。日啖荔枝三百颗，不辞长作岭南人。"一首《惠州一绝》，展现出作者被贬谪时的精神状态和对被贬地的心境。不但没有颓废和不振，反而勾起人对此地的爱慕，境界又高出一层，"不辞长作岭南人"，是自己对心灵的呼唤。

第三次被贬去了更远的地方，到了人迹罕至的海南（儋州）。事情在 1097 年，他已六十岁高龄。但他洒脱的心境并没有改变，一首《临江仙》："夜饮东坡醒复醉，归来仿佛三更。家童鼻息已雷鸣。敲门都不应，倚杖听江声。长恨此身非我有,何时忘却营营。夜阑风静縠纹平。小舟从此逝,江海寄余生。"充分体现出作者此时的心境。天地任我行,我自信,我不悔、不恨、不忘!又有几分幽默!"家童鼻息已雷鸣"和"江海寄余生"就足能充分体现。

　　苏轼一生跌宕起伏,三起三落,最后在北归途中病逝。但他一生的豪迈、豁达和坚强却没有改变。放眼现代社会,大众心中多有心结,遇到工作不顺,生意不好,分配不公(也许是自己认为)时,不分析自己是否努力,不研究解决办法,也看不到社会洪流之浩浩汤汤的方向,独上小楼成一统,悲观自弃。这值得反思。当然我自己也应多做自省,取名书斋为"一省堂",虽做不到一日三省,努力做到每日必"省"。以后会在熟读苏轼作品的同时,加深对这种坚强、豪迈、乐观思想的领悟。今天这一小作,算是一个开始。

漫 笔

# 嘲 风

  龙在中国是一种图腾，是一种民族象征，是一种民族文化符号，与中华民族相伴而生，血脉相连。从红山文化时就出现，已近万年。中华民族是一个热爱下一代，重视培养下一代的民族，据《水经注》记载龙有九子。《怀麓堂集》记载龙的三子叫作嘲风，平生好险，如今在不同殿堂角落出现的兽图就是它的样子。《明语林》之中记载道：三曰嘲风，好险，以置殿角。民间认为嘲风象征吉祥和庄严，可驱邪、消灾。

  中国的泥塑历史也是自新石器时期就已出现，是人类最早的手工捏制艺术。山东泥塑在中国与著名的"天津泥人张"、惠山泥塑齐名，其朴拙、大气的粗陶手工艺，面对现代社会的一些浮躁思潮，更显其古朴之美，展示人性自然的一面。本泥塑作品嘲讽，作者把传统的山东粗陶制作之美展示得淋漓尽致，粗犷又不失细致，表达了嘲讽好险勇敢、不畏艰险、善于战斗、辟邪降吉的形象，生动活泼、神形兼备。该作品意在展示中国传统优秀文化，激励人民群众共同创造美好未来，把传统泥塑与龙文化有机融合在一起，是践行二十大报告的倾情之作。

**2022 年春为文化馆非遗传承泥塑人刘文文老师参展泥塑《嘲风》而作**

## 《大河归处》是故乡

《大河归处》散文集，是滨州市作家协会主席、中国作家协会会员刘庆祥先生的新作、力作。它包含浓浓亲情、乡情，诉说了黄河故事，细腻真挚，朴实无华。它由多篇散文组成，篇篇如粒粒珍珠，汇集后编织成五彩霓裳。下面我聊一下我与作者的共鸣。

"洼"是我们黄河古道渤海岸边，生活栖息地的通称，"洼"是偏远、落后、贫穷的代名词，也是最富有生机和希望的新淤。

"孤岛"原本是海边的土"岛"，慢慢地就成了"新淤地"，是我儿时记忆中一个很遥远的地方。传说蚊子在白天都追人咬，我也尝过生产队里自它那里拉回来的青草里的野瓜，憨憨圆圆的外表，味道芳香。以后找了好多年，到现在也未寻到那种野瓜的味道。我没有作者那么幸运，我了解的三国是从父亲买回来的小人书开始的，而不是文字的《水浒传》。

"打滑哧溜儿"，是最美好的儿时记忆之一。那时我们很小心地在水湾边上找一个坡度大，但相对光滑的地方。拔出芦苇根和硬东西，然后用光脚踹，再泼水，再用水反复地按拂。这样既安全又光滑，当然偶尔也会有人被芦苇根滑破屁股，自上向下滑冲入水，是勇敢而刺激的，兴奋就在入水的那一刹那，也有些胆小的小孩不喜欢"打滑哧溜儿"。

"穿土",我们这里大约到20世纪80年代末还流行小孩穿土,以后由于"土"难寻,且经济好起来,计划生育,孩子少了稀罕起来,才渐渐终止。对"土"是有严格要求的,我们这里只有徒骇河坝上才有,极细,手抓不住,且有金光闪烁其中。用"铁锅子"在炉膛热个把小时,就到三十几度了,倒入土布袋。把小孩子往"土布袋"里一放,一夜或白天一天,拉尿全在里面。身上虽然有泥土,但皮肤无害。只是换土时,解开肩上带子的那一刻,也是满屋"芬芳"啊,我现在记忆中还留有给弟弟换土时的味道。

一样的乡情,让我产生了思想上的契合,也更体会到了作者对家乡的那种沉沉的眷恋,也能体会和理解作者对故去亲人的亲情与怀念,也能感受到对在老家其他亲人的珍惜与关心。

作者的描写,不只是简单对乡情的抒情,还有思想的思考在其中。《大河归处》就如一位哲人在思考人生,思索世上万物的运转规律,道出了"血腥"黄河的哲理,把我的心事和乡情都如我心一样做了展示。语言之精准,叙事之真实,如我亲见。

再一次感谢刘庆祥先生的《大河归处》。

# 法评红楼案

《红楼梦》作为中国古典名著,其所涉及的文化博大精深,不但对清朝时期社会生活、风土人情展现得淋漓尽致,对建筑、园林设计、美食、茶道、医药、服饰的描述都非常专业和准确。前人对此专门研究,形成红学。因此我不敢,也无力指手画脚。自大学鉴读两、三遍,至今已三十载,今又偶尔翻阅品读,觉得对《红楼梦》中的几桩案子,如用现代法律去解读一下,既能让己再次阅读此古典文学,又能对相关法律宣传一遭,再者《红楼梦》本就是一梦,是曹雪芹先生杜撰而来,与实人实事不同,不会引起什么人对号入座的。如此这般就结合《红楼梦》中的故事,挑选若干个案例评评,效果如何不置可否,但我的初心是宣传法律,弘扬红学。

## 第一回 安全生产保安全,规范操作才平安

各位看官:

《红楼梦》第一回,甄士隐梦幻识通灵,贾雨村风尘怀闺秀,在本回后段书中:"三月十五葫芦庙中炸供,那些和尚不加小心,使油锅火溢便烧着一纸……,将一条街烧的如火焰山一般……"从原著中看无人死亡,只伤了财产,但房屋及财物数量庞大,价值巨大。如在现在按现行《刑法》,

这些和尚是在为葫芦庙工作，属生产经营过程中违反规定，造成重大伤亡事故或其他严重后果，构成重大责任事故罪。如果方丈嘱咐过，小心失火，安全生产，则方丈无罪；如果未嘱，则也是共犯。根据《刑法》第一百三十四条和《最高检公安部关于公安机关管辖案件立案追诉标准的规定》第八条，直接经济损失五十万元以上，这操作的和尚可能判处三年以下有期徒刑的刑罚，如果情节特别恶劣，处三年以上七年以下有期徒刑。各位看官，生活中应注意安全生产，安全经营，严格操作规范，特别是特种行业、特种设备，均不能凭拍脑袋，凭经验行事，必须按科学操作，规范操作，本地一企业多年前就因违规操作，未在进入高压罐前进行相关爆燃测试，操作中出现火花，引爆气体，罐体爆炸，三人死亡，多人被处以刑罚，企业也最后破产。人、工具设备、操作步骤均应达到规范要求，才能人安全，生产安全，企业安全。如果是该庙方丈强令和尚如此操作，则该方丈可处五年以下有期徒刑或拘役，情节特别恶劣的，处五年以上有期徒刑。

与之罪名相似的还有玩忽职守罪、重大劳动安全事故罪。其中，玩忽职守罪是渎职罪的范畴犯罪，主体是国家机关工作人员，客观方面是行为人对工作严重不负责任、不履责，致使公共财产，国家和人民利益遭受重大损失的行为，该行为只能于发生国家机关工作人员的管理活动过程中。

重大劳动安全事故罪是单位犯罪，个人作为单位的负责者承担责任，客观方面表现为对有关单位和单位职工提出的安全隐患，不采取措施，是一种不作为犯罪。

还有葫芦僧乱判葫芦案，且听下回分解。

## 第二回　葫芦僧乱判葫芦案，徇私枉法法不容

各位看官：

《红楼梦》第四回薄命女偏逢薄命郎，葫芦僧乱判葫芦案。该回中四大家族之"丰年好大雪"的薛家之公子薛蟠，世人又称"呆霸王"，为与冯渊争夺女婢应莲，将冯渊打死。贾雨村此时补授了座天府，新官上任，

欲理此案。门子掏出"护官符",上书"贾不假,白玉为堂金作马。阿房宫,三百里,住不下金陵一个史。东海缺少白玉床,龙王请来金陵王。丰年好大雪,珍珠如土金如铁"。贾雨村当官不为民做事,只想攀附权贵,为自己前途着想。徇私枉法,又因荣府贾政之妻王夫人是这薛蟠之姨母,贾雨村为攀富贵胡乱判了此案,只让薛家赔了些银两,没有追究"呆霸王"的刑事责任。从现在法律来分析,此案中,薛蟠是故意伤害致人死亡,因为其当时没有杀死冯的想法,伤害是故意的行为,但结果却致人死亡,所以应以故意伤害致死罪论处,不宜用故意杀人罪处罚。根据《刑法》第二百三十四条第一款规定可以判处十年以上有期徒刑、无期徒刑或者死刑。此案中薛蟠情节严重,可以判处死刑。刑事附带民事赔偿上,不包括死亡赔偿金,可以请求被害人生前扶养人的扶养费和丧葬费等。因冯父已亡、冯没有儿女,其母亲能主张被扶养人生活费和丧葬费。

薛蟠的仆人亦是共犯,可按从犯处理,依据《刑法》第二十七条,从犯,应当从轻或减轻处罚。

此案中另一重要人物贾雨村则是触犯了《刑法》第三百九十九条之规定,枉法裁判罪。审理刑事案件,使应受刑事处罚的人,未受处罚或从轻处罚的,处五年以下有期徒刑或者拘役;情节严重的,处五年以上十年以下有期徒刑;情节特别严重的,处十年以上有期徒刑。

小门子(葫芦庙里的小沙弥)可以构成共犯,比照贾雨村从轻处罚之。因此小门子是葫芦庙里的小沙弥,所以本回才叫葫芦僧乱判葫芦案。

现在各色枉法裁判案从最高院法院网上公布的案例看,也有不少。希望以后越来越少,现在不再出现"葫芦僧",也不出现贾雨村,更不出葫芦案。

### 第三回　评饮仙醪曲演《红楼梦》,教唆未成年刑罚不能容

各位看官:

《红楼梦》第五回中,宝玉梦中警幻仙姑携宝玉进入室内,喝茶之后,

演出《红楼梦》十二支曲子。为警其痴顽，个其醒悟，结果不尽如人意。并授之以云雨之事，便将其推入房中。宝玉恍惚间，与秦可卿发生了男女之事。此事如发生在现实生活中，以现在的法律可以定罪为强制猥亵罪。强制猥亵罪是《刑法》第二百三十七条规定，以暴力、胁迫或者其他方法强制猥亵他人或者侮辱妇女的，处五年以下有期徒刑或拘役。聚众或者在公共场所当众犯前款罪的，或者有其他恶劣情节的，处五年以上有期徒刑。猥亵儿童的，依照前两款的规定从重处罚。

本案中警幻仙姑使用其他方法并"授之以云雨之事"，使宝玉与秦可卿发生了两性关系，应该认定是强制猥亵宝玉。对于儿童的年龄认定，此前一般以十周岁作为限制民事能力人的界限，现在《民法典》是以八岁作为限制民事能力的界限。如果参照这一规定宝玉此时已超十岁，不是儿童，不是从重的情形。

此罪与强奸罪的区别在于，强奸罪侵害的客体是指女性，而强制猥亵侵犯的客体可以是男性，也可能是女性。

此案到最后是宝玉从梦中惊醒后，也就说不是事实，是梦幻而已，故警幻仙姑不构成犯罪。犯罪必须是客观上有行为才可能构成犯罪，只是主观想象或梦幻是不构成犯罪的。

## 第四回　王熙凤

各位看官：

王熙凤是《红楼梦》中的一个主要人物之一，是金陵十二钗之第九位。判词为：凡鸟偏从末世来，都知爱慕此生才。一从二令三人木，哭向金陵事更哀。王熙凤是个风姿绰约、气质超群、精明强干之人，又是一个贪婪无度、中饱私囊、阴险恶毒的蛇蝎女人。

说她精明强干，在此不再陈述，我们以其害死的四个人来看看她的阴险恶毒。

她施计害死的第一个人是贾瑞，贾瑞虽不是什么好货色，但错也不至于要命。因贾瑞思想不轨，想图凤姐的便宜，也是贾瑞自不量力，自己只是一个本族远房的穷小子，想占正在风口浪尖上，宁、荣二府都能掌权的王熙凤的便宜，也是让死催的。王熙凤本该训斥或揍他一顿也就是了。可王熙凤心机毒辣，一是施以情话勾引贾瑞上钩，在穿堂里冻了贾瑞一宿；二是由贾蓉、贾蔷羞辱并毒打了一顿；三是一盆污水腊月冬夜泼贾瑞的身上；四是贾瑞之祖父贾代儒借人参做"独参汤"救命，可凤姐只"将些渣末泡须凑了几钱"；五是贾瑞淫心不死，贪窥"风月鉴"，一命呜呼了。这是王熙凤杀的第一个人。

王熙凤害的第二个、第三个人，和她无关，是她贪财弄权，变相害死了金哥和守备之子。《红楼梦》第十五回，凤姐弄权铁槛寺，秦鲸卿得趣馒头庵中。庵中老尼求凤姐，为长安府太爷的小舅子李衙内求情，与原任长安守备之子，争张财主之女金哥之姻亲。知道荣国府与长安节度云老爷最契，请凤姐托贾琏办事，逼守备之子退婚。索要了三千两银子，还称"这三千银子，不过是给打发了说去的小厮做盘缠，使他赚几个辛苦钱，我一个也不要他的"。又贪又滑，还虚伪至极。后来节度云老爷出面，守备家不得不退了婚。可这金哥与守备之子偏是一对痴情的鸳鸯，双双跳河自尽。王熙凤得了三千两银子，害了一双人命。

第四条人命就是尤二姐，在尤二姐这件事上，尤二姐本是受害之人，被贾琏哄骗成了二房。凤姐知道后，先骗尤二姐入府，这样就在她控制之下，又哄骗贾琏，唆使丫鬟仆人，回弄小巧借剑杀人，逼尤二姐吞生金自尽。

说王熙凤是个能人，也有好人的一面，全书中皆有描述。我自认为：第六回，贾宝玉初试云雨情，刘姥姥一进荣府。第十三回，秦可卿府封龙禁尉，王熙凤协理宁国府。第四十二回，蘅芜君兰言解疑癖，潇湘子雅谑补余音。第五十四回，史太君破陈腐旧套，王熙凤放戏彩斑衣。以上几回均表述了凤姐好人的一面。刘姥姥本是王熙凤娘家一外姓认成王姓的远方亲戚，又穷又无势力，且多年不曾往来，但王熙凤还是尽了亲戚之宜，二次赏了不少银两和衣物，使刘姥姥家的日子慢慢好起来了。从这一点上看，

## 漫笔

王熙凤还是有些善良的地方。协理宁国府之事更是条理有序，赏罚分明，不辞辛苦，事情办得妥妥当当，充分展示了她的工作能力。另外，她对秦可卿也是实在的关心和体贴的。第五十四回中袭人母亲去世后，除夕夜宁荣二府，元宵夜狂欢，贾母责问："袭人为什么不见？"王熙凤给她找了三个理由，一是有孝在身，二是园子里需照看，三是给宝玉备寝。贾母听后不但不生气，反而觉得袭人懂事，这样的事情还有多处。

对于王熙凤，《红楼梦》中关于她占用大家份子钱，到府外放高利贷的事，也在多处提及，平儿、袭人都尽悉知晓，具体办事人是旺儿媳妇，这旺儿媳妇是凤姐的陪房，是从娘家跟来的丫鬟，是"自己人"，如同王夫人手下的周瑞家的、邢夫人手下的王善保家的一样。但说到贪污公款，没有具体提起，只是王夫人有次让凤姐给黛玉找布料，凤姐推说夫人可能忘了，没找到，倒不是凤姐贪起来不成。

现用现行法律分析一下这四起命案。贾瑞这一起命案，首先确定贾瑞的死是多个原因导致的，《红楼梦》中是如下描述的："现是腊月天气，夜又长，朔风凛凛，侵肌裂骨，一夜几乎不曾冻死。"贾蓉两个又常常来索要银子，他又怕祖父知道，正是相思尚且难禁，更又添了债务；日间功课又紧，他二十来岁人，尚未娶亲，迩来想着凤姐，未免有那指头告了消乏等事；更兼两回冻恼奔波，因此三五下里夹攻，不觉就得了一病。"只见凤姐站在里面招手叫他。贾瑞心中一喜。荡悠悠的觉得进了镜子，与凤姐云雨一番，凤姐仍送他出来"；"心中到底不足，又翻过正面来……"从以上分析，贾瑞之死，其自己的责任大一些，是其淫心不死，祸害了自己。

另外，从凤姐的心理活动上，"你如果如此，几时叫你死在我的手里，才知道我的手段"（第十一回），凤姐的目的有致贾瑞死亡的意思。凤姐对贾瑞死亡不是直接故意的，那么是间接故意，还是过失呢？《刑法》第十四条中对故意是如下规定的：明知自己的行为会发生危害社会的结果，并且希望或者放任这种结果发生，因而构成犯罪，是故意犯罪，希望是直接故意；放任是间接故意。显然凤姐在夜里冻他，令贾蔷、贾蓉教训他，都只是羞辱他，让他吃苦头的主观想法，认定故意伤害致死有点牵强。那么凤姐的诱骗、冻害、殴打与贾瑞的死亡又有密切的关联。刑法上的过失有两种情形，一是疏忽大意的过失，是因疏忽大意不再预见。二是过于自信的过失，其已经预见了，轻信可以避免，主观上都没有追求损害结果发生的故意，社会危害性比之故意较轻，《刑法》第十五条第一款做了明确规定。综合以上分析，定王熙凤间接故意伤人，还是比较恰当的。

关于金哥与守备公子的死亡，虽由凤姐引起，因是自杀，那应无刑事责任。道义的审判是不可缺的。另她让节度云老爷逼原任长安守备公子退婚，虽不是公务的部分，也算干涉婚姻自由，节度云老爷及凤姐皆应受到制度的惩罚。

尤二姐之死，虽是吞金自杀，却是王熙凤虐待、逼迫所致，是王熙凤主观上追求的目标，尤二姐的死亡是在凤姐指使下丫鬟从心灵、衣食住行等多方面折磨的结果，应按故意杀人罪处罚，十年以上有期徒刑较为合适。王熙凤善于伪装，在尤二姐周年祭之际，还在贾琏面前装作悲伤，要祭奠尤二姐，真是人面兽心啊。

一部《红楼梦》，一把辛酸泪。如果不是曹雪芹写出来，现实中的王熙凤又如何能显得了原形？我们可能都如大观园中的人们，还称这个凤辣子是个能人、好人、体恤人的人呢。

漫 笔

# 《夏约》，再约

有朋自远方来，不亦乐乎？

同学们正值壮年，英姿勃发，事业如日中天，工作千头万绪，时间是分秒必争。但为了同学相聚，拨冗莅临，使《夏约》圆满成功。

"我们一起来追忆学生时代，畅聊青春岁月。我们共同见证人生成长，共谋未来发展。"

我们在良好六班班风的吹拂中，已成长为社会的中坚力量。

"深厚的同学情谊，弥足珍贵，日月可鉴。"

"团结、向上、爱国、包容"的班风在传承中日臻完美，它也是国家红色血脉的赓续。

"高中时光，一生难忘。人生半百，不管过去是一帆风顺还是历经坎坷，每个人的上半人生都是精彩纷呈的，我们都要为自己鼓掌喝彩。"

我们要以更加从容的心态面对未来；以更加健康的身体支撑未来；以更加快乐的状态走好未来。

我们的明天会更好！

友直、友谅、友多闻，益矣。

"又送王孙去，萋萋满别情"，聚是一团火，散是满天星。

六班，永远是一家人；六班，永远顺顺利利！

让我们再相聚、再相拥、再畅饮。

有的同学说，我们相识五十年时必须聚。有的同学说每年都聚。我说都好，随时小聚。五十年必聚，六十年必聚，百年必聚！！！

谢谢同学们的支持、包容、厚爱！！

所有不足和瑕疵均由组织者承担，所有意见和建议我们照单全收。

所有美好和希望我们共同拥有和分享。

下次再见！！！

漫 笔

# 山高人为峰

　　一天,去参加一个会议,途中在朋友圈看到一条不好的消息,山东酒业大咖,古贝春集团的周晓峰先生去世了。我有些不相信自己的眼睛,又核实了内容和出处,觉得不假。还是不敢相信这是事实,就给在古贝春酒滨州办事处的王经理打电话核实,得到的回复是真实的,是元月二日在北京医院去世的,我的心由忐忑变成了隐痛。

　　我和周晓峰先生认识是在十年以前。如果说是认识,倒不如说是我认识他,熟悉他,而他可能并不记得我。十年前由于侄女卖古贝春酒,当时流行"白板",我帮忙去古春酒厂的德州武城去考察、洽谈,第一次见到了周总。初见周总,中等身材,面庞慈眉善目、笑容可掬,举止稳健,言谈亲切平易近人。当时我们一行二三十人,他在长者的大桌上做主陪,他当天有十几桌客人要陪,据后来了解,这是常态。他和长者亲切交谈,语言朴实大方,既有高度又接地气,介绍了古贝春的发展历程,又介绍了自己的经营理念。如多年未见面的老朋友,娓娓道来,叙着家常。言谈举止之间,透着睿智和谦恭,从内心向外流淌着对古贝春的喜欢和对客人的尊重。回程中大家都交口称赞,高度评价,人品如酒品,我也结下了与古贝春十几年的情分。

我和周总的第二次同桌吃饭是在沾化，是他出差去青岛回来途经滨州，做市场调研，先到沾化再到滨州。我得知此事，就联系古贝春办事处的王总，留周总小叙，加深一下彼此的了解。此行我从三件事上，又加深了对周总的认识。一件事是接周总下车时，他坐在后座上，后座中间有十几本书摆在那里，上面一本书周总是刚刚合上，书页的折痕尚未消失，他利用途中的空闲时间看书学习。第二件事，是在席间，安排人喝他们的古贝春酒，不让我们打开自带的酒。喝到第二杯后，他让司机小伙子给他打一针胰岛素，又续了二杯，他为了客户，为了自己钟爱的古贝春，是多么用心尽心。第三件事其实不是一件事，就是每年两次的中秋订货会和年底的经销商大会上，他每每躬行，做主旨发言。他开会会场上人不走，人不闹，都聚精会神，他幽默诙谐，实话实说，能引起共鸣，催人奋进，融洽了销售商和厂家之间的关系，使其化为了一家人的亲情关系。每次听他讲话如沐春风，十分受益，让我这个干律师二十余年的"语言枪手"都望尘莫及，他是用心在交流，用心为古贝春做事。

听到他去世的消息，我想到最多的两个字是"惋惜"。他给古贝春编制的蓝图，尚在添加颜色；他创建的古贝春三大中国驰名商标"古贝春""古贝元""国蕴"，刚刚绽放；在疫情之下，2021年刚刚取得同比增长39%的骄人成绩。如果君不去，相信会创造更多奇迹。

我听到周总去世的消息，同时也收到同学母亲去世的消息。我这个同学孝道至上，痛失慈母一定是伤心欲绝，我就决定去陪陪他，也许他看到同学会坚强一些。这样就没去德州吊唁周总，相信他在天之灵能够理解。前几天，又收到了高一时语文老师王相峰老师去世的消息，让我心又沉重了许多，他上的第一堂课名字叫"并非胡说八道"，让我至今难忘。他阅读《荷塘月色》声情并茂的"那醉人的绿啊……"我现在记忆犹新，还时常在酒局上秀一把。晚几届的师弟曾在几年前，写过回忆王老师逸事的文章，看到师弟又转发了一次作为纪念，也成全了我的怀念。元旦三天之中，三位与我有些关系的人逝去。让我又记起了节前去拜访大学哲学老师孙老师的谈话。孙老师是一位智者，上学时学生尊称他为"黑格尔"。他那天讲道：人生的价值是什么呢？不是占有、拥有财富的多少，而是留给社会的多少，影响社会的多少。人的价值就是对社会奉献多少。

山高人为峰，无论周晓峰董事长，还是王相峰老师，还是我的老伯母，他们都以不同的方式，给社会创造了价值。周总留下了一个好企业，好企业文化。王相峰教了一批又一批的学生。伯母相夫教子，培养了一个为社会能做更多奉献的儿子，影响了邻居、村民去好好教育子女。他们都是人生价值奉献之楷模。同时我也相信古贝春集团，在周晓峰董事长所创设、发展的古贝春企业文化指引下，更上一层楼。

2022年1月4日于和园

## 冬月好大雪

今年的秋天,有点拖拖拉拉,有人笑侃她留恋世界,有人说她欺负了冬天。无论咋样的说法,农历已过了大雪,梧桐树上的叶子,还是那么稠密,甚至黄色中还有片片绿意,河边的垂柳,依然是翠绿的柳叶与河水秋波,河水更是肆意地不急不燥荡起涟漪。我自认为,今年又是暖冬,更不用说盼了多年的冬天的大雪。

我对雪情有独钟,这种感情似乎自童年时就已存在。我出生在农村,儿时住的是土坯房,最初住的房子屋顶也是土的,房檐离地大约也就三米高。记得有一年大雪,早上开了门以后(老木门是往里开的),门外有近一半都被雪堵上了,出不去了,真正的大雪封门。待大人们清理了门口,从天井到胡同,到大街,铲了一条一米见宽的走道,我才和小伙伴们,疯了似的在这雪的壕沟中奔跑,并找一高处,前仆后继的,扑向雪里,人一下子就淹没在白雪中,费了好大劲,挣扎出来,又再一次重复这个动作,童年的乐趣就是这样简单,饿了回到家,才发现棉鞋都湿了,夹袜子也透了,被训斥一顿,棉鞋在灶火口烤一下,夹袜子在炕头大褥子底下爆着。

这几年的雪下的越来越小,我每到冬天都在盼望中回到失望,又从失望来到盼望,幻想在鹅毛大雪中,轻轻的散步,雪飘飘洒洒,漫天遍野,

## 漫笔

远处灰蒙蒙，天地相连，苍穹浑然一色，近处白雪皑皑，静谧洁净。雪花与万物私语，我只身其中，自己已是一片雪花。如果有暗香袭来，更是醉人的时刻。"秋冬雪日，千里一色"，那是一种什么样的美？壮美、有之，柔美亦有之。

今年我虽对秋的迟迟不去，可能是暖冬，有些失望，但心中隐隐的还是有所祈盼。自网上购的梅花三株，一株黄梅种在我住的小区，另一株红梅和黄梅种在老家院子角落，其实还是心中对大雪还是念念不忘。冬日到来，在早上练字时，还特别找了一些有关雪的古诗练习。练习了李白的《北风行》，其中佳句"燕山雪花大如席，片片吹落轩辕台"是我的挚爱。又在百度上搜寻了二首以雪为题的诗句，宋朝尤袤《雪》"睡觉不知雪，但惊窗户明。飞花厚一尺，和月照三更。草木浅深白，丘塍高下平。饥民莫咨怨，第一念边兵。"和毛主席的《沁园春·雪》。

不想进入癸卯年冬月的第一天，却飞来了大雪。她纷纷扬扬，舒展平缓，如醉如痴，飘飘洒洒。天地之间，突然就成了一副淡墨山水画，银装素裹，琼瑶世界。友人发来"应是天仙狂醉，乱把白云揉碎"，我倒以为"忽如一夜春风来，千树万树梨花开"，更是浪漫一些。

第二天早上，我开车到了徒骇河公园。大禹的肩头和斗篷之上有雪花点点，徒骇河两岸皆是一片冰晶玉洁的银色世界。冬青变胖了，似乎带上了厚厚的白毡帽子，雪松上下白色披身，真成了雪松，一、两个的月季花朵，从白雪中露出头来，羞红了脸："我走晚了"。地上脚印不多，但还是有几行，真是"莫道君行早，更有早行人"。我打开手机，右臂上扬，身体转动，拍了一个雪中的视频，我觉得我拥有了整个雪的世界。

今年的雪好大，我拥有了大雪的冬天。

## 回味悠长的黏粥

夕阳西下,北风吹卷着刺蓬和苇絮向村里涌来。炊烟还未来得及升起,就随着风跑了,留下香而甜的粥味从门缝中飘出来。

我此时已奔跑在回家的路上,两腮通红,是风吹加奔跑的双重作用。儿时,我们几个小伙伴放学后,总会跑到徒骇河坝下的荒地里,玩一会"踹马"。那游戏是双人一组,一人背另一人,背人的人为"马",另一人就是"将"。两组之间,"将"用脚踹对方,把对方踹倒或马将分离为胜。"马"是主角,跑、转、腾、挪,都在"马"把握,将一般要找个子小点、出腿灵活、勇敢一点的。我那时在班里最矮,一般都当"将",每一次都玩个通身大汗,看夕阳即将坠落在河坝之下,才草草收兵,奔跑回家。那时没有课后作业,书本只在周末才带回家,平时都留在学校。

跑回家,母亲熬的粥,已经止火,不再添柴了。妹妹把地扫好,多余的柴火放到屋外面,灶火旮旯里只剩点草荏子。母亲把草荏子扔到灶膛,腾的一下,灰又红亮起来,等到红火的边缘有些泛黄,旋即又沉积成黑黑的带白点的柴灰,只一闪一闪漏出点红时,母亲会和上半碗面,用手拽成二十来公分长、食指粗细的面条,折一根秸秆的莛杆,将面条缠绕其上,成麻花状,再埋到这表面黑里面还红彤彤的柴灰里。每过几分钟,翻转一下,面的香味会慢慢地从柴灰中释放出来。此时，我的口水渐渐饱和，有的还流出了嘴角。但我知道没我的份儿，我已十几岁了，还是大哥，那是为感冒发烧的弟弟做的。我略显情绪低落地高喊：我饿了，我要喝黏粥。母亲说，再燀一会儿，烂烂豆子。"燀一会儿"，是农村铁锅黏粥好喝的秘籍，也是现在的电锅或燃气炉灶熬不出的美味。水与黄豆、白豆，或红豆、绿豆，或地瓜干、高粱米、玉米茬子，在柴火温和持续地烘烤下，在铁锅有序有节制地传导下，慢慢从陌生到熟悉，到水豆相融，成就了黏而不散，稠而不浆的最佳境界，这"燀一燀"，更让那柴火的余温，使粥的稠度，豆的香气融合得恰到好处。

母亲把粥依次盛入碗中，我端起第三碗（第一碗是父亲的，第二碗是母亲的），熟练地溜边一口，啊，香。然后才抓起窝窝头，夹筷子虾酱，大快朵颐。等窝头吃到一半，粥已起了皮子，可以大口喝了。此时有两种喝法，一先吃皮子再喝粥，皮子的香味特殊，但粥味就淡了。二是用筷子搅匀了再喝。我习惯搅匀了喝，不光是把皮子搅匀了，把碗底的豆子也搅上来，匀和了喝。豆子已糯，牙齿刚刚触碰到，皮壳一开，软绵绵的豆肉带着清香进满口腔。

大部分时候，粥里只有黄豆，有时黄豆也没有。白豆、绿豆、红豆等属于贵族豆，虽然好吃，但产量低，几乎不种。黄豆产量虽高些，但比之于米和高粱，也比较贵。到了生产责任制后，各家各户才种各色豆子。

除了以上，还有一种粥我至今很难忘，就是菜粥。菜粥不是指现在流行的南方粥，我一直认为，那是我奶奶当时的发明，因为在别人家没见过。小米稀罕，熬饭时放得少，加点菜叶，小米的香味中加入了白菜叶的清香，特有味道！

如今全国各地各色粥，琳琅满目。南方的皮蛋、肉、海鲜等等粥让人眼花乱。济南的"甜沫"、临沂的"徽汤"、郯城"糁汤"、东明的"胡辣汤"等等也是各具特色。但食之过后，最想喝的还是老家的柴火铁锅黏粥。

# 寒冬里的觅食猫

今年的大雪与低温，让人们印象深刻，据气象部门报道，是1973年以来之最。冰天雪地，寒风凛冽，滴水成冰，大地被白雪覆盖，至今还是白茫茫的一片。我喜欢大雪，也不惧冬天的寒冷，喜欢大雪，也许有几份附庸风雅，也许是喜欢洁净的世界，也许是对童年的追忆。不惧寒冷，其实只是室内和车内有暖气，户外活动少的原因而已，没有真正的几个小时在户外与寒冷对峙。

我近几日突然担心起我院中的几只野猫，以往它们有时在花丛和冬青的间隙玩耍，有时在垃圾桶周围转悠，估计是在人们扔掉的垃圾中，觅到了一些它们可以吃的东西。其中有一只大黄花猫，它的一只前爪没有了，是只残疾猫，带着两只小猫，应该是母子三口。今年春天时，这只大黄猫，在一次我回家时，它好像早认识我一样，突然跟着我进了院子，到了我的脚下，一点都不陌生，喵喵的叫着，要跟着进门去，即不担心我会伤害他，又觉得很应该的样子。我虽不惧猫，但还是有些距离感或加几份嫌弃，用脚推了它一下，并叫它走开。他翻了一个身子退到我的身后，但却没有离开，而是肚皮朝上，蜷曲前腿做出一种降服的态度，眼里有种祈求的目光。动物的肚皮是最柔软的地方，里面又是最重要的器官，最怕伤害。在面对敌人时，这是它们最被保护地方，只有在向对方示好、臣服时，才有这样的动作。我这时才仔细观察了一下这只黄花猫，它体态稍胖，个头也不小，有五六斤的样子，是黄白相间，以黄为主的黄花猫。最让我吃惊的是它左前爪没有，估计是被夹子打掉了。以前我家一只家养猫，就曾出现这样的情况，周围农村有下夹子的，打黄鼠狼和兔子、野鸡的，它可能被误伤了。想想它是用多大的毅力挣脱了铁架子的魔爪，又经过多少日子的伤痛和饥饿折磨，才恢复到现在。他的眼神十分的淡定，也许与它经历过生死有关，面对陌生人，面对一个不确定结果的尝试，他不畏最坏的结局，为了渺茫的希望，不怕被踹上狠狠的一脚，勇敢又卑微的走向一个对他来说强大的巨人，去讨生活。这时后来跑到路对面冬青里的两只小猫，也出现在院墙的花窗里，向这里探头探脑，满脸惊恐，欲前又止的样子，不像它们的母亲那样淡定。我回到屋里，抓了几块我下酒的鱼干，撕去包装，扔到大黄（暂叫这个名字吧）的身旁，它叼起一块，匍匐在地上啃起来，两只小猫也敏捷的跳进来，叼着向外面去了。就这样隔三差五的，这一家三口见到我回家就来觅食。但那两只小猫，始终离有我十米远的距离，不敢靠近。即便是我投食多次，时间半年之久也无改变。

　　下雪这几天一直也没见到它们。我想这冰天雪地，能吃的食物都被大雪盖住了，冻住了，垃圾也冻成了冰，担忧起它们来。胡思乱想到，它们或被什么黄鼠狼吃了，或被鼠药毒了，或生病，或已死亡，唉，我这命运多舛的野猫。今天下午我回家略早些，刚一下车就看到了大黄，从冬青里一瘸一拐的走出来，然后又有两个小圆脑袋探出来，也跟着从冬青里钻了出来。噢，是他们一家三口。大黄又死气白咧朝我凑过来，我用脚一推，它像碰瓷一样，又翻转身体，肚皮朝上，嬉皮笑脸的瞅着我，装出一副可怜相。见它又胖了点，皮毛鲜亮，眼神有光。两个小家伙也大了些，已成半大猫了，我都怀疑，是不是又生了一窝子。见它们健康，又一个也不少，我的心放下了。我回到屋里去，抓了一把炒棋子撒在地上，它们一家三口快乐的吃了起来。

我突然对大黄增添了几分佩服，它就像那些在努力拼搏的大众。那些身处逆境的母亲，虽身处卑微，能力有限，但却为了生存，为了孩子，为了明天，勇敢的去争取，冒着生命危险去尝试。在困难的环境里生存下来，并把生活过好，把孩子带好，这是多么的不易啊！

# 附　录

# 留不住的岁月，斩不断的乡愁

——刘芳军散文印象

袁恒雷

刘芳军为人熟知的社会身份是一名山东省的知名律师，在我们的印象中，律师给人的印象自然是行事缜密、口才出众，但刘芳军在做好这一本职工作的前提下，他还是一名颇有文艺情怀的散文作者。通览刘芳军的一系列散文作品我们发现，他拥有强烈的怀乡情怀，即便随着岁月的流逝，他知道再也回不到往昔的那些美好，可他眷恋着，喟叹着，将无尽的乡愁熔铸笔端，编织成一篇篇绮丽的文章留存心间。

山东在我国的历史长河中，其地位一直处于不容忽视的位置，且不说早已为世人共知的孔孟之乡地，就是在近代以来的峥嵘岁月里，山东这片英雄的沃土也从未缺席。刘芳军从年龄来说并未亲身经历革命战争年代，但打小的耳濡目染，他对这片生活战斗过英雄先烈的土地抱有无限的尊敬热爱之情，他是听着红色故事长大的。于是，他笔下的红色散文令人赞叹——其拥有炽热的激情、丰富的细节、典型的人物形象，如同我们看过的那些经典战斗片一样，将当年的战斗岁月依次呈现。比如《徐万粮大捷》，他将以李家芳为首的一系列山东英雄模范人物，点面结合式地塑造出来，不仅将这一山东地区影响巨大的抗日故事讲述得跌宕起伏、扣人心弦，还让人们记住了这些保家卫国的英雄儿女可歌可泣的故事。战斗的经过交代地详略得当，最重要的是，作者在讲述完这次大捷的经过后，对李家芳这个人物实现了首尾呼应式地衔接，真的如同影视剧手法那样去刻画他，出场时是典型的男主角的形象，"走来一个高大壮实的汉子，脸上黑中发红，泛着亮光，二目炯炯有神，步伐矫健。"而结尾在打了胜仗后，又是一副英雄模范人物对新的胜利的期许："李家芳向东方望去，此时天空已露出鱼肚白，天地相接处已红云飘荡，相信一轮红日马上就要喷薄而出，八路军战士们如天兵天将在抗日沟掩护下，就如同鱼入大海，在拂晓的鲁北大地上消失得无影无踪，去迎接又一场新的胜利。"可以看出，虽说《徐万粮大捷》是一篇英雄故事的素描速写，但可以看出作者刘芳军有写作军事题材长篇小说的潜质。这篇作品不仅让我想起两年前我读到的茅奖获奖作品徐怀中的《牵风记》，更是让我想到最近刚刚读完的徐贵祥的长篇小说《穿插》，都是将残酷的战争悲剧美以诗意的美学笔调呈现。不知刘芳军是否对自己这方面的写作自觉可有注意到，但我对其写作战争文学题材作品表示期待。

另外，刘芳军写作数量更多、质量同样非常上乘的作品，还是当属他怀乡的一系列散文。在这些作品中，他怀念故人、品咂美食、畅聊山水，无不饱蘸着深厚的情感——这种情感是非常真诚的，恰如著名散文家王剑冰所说："散文从骨架到内容都必须真，真实的，真诚的，真情的。散文的真，它连着你的性情，你的品格特征、道德标准以及认识事物的价值观，说到底，散文是个人人格的展示，无法躲藏。不管你是叙述个人的还是他人的小事件，或是文化的、历史的、人生的大题材，和对应的叙述对象的情感全是相通的，和你的实践、观念、立场、知识、品性全是相通的。"唯有如此，作者才能看到那些生动的表情、鲜为人知的故事、富于地方特色的民俗文化、令人垂涎的美食、外地人难以发现的沟壑等等。刘芳军对故土报之以赤诚的大地之子情怀，他即便离开故乡多年，可他还是想要寻找各种机会回到故乡，如同一次次投身于母亲的怀抱，栖身于故土大地之上，用脚步丈量，用目光搜索，用真心聆听，用笔细细思考记录。于是，他发现了许多故乡人都忽略许久的凡俗之美，对这里的苦难与辉煌进行了详细观照，把沉潜于日常生活的美学细致打捞与补缀，这些美是日常文化的活化，是令人心驰神往的原乡。于是，他写下了对其一生都具有深刻影响的启蒙老师王老师（《忆恩师》），写下了承载其童年无限美好的《家乡的徒骇河》，写下了带给他至今仍念念不忘的舌尖美食《虾酱》，写下了从小对其严格教育、长大仍把他当孩子关爱的伟大母亲（《母亲》），更是在《为了留住乡愁》中，将老家垛〇村修建村牌坊的前因后果，以四千余字的详尽笔墨全面予以呈现。通读刘芳军的这一系列散文，带给笔者的是一次次的亲切之感，刘芳军不是专业的散文家，他也很清楚自己散文写作的优劣所在，于是，他摒弃了书写的庞大课题与多重笔法，完全回归于白描的书写。可就像大朴若拙的创作思想得以成功实现一样，正是这样朴实无华的笔墨，却是最触动人心的回归。且看他书写的这些对象与意象，真的不需要再多的修辞去绮丽呈现，他书写的正是他打小以来最为熟知的人与物，何须多此一举呢？就把他们一一回归笔端记录，就是对往昔岁月的最好致敬了。所以，刘芳军的这些作品虽然数量不多，可因为其真诚感情的熔铸，每一篇都是拎得起、立得住的动人篇章，这就足够了。

那么，透过刘芳军的散文我们读出了一个共鸣的印象——那就是我们中国人共有的怀乡情愫，确实不会因为离家多久、离家多远而更改，而将这个乡愁沉淀成岁月的美好，确实应该是我们可以做到的课题，就像刘芳军所说："使人们记得住乡愁，把家乡作为自己的自豪，作为工作、生活的动力。"这无疑启示那些离开家乡的人们与家乡去实现良性互动，去实现多方受益的共赢结局。刘芳军无疑在个人与家乡之间树立了良好的榜样，我们也有理由相信，有此真挚情感的人，他不光会是个优秀的律师，也一定会是一名写出更多散文佳作的作者。

# 魂牵梦绕故乡情

——刘芳军散文诗歌集《流淌在岁月里的记忆》述评

牟 民

在散文的百花园里，有以思想境界取胜，有以人物事件感人，或语言独特以技巧博得读者青睐的，但无论以何种特点面世，都有一个共同点：真性情不可缺。这是一篇散文立起来的坚固的根基。一篇散文没有了真实情感，便无从谈乡土信息、文化信息、哲理信息。中国作家协会张炜副主席曾讲过："认真生活，质朴做人，有感而发，这是诞生好散文的基础。"来自山东省优秀律师、滨州沾化区第十七、十八届人大代表，山东省散文学会会员、胶东散文年选特邀法律顾问刘芳军先生的散文诗歌集《流淌在岁月里的记忆》洋洋洒洒十多万字，以饱满的激情、流畅的语言，给读者提供了故乡之美、文化思考之美和哲理之美。

芳军先生身为律师，精心务实做好法律工作之余，笔耕不辍，在齐鲁壹点上发表诗歌散文二十多篇，十余篇散文诗歌发表在《滨州律师》《黄河文创》《齐鲁晚报》《胶东文艺》《大众网》《滨州网》《大平原特刊》《中国乡村》杂志上，作品入选胶东散文文库《胶东散文十二家·刘芳军卷》。他的《流淌在岁月里的记忆》是一部有着泥土芬芳正能量的散文诗歌集新作，成为滨州散文园地的一朵灿烂之花。曾经的扎根讲台、律师基层工作，遍访民间的辛勤积淀，敏锐细致的观察，独有的文化思考，在大爱之情基础上的抒写，让芳军先生的散文生发出一种浓郁的乡土、自然、哲理气息。

## 附录

  该散文诗歌集共分为三部分：生活篇，亲情篇，诗歌篇。简洁一目了然的分类，以情为主线，叙述对象为顺序，把看似散乱的题材统御在正能量的叙事框架下，高昂激情地颂扬自然、人间之美，有一气呵成之感。芳军先生的散文取材广泛，视界宽阔，在真情的统领下，一草一木一事一景一物，皆可成文。芳军先生生活丰富，既有近二十年的杏坛经验，又有多年的律师生活积淀，这就比一般作者多了一双眼睛，加之他热爱生活的深邃思考，题材的宽广，细心地记录，散文创作一上手就不同凡响。他栖身于滨州大地，不忘乡情，利用一切可利用的时间，往返故乡，用自己的双脚细心回味曾经的足迹，于是有《家乡的徒骇河》里嘟噜子的美味回味，有《春节二三事》悬"主子"、贴春联、拜年、祭祖的详尽叙述，有《虾酱》鲜香的齿颊芬芳；他用关爱的目光搜寻记忆中的留痕，写出了《徐万粮大捷》正能量之歌，塑造了李家芳村长勇敢抗战、渤海军区将士们奋勇杀敌的英雄形象，写出了《忆恩师王瑞熙》教书育人甘当人梯的园丁感人事迹；他读万卷书行万里路，用真心聆听自然人文景观心语，用笔细致记叙祖国各地胜景，留下许多脍炙人口的诗意化的游记散文，这儿有韬光寺、圆明园、大明湖、泉州、古塔、灵岩寺、郭氏墓、石窟寺；广州早茶、盘串、虾酱。他勇于说真话，对自己走过的路进行过反思，也有些许愧疚和留恋，《往事已成追忆》《做教师的那些日子》回顾了往日做教师风生水起的业绩、而自己又辞职做律师的犹豫徘徊，把活生生的一个自己交给历史评判，这儿没有对错，只有情感的浓烈抒发，用真话真情打动读者。

  袁恒雷先生在代序中评价过芳军的散文，"怀念故人、品咂美食、畅聊山水，无不饱蘸着深厚的情感——这种情感是非常真诚的。"恰如张炜先生的"认真生活，质朴做人"才能写出优美的散文。这个认真，便是真实的，真诚的，真情的生活。有了这个认真，你的性情，你的品格特征、道德标准以及认识事物的价值观，当也是认真的，你写出的文章也带着大写的"真"。

  许是生于海陆接合部的徒骇河边，芳军先生对河、海情有独钟，既有渔民的豪放粗犷，又有陆地农民子弟的仁爱善良，成就事业后，他为留住乡村记忆，和几个发小发起倡议，为村子修牌坊，《为留住乡村——故乡牌坊建成记》看出一位游子对故乡的热爱之情，反哺故乡养育之恩。《致垛鄮在外学子的一封信》则展示了故乡文化沉淀之根之美，讴歌故乡的博爱胸怀，呼吁每一个学子不忘故乡之情。

在许多游记篇章里，芳军先生总用民俗的眼光来观来赏，总带来自己的思考。当下游记散文好写，但却少有上品。大都是流于景物描写，然后来一番感叹。而芳军却能在游记中写出自己的新东西。《广东早茶》在详细记叙了顺德酒楼的四类服务员的周到服务后，思考出了作为广东人精益求精和细致入微的做事原则，成就了"世界美食之都"的美誉，成就了开放先锋的角色，成为了与北京上海一个序列的一线城市。《泉州初印象》从泉州人包容开放开拓进取的角度写建筑、寺庙、古桥、美食、民居门脸，尤其是海蛎子附着在桥基之上，形成坚固的"铠甲"保护桥基，体现了古泉州人的智慧，这新颖的发现，带给读者陌生化的阅读享受。

《流淌在岁月里的记忆》既提供了文化思考含量又提供了重要的时代信息含量，其中有许多篇章属于珍贵的信息资料。《徐万粮大捷》中从村支书写起，然后提供了渤海军区的周密部署，以及徐万粮反扫荡战役的完整记录，堪称一部渤海军民抗战史。《忆恩师王瑞熙》则忠实纪录了建国初期知识分子扎根山乡，站稳讲台，教书育人的艰苦奋斗。老教师王瑞熙家住十里外镇驻地，骑着自行车带着干粮，来到乡下，一住便是一个星期，教着复式班，吃、住、办公条件简陋，从没有退缩。《虾酱》既是一篇优美的散文，也是一份民俗珍贵资料。外行人一般不会分辨虾酱的种类，总感觉是虾发酵而来的。读过此文，才知道虾酱分为三种。第一种是通常称为虾酱的是毛虾发酵的，第二种叫蠓子虾，是用当地海淡水交汇地区所产的一中体型比芝麻粒大不多的浅黑色小虾腌制而成，因为成酱后颜色深紫，也叫"紫酱"，第三种用对虾腌制而成的"对虾酱"。虾酱的腌制过程的时间把握和搅拌的适度，读来脍炙人口，给读者提供了宝贵的文化信息。徒骇河里冬春季的芦苇地的"土碉堡"里的嘟噜子，芦喳鸟，狗杠子鱼，毛蟹，这些陌生的景和物，更引起读者的探究兴趣。

散文要给人题材的新颖，有感而发，要发别人未发之景之情，不能拾人牙慧。芳军先生的散文，情浓于不慌不忙的叙事写景中，没有高昂的空喊感叹，把情感和哲理融于慢条斯理的笔端。《初识韬光寺》开始并没见到寺庙，只是一味地登山，过石阶，等到左转右转方见写有"韬光寺"三个隶书大字的山门，再往前走，一片低缓开朗的丘陵地，各种树木花草，小溪，青石小路，几百米后才见一个院落，韬光寺露面了。在观赏寺庙，居高临下远观后，坐下喝茶小憩时，作者品茶品出了几丝韬光的味道，远离闹市，不求攀比，又放眼世界，处离世又入世的妙境之中，既醉又醒的味道在茶香中缭绕。王国维在《人间词话》中云：诗人对宇宙人生，须入乎其内，又须出乎其外。入乎其内，故能写之。出乎其外，故能观之。芳军先生对此深谙之。《为留住乡村——故乡牌坊建成记》用四千多字详写了芳军和发小为故乡垯酆村建牌坊的经过，是一篇新颖的纪实散文。从村子的地理环境和民俗写起，融合了对故乡发展的喜悦和展望，事业成功后，芳军先生和发小们要对故乡做点儿贡献，便选择了建一座标志古村古貌的牌坊，从计划到组织，再由组织实施到一步步落实，滴水不漏，亲身体验参与，入乎其内，整个过程有序有章法，显示了律师严谨而公正的风格，而又能够站在时代的高度，积累了做公益事业的经验，这是一篇饱满的热爱故乡的歌唱，也是如何做公益事业的典范例证，值得珍藏学习。

《流淌在岁月里的记忆》除了游记散文，写人的也就三两篇，但笔者认为却是最成功的的篇章。究其实，作者对人物了然于胸，一旦发乎情的境界到了，便会呼之欲出。《母亲》中只写了两件事：逼我上学，催我回家吃饭。第一件事是我远离村子读书时，处文化闭塞的乡村来了电影，同村同学都不想回学校在家看电影，我也急切地想第二天早晨上学，不错过这次难得的电影。母亲不同意，无论怎么要求，母亲要我马上上学，甭耽搁了第二天的学习，邻居四奶奶劝母亲也没用。母亲背着干粮，催我一起上路,直送到八里外,让我一人到学校,母亲又趁茫茫夜色返回家。我工作后,将母亲接到城里,因我工作应酬多,常常不能回家吃中午饭,母亲却每天买来新鲜蔬菜,做好了,中午电话喊我回家吃饭。我有时候厌烦母亲的唠叨,可母亲依然到时候喊我。后来我方晓得,老娘喊我回家吃饭,既是团圆饭,更是老娘怕我劳累喝酒伤身呀!两件小事,一位高大的母亲站在眼前。写人物除了对所写对象的了如指掌,还要有感人的典型细节,方能将人物立起来。我的启蒙老师王瑞熙身材魁梧,英俊潇洒,一米八多的大个子,浓眉大眼,衣着整齐,和蔼可亲。他的粉笔字方方正正,流畅自然,遒劲有力,布局上下对齐,左右不偏不倚。他叫手下的学生多是乳名,就像家长叫孩子一样。王老师教学成绩优秀,奖状贴满了墙。他每次骑自行车从村子过,都是推着自行车,跟村民打着招呼,过了村子,没村人时才骑车。他给全村人读家书,写书信,写春联。他一日三餐自己蒸干粮,蒸虾酱和腌制咸萝卜是他的主菜。用这些生活中的典型细节,呈现出了一个感人的老教育工作者的形象。

　　通观整部散文集的每一篇,不靠粉饰技巧取胜,大道至简,而依简单朴拙为美,用情打动人心。行文构思完整,首尾照应,当发之当发处,止于当止处,没有过多的赘余。散文最忌玩弄花架子,无情偏要抒情,陈词滥调。我们说,一切文学艺术应是语言的艺术,从语言到语言,没有好的语言功底,你再有丰富的粮米,也盖不出靓丽的高楼大厦。《高考的记忆》虽然是许多人写烂的题材,但在芳军笔下却暗香涌动,平实的交谈中,将自己如何跟儿子交流,夫妻二人如何分工,有条不紊的行进在高考的旋律中,他用较真的律师语言,一丝不苟地一步步导引儿子走向高分之巅,给正在高考的学生家长以启迪。《流淌在岁月里的记忆》语言当是质朴而流畅充盈的,这得力于芳军先生的古典阅读和诗歌写作。《做教师的那些日子》语言丰富而感人,一个词语竟能概括出学生的性格:敦厚爱学的春华,诚实厚重的希征,多才多艺的新颖,机灵文静的丰涛,调皮好动的立波、宋辉,热情幽默的老李,百灵鸟的新梅,心静好学的吕国珍,沉稳勤快的老朱,幽默好动的活宝老解等。临辞职前周密地给学生补习，提前完成一二轮复习，不留一点儿疑惑，然后一番感人心语，随手拈来两句诗：此地有一别，孤蓬万里征；临行密密缝，意恐迟迟归，将一次人生的抉择写的波澜不惊而又铭刻于心。

　　读芳军先生的散文，能感受他那深厚的生活底蕴，手中握有丰富的题材，写起来得心应手。火热的生活正如涌流的源泉，剪影般流淌在笔下，表情达意充裕而丰满，写景写人历历在目，讴歌时代激情充沛。在情感的带动下，语言平实毫无雕琢之痕，词语表达顺着景物溢出，质朴的语言贴着人物性格走。文中很少长句，没有华丽的辞藻，每一句每一语都那么顺畅自然，让读者自然体味到那股浓郁的生活气息。

　　另有二十篇诗歌，相比散文创造，诗歌虽然数量不多，却显示出芳军先生对诗歌有自己独到的表达，留存着诗歌创作的轨迹。看得出诗歌语句精炼，有民歌的陶冶影响，读来朗朗上口。注重意象深邃，多元。善用比拟、对比，寻求意象的新颖是诗歌的一大特点。《我是春天的孩子》整体上的拟人比喻，让诗歌有了一层神秘，开端写我不知道你的名字，"你也没有告诉过我，别人也没有告诉过我。"引发读者想象，然后荡开一笔，写引人知道喜欢的杏花、海棠、牡丹、梨花、紫叶梨、紫藤、月季等，对比你（春天的孩子）的默默无闻，你却依然静悄悄绽放，虽然不香不浓，却低语着：我也春天的孩子。吟咏了迎春花的默默奉献精神，当然也暗喻了世间那些平凡人的不平凡人生。《河边的花伞》《冬之声》《橱窗》都是不同凡响的表达，值得读者鉴赏。

　　限于篇幅，就此打住，不当妄论之处改之避之，见谅。

# 垛圈渡口

——一份可圈可点的文化记忆

焦红军

说书是中国民间一种口口相传的文化传统。故乡山川征文《记忆中的垛圈渡口》的作者刘芳军犹如一个说书人，通过一系列对儿时往事的记忆，为我们复原了七十年代发生在滨州沾化垛圈渡口的回忆和往事。文章内容鲜活，文字细腻，行文密实的特点。

说书的最大特点是编，而刘芳军散文的《记忆中的垛圈渡口》的最大亮点是创。"清晨的雾气还没有散开，天空像没有睡醒的孩子，睁了一下眼，又闭上……轰隆隆的车轮声，加之车把式清脆的鞭哨声，在秋天的晨曦中，格外的透亮。"垛圈渡口的讲述是从作者刘芳军独有的儿时的睡梦中醒来的，是从马车的轰隆声、车把式的鞭哨声开始的，这是属于刘芳军独有的记忆。可贵的是，刘芳军又以写作者、亲历者的身份把这种记忆通过文字为我们讲述出来。从听到马车的声音开始，文章写到了庄稼装成梯形小山似的双套马车。作者在这里的讲述生动形象，津津有味。"两套大马车（两匹马拉的马车），车上的庄稼装的整齐高大，像一个上大下小的梯形体小山，如红烧肉肉块的形状。"作者在这里有意荡开了一笔，纵写辕马的神气特点和车夫的马鞭，尽显欲擒故纵之妙。继而，作者才写到了垛圈渡口，载重的马车上渡之重重阻碍和危险，既写出了渡口与当地民众生活紧密之联系，又使文章凸显民间稼穑之艰难，增加了阅读的趣味性、知识性与体验，作者如海上劳工般打捞起一串串素材，又串成了一条闪闪发亮的记忆的珍珠。我开头所评论的作者的文章之"创"即来源于此。

# 东风三月天（代后记）

2023年是我写作的第五个年头，一年里，几篇小文连续获得省、市六个奖项，其中比较看重的是第三届吴伯箫散文奖和第三届青未了散文奖优秀作品奖两个奖项。三年来又陆陆续续地积攒了几十篇散文，在山东省散文学会王海峰秘书长及其他文友的鼓励下结集出版，书名取自我在第三届吴伯箫散文奖的获奖作品《我陪母亲登泰山》，体现了我写散文的一个重要原因"情"。

我的这本散文集，集中在几个"情"上，一是亲情，二是友情，三是故乡情，四是大好河山情。写作上以"白描"为主，不愿用过多的装饰，就如传统中国水墨画，只取墨色，没有浓妆艳抹。我也欣赏他人优美婉转的文字，也崇拜那些引经据典的华丽文风，但我还是坚持着自己的写法。个人认为写"情"就要实一些，让身边人能看懂，能产生共鸣。当然墨也要分五色：焦、浓、重、淡、清，还是必要的，只是我功底尚浅，尚不能灵活驾驭。

文字源于我的生活，在脑海中生发，在心中生根、成长。在与现在的某个生活、工作片段产生一些勾连时，便产生化学反应，从我的脑海中，落在纸上。《我陪母亲登泰山》是2014年的事情，但写作完成时已是2022年的时候，是我对母亲的一种朴素的孝心，完成了一件不算很难的事，当时工作较忙，无暇顾及记录。到2022年和友人交流到泰山老奶奶的传说，就勾起了我对登泰山的记忆。母亲现在虽身体健硕，但由于腰椎退化，已不能长时间步行，出门以车代步，登山已成难事，这次登山也成了一件令我欣慰的事。文友希良老兄近日提出的"我背母亲登泰山"的想法，还真是一个好提议。

《挖嘟噜子》是记录的儿时的记忆，2022年春季在集市上看到有人出售嘟噜子，便把我的这点记忆唤醒，写了出来。儿时的无忧无虑远远地超越了那时的物质匮乏带来的辛酸，留在记忆中都是美好，哪怕是一件调皮捣蛋的囧事，也成了有趣的事情。这篇文章被评为齐鲁壹点·六一优秀征文作品。

也有几篇是记录近况。如《今年仲秋月儿分外圆》，记录去杭州为儿子定亲之实感。对儿女的婚事，是父母心中最大的心事和盼望。儿子2016年研究生毕业，后顺利入职部委机关，可谓春风得意。我也竭尽全力为儿子买了房子，并按婚房标准进行了装修。可谓万事俱备，梧桐繁茂，只待凤凰来家。这一等，就等了六年。2022年儿子与儿媳相识，一见钟情，两情相悦，相识、相恋、相知。我们的心愿得以实现，幸福时刻，当然要有所记录，这篇散文就自然形成了。

我的本职工作是律师，是理性的。但我情感又是感性的，喜欢大自然的美，人世间的美好，并经常为他们而感动。就有了《记忆中的垛鄷渡口》《"梦"游华不住》《贵州行》《泉城百花公园记》《杭州真好》等。

一个人在社会上行走，个人的力量微薄，很多事是大家帮助完成的，我对"人情"看得比较重，友情、同学情、亲情这样的感情，其实都是在别人帮助你，你又感谢他人，回馈他人的过程。在交流中逐步加深、升华，变得醇厚，变得不舍，变得长久。就有了《酒友》《山村小院子》《欧洲行》《麦收》《垛圈牌坊建成记》等。

2023年底交书稿给宋登科贤弟，到春节前已审核完毕。春节后收到封面设计，王展秘书长在百忙之中给我写了序言，又一次被其文采和友情所感动。

春节期间琐事较多，几篇稿子在脑海中转来转去，就是没有时间静下心来写出来，今天回到书桌前，匆匆的写上这几句。新书付梓在即，山东省作家协会的2023年度入会公告也出来了，对我这业余爱好来讲，可谓双喜临门。回到专业律师工作，2023年我被授予"滨州市五一劳动奖章"和"滨州市最美律师"，儿子的新婚大喜的日子已敲定，正是龙年喜事多。

　　这部书的出版，是我业余写作五年的小结，水平不高，文笔粗糙，算做记事。同时是我写作的一个新的起点，今后在做好主责主业的同时，减少应酬，挤出时间多看书、多学习、多写作，努力再出一本自己满意的新书。残雪已经消融，白玉兰的花苞已经饱满，迎春花的小红嘴开始膨胀，春天来了。东风三月天，人间正美好。

2024年3月1日于和园